dtv

Eine 34-jährige Frau heiratet einen Mann, den sie nicht liebt. Am Tag der Hochzeit lernt sie den Bruder ihres Ehemannes kennen: und verliebt sich. – Ein erfolgreicher Texter, Anfang dreißig, mit schicker Wohnung und glücklicher Beziehung, wird von einem Freund aus dem eigenen Leben gedrängt. – Ein ganzes Stadtviertel gerät in Aufregung, als im Supermarkt Frauensamen angeboten werden, aus denen man sich im heimischen Blumentopf »exotische Frauen« aus den USA, der Schweiz oder Thailand heranziehen kann.
Ein kurzweiliger Reigen türkischer Erzählliteratur. Mit Texten von Pınar Kür, Nazlı Eray, Ayşe Kulin, Oğuz Atay, Murat Gülsoy und anderen. Eine repräsentative Auswahl herausragender Autorinnen und Autoren der zweiten Hälfte des 20. sowie des beginnenden 21. Jahrhunderts ist hier versammelt; die meisten von ihnen haben den begehrtesten Erzählpreis der Türkei, den ›Sait Faik Ödülü‹, erhalten.

*Beatrix Caner*, geb. 1954, gebürtige Ungarin aus Siebenbürgen, ist Turkologin und leitet mit ihrem Mann den kleinen Verlag Literaturca. Sie ist eine herausragende Kennerin der türkischen Literaturszene und lebt und arbeitet in Frankfurt am Main.

# Alles Blaue, alles Grüne dieser Welt

Türkische Erzählungen

Herausgegeben und aus dem Türkischen übersetzt
von Beatrix Caner

Deutscher Taschenbuch Verlag

Der Verlag dankt dem Ministerium für Kultur und Tourismus der Republik Türkei für die Förderung der Übersetzung im Rahmen des TEDA-Projekts.

Originalausgabe
Oktober 2008

www.dtv.de
Umschlagkonzept: Balk & Brumshagen
Umschlagbild: gettyimages/Andrea Pistolesi
Gesetzt aus der Aldus 10/13·
Gesamtherstellung: Druckerei C. H. Beck, Nördlingen
Gedruckt auf säurefreiem, chlorfrei gebleichtem Papier
Printed in Germany · ISBN 978-3-423-13698-3

# Inhalt

## Oğuz Atay

# Die Bahnerzähler – ein Traum

Den großen Städten des Landes fern, in der Bahnstation eines abgelegenen Provinznestes waren wir beschäftigt: drei Kurzgeschichtenschreiber. Jeder von uns hatte seine eigene Baracke, unmittelbar am Bahnhofsgebäude nebeneinander gelegen. Ein junger Jude, eine junge Frau und ich. Wir waren fliegende Geschichtenhändler. Unser Geschäft lief nicht sonderlich gut, denn es hielt nur selten ein Zug an unserem Bahnhof. Zudem kann man nicht behaupten, dass wir an Tagen, an denen nur der Postzug kam, wirklich gearbeitet hätten. Denn in den Postzügen, die meistens nachmittags einfuhren, lief der Verkauf von Äpfeln, Ayran und mit Kümmelwurst belegten Broten besser als der von Geschichten. Zu dieser Zeit schliefen wir Schriftsteller lieber. So erholten wir uns für die Nacht, denn unsere ganze Hoffnung war der Expresszug, der nach Mitternacht ankam. Den anderen fliegenden Händlern gelang es häufig nicht, zu dieser Stunde aufzustehen. Auch wir Erzähler hatten schon gelegentlich den Mitternachtsexpress verschlafen, obwohl wir uns mit dem Bahnhofsvorsteher ganz gut verstanden. Doch aus unerfindlichen Gründen vernachlässigte dieser einzige Bedienstete des Bahnhofs seine Pflicht, uns aufzuwecken, immer häufiger. Dennoch sahen wir ihm seine Nachlässigkeit nach, denn er war für viele Aufgaben zuständig: Er stellte die Weichen, empfing und verschickte Telegramme, regelte alle Signale, verkaufte

Fahrkarten, öffnete und schloss die Türen der Züge … Alle diese Arbeiten musste der Mann allein verrichten. Um ihn in seinem Tun zu stärken, stellten wir ihm oft eine Geschichte kostenlos zur Verfügung. Trotzdem vergaß er immer wieder, uns zu wecken. Die meiste Zeit waren wir also auf uns gestellt und mussten sehen, wie wir wach wurden. Da wir den ganzen Tag Geschichten schrieben, war das keine leichte Aufgabe. Ja, nachmittags schliefen wir, aber dann küsste uns die Muse und sie ließ bis in die späte Nacht nicht von uns. Über den Ausdruck »sie ließ nicht von uns« machte sich der Bahnhofsvorsteher lustig. In solchen Momenten war uns egal, dass er die ganze Arbeit des Bahnhofs allein kaum bewältigen konnte, und wir beschwerten uns: Ob er nicht die kleine Mühe hätte auf sich nehmen können, vor der Einfahrt des Expresszuges zu unseren Unterkünften zu laufen? Irgendwie waren wir schließlich Beamte auf derselben Dienststelle. Schließlich hatten wir in so manchen Nächten unsere handgeschriebenen Kurzgeschichten in seinem Dienstzimmer auf der einzigen, in die Jahre gekommenen Schreibmaschine abgetippt und dabei sogar unser Essen vergessen. Weil ich der erste Geschichtenschreiber vor Ort war, ließen mir meine Kollegen beim Tippen den Vortritt. Aber ich trat dieses Recht meistens an den jungen Juden ab. Ich hatte diesen mageren und kränkelnden jungen Mann lieb gewonnen.

Ja, irgendwie galten wir als wichtige Beamte der Eisenbahn: Unsere Baracken wurden auf dem Bahnhofsgelände errichtet, auf dem Platz, der dem Bahnhofsgebäude vorbehalten war. Außerdem waren die Baracken alle im Stil des Bahnhofsgebäudes errichtet. Der Bahnhofsvorsteher nannte uns »verbeamtete Geschichtenerzähler« und lachte darüber. Dann begann eine endlose Diskussion: Nein, uns durfte man nicht zu den Beamten zählen, schließlich wurden wir nach der Zahl der verkauften Geschichten bezahlt. Außerdem wurde der Preis von den Reisenden des Expresszuges bezahlt, galt also nicht als Besoldung. Der Bahnhofsvorsteher behauptete sogar, wir seien als Schriftsteller Geschäftsleute. Ich wollte eigentlich weder als Beamter noch als Geschäftsmann eingestuft werden: wir waren Künstler. Wir hatten einen besonderen Status. Allerdings konnte von einem »besonderen Status« nicht mehr die Rede sein, wenn wir in manchen Nächten mit den Ayranverkäufern, den Apfel- und Wurstverkäufern – so sie es denn geschafft hatten aufzustehen – um die Wette eiferten, unsere Waren anzupreisen und sie an den Mann zu bringen. Wir schrien genauso laut wie alle anderen fliegenden Händler, um unsere Ware loszuwerden. Natürlich gelang das dem jungen Juden kaum, und die junge Frau ging auf dem Bahnsteig zwischen den anderen Händlern und den aussteigenden Passagieren in der Menschenmenge meistens unter. Und anzubieten hatten wir ohnehin nicht viel, denn auf der abgenutzten Schreibmaschine des Bahnhofsvorstehers konnten wir bestenfalls eine oder zwei Durchschriften von den Geschichten erstellen. Die Durchschläge, die zuunterst lagen, waren zudem so blass, dass wir nur selten einen Käufer dafür fanden. Außerdem veralteten die Geschichten schnell. Es war dann schwer, für sie noch einen Abnehmer zu finden. Wir schrieben nämlich Geschichten, die aktuelle Themen behandelten, und wenn wir den Reisenden Texte anboten, die ein, zwei Tage alt waren, dann verzogen sie nur das Gesicht. »Die kennen wir schon, gibt es nichts Neues?«, hielten sie uns vor. Und sofort verdrängten uns die Apfel- und Ayranverkäufer.

Wir hatten noch andere Schwierigkeiten: Der Zug hielt nicht immer vor unseren Häuschen. Der Bahnhofsvorsteher ließ meistens die Güterwaggons auf dem ersten Bahnsteig einfahren. So wurde der Express auf den zweiten, manchmal sogar auf den dritten Bahnsteig umgeleitet (wenn man überhaupt noch von Bahnsteig sprechen konnte). Weil die Verkäufer von Lebensmitteln vor uns davon erfuhren, warteten sie bereits auf den Zug. Wir dagegen wurden erst im letzten Augenblick wach und rannten, halb verschlafen und aufgeregt, zunächst auf die Güterwaggons zu, um dann im Dunkeln um die Waggons herum vorsichtig über die Schienen zu laufen. Der Bahnsteig selbst war auch nur spärlich beleuchtet. Dieser Umstand war für uns von besonderem Nachteil: Unsere Geschichten – als Papierrollen in den kleinen Strohkörben aufbewahrt – verkauften sich nämlich nicht sofort. Die Reisenden öffneten die Rollen (manchmal zerknüllten sie sie auch einfach) und schauten sich die Seiten prüfend an. Weil sie nicht gut sehen konnten, warfen sie nur einen oberflächlichen Blick auf das Papier und gaben es zurück. Die Dunkelheit erschwerte unsere Arbeit.

Der Verkauf lief nicht gut. Es war Krieg. Sogar das Brot war kaum bezahlbar. Die Häuser mussten häufig verdunkelt werden, die entseelten Laternen des Bahnhofs lieferten unsere Texte ganz der Dunkelheit aus. In solchen Nächten war es sinnlos, arbeiten zu wollen. Hinter den schwarzen Vorhängen, die wir fest zugezogen hatten, versuchten wir im eisigen Licht unserer Schreibtischlampen, die wir mit blauem Papier umwickelt hatten, unsere Geschichten zu schreiben, ohne zu wissen, ob wir sie verkaufen könnten. Zum Glück gab es die Reisenden in den Schlafwagen, die uns, ohne genau hinzuschauen, die Geschichten aus den Händen rissen und dafür sogar das Doppelte zahlten. Weil sie bereits im Speisewaggon gegessen hatten, würdigten sie die Ayran-, Apfel- und Wurstverkäufer (diese ganz besonders) keines Blickes. Frische Geschichten wurden landesweit nur auf unserem Bahnhof verkauft. Sie hatten von uns schon gehört. Für sie hatten wir stets das Original reserviert: Sie waren aufmerksame Kunden. Und schließlich war es auch für sie nicht leicht, nachts aus dem Bett zu steigen, um eine Geschichte zu kaufen. Aber wir fanden einen Weg, um ihnen zu helfen: Wir steckten den Schaffnern, die im Schlafwagen Dienst taten, ein paar Münzen zu und sorgten auf diese Weise dafür, dass die Reisenden in unserem Bahnhof geweckt wurden. (Außerdem erhielten die Schaffner von uns jedes Mal kostenlos eine Geschichte. Ich glaube allerdings kaum, dass sie sie lasen. Wahrscheinlich verkauften sie sie billig weiter.) Hätte es die Reisenden in den Schlafwagen nicht gegeben, wäre es uns schlecht ergangen. Mit manchen von ihnen hatten wir Bekanntschaft geschlossen. Weil sie unsere bedauernswerte Lage kannten, kam es vor, dass sie uns ihren Proviant – Kuchen, Teegebäck und Ähnliches – schenkten, der ihnen von ihren Begleitern am Bahnhof mitgegeben worden war. Weil wir meistens nachts unsere Geschichten schrieben, hatten wir großen Hunger. Wir schrieben nachts, tippten nachts und versuchten die Geschichten nachts zu verkaufen. Wenn der Express abfuhr, kehrten wir müde zum Bahnhofsgebäude zurück und aßen im Wartesaal, was uns die Reisenden des Schlafwagens gegeben hatten. Manchmal kamen die anderen Händler auch dazu. Der Ayranverkäufer bot uns seinen Ayran an, den er nicht verkauft hatte – er würde bis zum nächsten Morgen ohnehin nur sauer werden. Ich glaube, wir taten ihnen ein wenig leid. Auch der Apfelverkäufer schälte für uns einen Apfel – allerdings nur selten. Ihnen unsere nicht verkauften Geschichten anzubieten hatte keinen Sinn: Keiner von ihnen konnte lesen und schreiben. Lediglich der Wurstverkäufer bat manchmal um eine Geschichte – es war ihm egal, wer von uns sie geschrieben hatte –, allerdings unter der Bedingung, dass es der unterste Durchschlag war: Aus dem dünnen Papier drehte er sich seine Zigaretten.

Manchmal, wenn ich gute Laune hatte, wenn also unser Geschäft gut lief, las ich den fliegenden Händlern im Wartesaal meine Geschichten vor. (Die junge Frau war dagegen.) Der Apfel- und der Wurstverkäufer schliefen schon bei den ersten Zeilen ein. (Gegen Ende der Geschichte erwachten sie dann wieder.) Der Ayranverkäufer aber hörte mir aufmerksam zu. Dieses Interesse gefiel mir. Beim Vorlesen versuchte ich, die Dialoge der Helden so lebhaft wie möglich vorzutragen. Am Ende nickte der Wurstverkäufer und sagte seufzend: »Wir haben schlimme Zeiten.« Der Apfelverkäufer beschwichtigte ihn, so sei das Leben. Ich hatte auch schon Erzählungen geschrieben, die vom schweren Los der Verkäufer handelten. Dabei allerdings war der Ayranverkäufer eingeschlafen.

Den Bahnhofsvorsteher kümmerten unsere Geschichten überhaupt nicht. Aber aus bestimmten Gründen wollte er von allen Erzählungen eine Kopie haben, die er sorgfältig in einem eigens dafür vorbehaltenen Schrank aufbewahrte: Das war Vorschrift. Unser Fall fiel unter Paragraf 248 der Eisenbahnrichtlinien, die alles regelten, was auf dem Bahngelände geschah. Wenn von Gesetzen die Rede war, ärgerte ich mich augenblicklich: Gab es nicht auch Paragrafen, die unsere Lage verbesserten, die uns einen ehrenvolleren Platz sicherten? Ich wehrte mich dagegen, dass man uns wie die Wurstverkäufer behandelte. Eine lange Diskussion mit dem Bahnhofsvorsteher begann: Er holte eines der schwarz eingeschlagenen Bücher aus dem Schrank und verwies darauf, dass der Verkauf von Wurstbrot in den Bereich der Gesundheitsvorsorge fiel.

Ich hatte den Eindruck, dass die Lage immer schlimmer wurde. Der junge Jude wurde immer magerer. Bestimmt litt er an einer schlimmen Krankheit. Wir hatten kein Geld, um ihn untersuchen zu lassen. Und das Eisenbahnerkrankenhaus war für uns nicht zuständig. Ich schimpfte mit dem Bahnhofsvorsteher: Sich auf den Paragraphen 248 zu berufen und uns die Erzählungen aus der Hand zu nehmen, dafür war die Eisenbahn zuständig. Gab es denn keinen Paragraphen, nach dem der junge Jude behandelt werden musste? Jeder wusste, dass unser Geschäft schlecht lief. Gerüchte machten die Runde, dass eine Strecke stillgelegt werden sollte und in der Folge noch weniger Züge unseren Bahnhof anfahren würden. Nur noch die Postzüge sollten hier vorbeikommen.

Ich war tief betrübt. Überdies hatte ich mich unglücklich verliebt. Natürlich in die junge Frau in der dritten Baracke. Eines Nachts hatte der Schaffner eines Schlafwagens, der uns nicht kannte, sie aus der Waggontür gestoßen. Für fliegende Händler war es verboten, den Schlafwagen zu betreten. Die junge Frau war auf den staubigen Boden gefallen, ihr Korb und ihre Geschichten lagen verstreut um sie herum. Ich tröstete sie, streichelte ihr Haar und sagte, sie solle nicht weinen. Am Gleis war außer uns niemand. Den anderen Händlern war es gelungen, all ihre Waren zu verkaufen. Sie hatten den Bahnsteig bereits wieder verlassen. In letzter Zeit hatte es Unstimmigkeiten gegeben: Sie wollten, wie es das Gesetz der Gesundheitsvorsorge erlaubte, Erfrischungsgetränke in Flaschen verkaufen und in Papier gewickeltes Wurstbrot. Auch sie hatten einen Zugbegleiter im Schlafwagen bestochen. »Mein Gott, warum schickst du jeden Tag neue Leiden über uns?«, fragte ich mich. Diese unersättlichen Reisenden in den Schlafwagen, die im Speisewagen wer weiß was alles gegessen hatten, wurden nach Mitternacht wieder hungrig. Zum Glück einigten wir auf eine Übergangsregelung und so wagten sich die Händler nicht in die Nähe des Schlafwagens. Allerdings wurde diese Übergangsregelung nach einem Monat wieder abgeschafft. Wir zwei – die junge Frau und ich – umarmten uns zitternd in der nächtlichen Kälte. Welcher Wind hatte uns in dieses Provinznest geweht? Unter welch schlimmen Bedingungen mussten wir arbeiten? Weil wir uns gegen die fliegenden Händler zur Wehr setzen mussten, konnten wir unsere Kunst nicht ordentlich ausüben. Vor allem hatten wir noch kein richtiges Buch geschrieben. Was konnte man unter diesen Bedingungen schon von uns erwarten? Je mehr ich darüber nachdachte, umso klarer wurde mir die Hoffnungslosigkeit und Denkwürdigkeit unserer Situation: Die Eisenbahngesellschaft hatte uns nichts wirklich Gutes getan, als sie uns die winzigen Baracken neben dem Bahnhofsgebäude gegeben hatte. Tagsüber konnten wir der vorbeifahrenden Züge wegen nicht schlafen. Außerdem wurden unsere Texte nicht mit Respekt behandelt. Ein junger, gepflegt aussehender Passagier aus dem Schlafwagen hatte uns ein paar Tage zuvor erzählt, dass er einige der Geschichten, die wir ihm verkauft hatten, einem bekannten Kritiker gezeigt habe, der sie überaus eintönig und altmodisch gefunden habe.

Es nieselte und das Papier der Geschichten, die im Korb obenauf lagen, wurde nass. Es war Herbst. In meinem alten, zerschlissenen Pullover zitterte ich vor Kälte. Wie hätte ich denn unter solchen Bedingungen etwas Besseres schreiben sollen? Plötzlich ärgerte ich mich über den jungen Reisenden im Schlafwagen und forderte ihn in eisigem Ton auf, mir die Erzählungen zurückzugeben, ich würde ihm auch das Geld erstatten. Eigentlich log ich, denn ich hatte keine einzige Münze in der Tasche.

Ich war ganz in diese Gedanken vertieft und völlig zerstreut und merkte nicht, was um mich herum geschah. Plötzlich sah ich die junge Frau in meinen Armen. Sie hatte sich an mich geschmiegt und ihren Kopf an meine Brust gelegt. Ich küsste sie, hängte mir unsere Körbe mit den Erzählungen über den Arm und ging in Richtung Bahnhof. In dieser Nacht liebten wir uns mit einem Gefühl von Hoffnungslosigkeit und Einsamkeit.

Während ich diese Zeilen in unmittelbarer Nähe der anderen Händler und des gramgebeugten Bahnhofsvorstehers in meinem zwischen dem Bahnhofsgebäude und den Gleisen eingepferchten Zimmer schreibe, droht mich die billige Sentimentalität meiner eigenen Geschichten zu überwältigen. Ja, ich liebte die junge Frau, ich ging sehr oft in ihre Baracke. Weil das Häuschen des jungen Juden in der Mitte lag, musste ich, wenn ich die junge Frau besuchte, an seinem Zimmer vorbeigehen, was mir peinlich war. Die Krankheit des jungen Juden hatte sich verschlimmert. Er konnte nicht mehr, wie früher, jede Nacht hinausgehen, um Geschichten zu verkaufen, und er schrieb auch immer weniger. Ich hatte sogar begonnen, seine Geschichten weiterzuschreiben. Er war so schwach, dass er nicht mehr in der Lage war, diese Hilfe zurückzuweisen. Wenn er sich etwas besser fühlte, setzte er sich an seinen Tisch und schrieb sehr kurze Geschichten, die der Bahnhofsvorsteher für unzureichend erklärte. Er ermahnte uns, dass wir nach Paragraf Soundso, an den ich mich nicht mehr erinnern kann, mehr schreiben müssten, um die Miete für unsere Unterkunft zu erarbeiten. Manchmal mischte er sich sogar in unsere Themen und unseren Stil ein.

Damals habe ich begonnen, Liebesgeschichten zu schreiben. Der Bahnhofsvorsteher befand, dass sie Anlass zu Gerede böten und wollte mich daran hindern, sie zu schreiben. Wir konnten nicht anders, als uns seinen Einwänden zu beugen und nachzugeben. Wo sollten wir, wenn man uns hier entließe, solche Baracken finden, in denen wir unsere Geschichten schreiben könnten? Meine Geliebte kochte für den Bahnhofsvorsteher das Essen, flickte seine Kleidung, nur um Streit zu vermeiden. Der Bahnhofsvorsteher sah auf uns herab – wenn ich mich nicht irre, hatte er das immer schon getan. Er hielt uns vor, dass wir der Eisenbahn unser Brot und unsere Unterkunft zu verdanken hätten und verlangte von uns, nur noch über die Eisenbahn zu schreiben. Er führte sich selbst als gutes Beispiel an: Würde er als Bahnhofsvorsteher etwa anderswo als bei der Eisenbahn arbeiten? Ich versuchte ihm vergeblich klar zu machen, wie schwer es war, jeden Tag eine Geschichte über die Eisenbahn zu schreiben. Ihm musste klar sein, dass wir diesen Vorschlag nicht akzeptieren konnten. Um uns das ohnehin schon mühselige Leben noch schwerer zu machen, drohte er damit, uns bei der Eisenbahnleitung anzuschwärzen und brachte uns damit schier zur Verzweiflung. Wir hatten uns auch mit den anderen Händlern zerstritten. Wir schafften es in diesem winzigen, abgelegenen Ort unseres Landes nicht, mit einer Handvoll Menschen in Frieden und Harmonie zu leben.

Ich spürte, dass ich erschöpft war. Der allmitternächtlich unterbrochene Schlaf, das Pfeifen der Züge, die Masse von Reisenden, verständnislos und dumm einerseits, betulich und eingebildet andererseits, für die wir jeden Tag neue Geschichten schreiben mussten, der junge Jude, dessen Krankheit Tag für Tag schlimmer und der Bahnhofsvorsteher, der mit jedem Tag unausstehlicher wurde … Ich wusste nicht, wie ich all das aushalten sollte. Auch meine Geliebte war müde und mutlos. Ich musste auch ihr beim Schreiben ihrer Geschichten helfen.

Ich spürte, dass ich nicht mehr klar denken konnte. Die Welt außerhalb des Bahnhofs entglitt mir immer mehr. Ich merkte gar nicht mehr, wie die Tage vergingen. Meine Begabung, in meinen Erzählungen alltägliche Ereignisse zu beschreiben, die Menschen und ihre Lebensweise miteinander zu verknüpfen, war wie versiegt. Ich erfuhr nicht einmal mehr von den wichtigsten Geschehnissen. Von manchen Ereignissen hatte ich wirklich keine Ahnung. In den Zügen fuhren Hunderte Soldaten, die von der Front zurückkehrten. Eine Zeit lang bezog ich meine dürftigen Informationen von ihnen und schrieb Kriegserzählungen. An viele Dinge konnte ich mich gar nicht erinnern: Hat der Krieg in unserem Land stattgefunden? Oder wurde in fernen Wüsten gekämpft? Haben wir neue Territorien erobert oder alte verloren? Der junge Jude antwortete mir mit einem müden Lächeln: Unser Bahnhof ist stets an derselben Stelle geblieben, warum also sollte all das wichtig sein? Da wir ja den Lärm von Kanonen nicht hörten, war der Krieg niemals in die Nähe unseres Bahnhofs gekommen.

Irgendwann entnahm ich dem Gesichtsausdruck der Reisenden im Schlafwagen, die einen missgelaunten Blick auf unsere Geschichten warfen, dass der Krieg schon lange vorbei war. Eines Tages sagte mir ein Reisender, ich würde bei den Namen große Fehler machen. Das hieß, dass ich die Namen unserer Politiker entweder verwechselte oder sie vergessen hatte. Stimmt ja, ich hatte sie seit Jahren nicht mehr laut ausgesprochen. Wir, die kleine Bahnhofsgesellschaft, sprachen seit Jahren nicht mehr miteinander. Wir hatten kein Bedürfnis danach. Selbst der Ortsname war lediglich auf einer Mauer über die Grundfarbe gepinselt worden und inzwischen sehr verblasst. Er geriet allmählich in Vergessenheit. Wir konnten noch nicht einmal ein Wort nachschlagen, denn wir besaßen kein Wörterbuch. Ich hegte allmählich sogar Zweifel, ob ich mich an Wörter, die ich nicht täglich in meinen Geschichten verwendete, überhaupt erinnerte. Mit den Lebensmittelverkäufern redeten wir auch nicht. Der Bahnhofsvorsteher brachte sein Missfallen inzwischen per Handzeichen zum Ausdruck. Der junge Jude war so krank, dass er nicht mehr sprechen konnte. Er äußerte seine Wünsche, indem er mit dem Kopf nickte. Die junge Frau und ich liebten uns lautlos. Nach kurzer Zeit hatte ich mich an diesen Zustand gewöhnt.

Genau genommen konnte ich nicht mehr mit Sicherheit sagen, wie viel Zeit vergangen war. Ich hatte keine andere Wahl, als mich an diese Situation zu gewöhnen, denn ich war nicht mehr der Jüngste. Außer Geschichten schreiben konnte ich nichts tun. Ich konnte nicht mehr in eine größere Stadt ziehen und mir ein neues Leben aufbauen. Unser Kontakt zur Außenwelt nahm immer mehr ab. Die Zeitungen wurden immer teurer und da sie zudem nicht mehr mit den Zügen ausgeliefert wurden, bekamen wir überhaupt nicht mehr mit, was in der Welt vor sich ging. Dann wurde eine neue Eisenbahnstrecke eingeweiht und der Express fuhr nur noch einmal in der Woche durch unseren Ort. Das war mir allerdings recht. Ich wollte nicht länger in aller Eile Geschichten schreiben, und ich wollte meinen Kunden nicht mehr hinterherjagen.

Den ganzen Tag saß ich in meinem Zimmer und schrieb. Nur der Lärm des Schusters nebenan störte meinen Gedankenfluss. Der junge Jude war nicht mehr da: Er war inzwischen gestorben. Ich hatte mir gewünscht, dass die junge Frau in seine Baracke zöge. Doch bevor ich Gelegenheit hatte, meinen Wunsch zu äußern, tauchte der Bahnhofsvorsteher mit dem Schuster bei uns auf. Der Mann richtete sich sofort ein. Aber seine Arbeit in diesem abgelegenen Provinznest lief nicht besser als unsere. Ich überlegte, dem Mann vorzuschlagen, seine Bleibe mit der der jungen Frau zu tauschen. Aber ich hatte zu lange darüber nachgedacht. Denn eines Tages, als ich zu ihm ging, um ihm den Vorschlag zu unterbreiten … Meine Gedanken sind ein wenig durcheinander … Folgendes war geschehen: Die junge Frau war inzwischen verschwunden. Ja, ihre Baracke stand leer. Eines Nachts, als ich gerade eine meiner langen Geschichten zu Ende geschrieben hatte, war sie in den Zug gestiegen und davongefahren. Ich war damals wirklich ziemlich verstört. Meine Geschichten verkauften sich nicht mehr. Da ich nur einmal in der Woche Gelegenheit zum Verkauf hatte, musste ich mehr Geld verlangen. Und außerdem waren die Geschichten wohl nicht besonders packend und interessant. Und so verbrachte ich meine Tage ziemlich hungrig. Eines Tages kritisierte ein Reisender eine meiner Geschichten, die ich ihm zuvor verkauft hatte. Sogar die Seiten waren durcheinander geraten. Und ich erklärte ihm, dass ich seit einer Woche an Hunger litt. Nein, das sagte ich ihm nicht. Das sagte ich einem anderen Reisenden – eine Weile später. Diesem Reisenden versuchte ich zu erklären, dass ich absichtlich so gehandelt hätte. Viele Dinge vergaß ich. Aber auf Kritik reagierte ich sehr sensibel. Dann, und auch wenn ich mir große Sorgen machte, gewann ich meine Lebendigkeit zurück, es war wie in alten Zeiten. Und verlor sie wieder – nach einer Weile. Zum Beispiel machte ich mir große Sorgen, wenn der Bahnhofsvorsteher mir drohte, mich zu entlassen, weil ich zu nichts mehr nütze war. Dabei fand ich, dass ich nun bessere Geschichten schrieb, auch wenn ich kaum Käufer dafür fand. Der Schuster erzählte, was draußen in der Welt geschah. Nicht, dass ich mich heute daran erinnern könnte, aber er erzählte von einer chaotischen Welt, die ich mir gar nicht mehr vorstellen konnte. Wenn ich ihm meine Geschichten vorlesen wollte, hörte er nicht zu. Ich aber spürte, dass sie aus meiner schwer zu beschreibenden Perspektive immer besser wurden. Das konnte ich dem Schuster nicht mehr begreiflich machen. Denn er war gegangen, hatte mich allein zurückgelassen. Einige Zeit nach unserem letzten Gespräch hatte er dem Bahnhof den Rücken gekehrt.

Das war eine der letzten Geschichten, die ich niederschrieb. Es sammelten sich noch viele andere Geschichten an, die habe ich alle in meinem Kopf. Und ich erinnere mich gut an sie. Nur aufgeschrieben habe ich sie noch nicht. Ich wache in alter Gewohnheit zu mitternächtlicher Stunde auf und lege die Geschichten sorgfältig in den

Korb – in den Korb der jungen Frau oder des jungen Juden, der gestorben ist – und gehe zu den Gleisen. Züge fahren hier keine mehr. Auch den Bahnhofsvorsteher sehe ich nirgendwo mehr. Ich glaube, er hat Urlaub – er war jahrelang nicht mehr verreist. Ich trage seine Kleidung. Er hat sie mir wohl überlassen, als er gegangen ist. Aber all das sind Nichtigkeiten.

Ich habe Angst. Denn ich möchte von hier weggehen. Der Krämer schreibt für mich noch an. Lange kann ich so nicht mehr leben. Ich schämte mich, den Krämer zu fragen, und ich schämte mich – als er noch da war –, den Schuster zu fragen: Ich wollte einen Brief schreiben, aber ich wusste die Adresse nicht. Genauer gesagt, ich wusste überhaupt keine Adresse. Sie hätten mir nicht geglaubt und deshalb schämte ich mich. Könnten Sie mir bitte irgendeine Adresse sagen? Das konnte ich ja nicht fragen. Und es gab noch eine Schwierigkeit. Auch heute gibt es sie noch – obwohl eine ganze Weile vergangen ist. Auch meine eigene Adresse bereitet mir Kopfzerbrechen. Wie soll ich diese meine Geschichte, da kein Express und kein Postzug mehr fährt – zumindest derzeit nicht –, wie soll ich einen Weg finden, sie meinen Lesern zu übermitteln – Kunden habe ich ja keine mehr –, wie soll ich erzählen, wo ich bin? Die Gedanken lassen mich nicht los. Dennoch will ich ihm, dem Leser, schreiben, für ihn schreiben, ihm unentwegt erzählen und ihm mitteilen, wo ich bin.

Ich bin hier, lieber Leser. Und wo sind Sie?

## Ayla Kutlu

# Alles Blaue, alles Grüne dieser Welt

Heute Morgen habe ich meine Augen blau ausgemalt. Ein sehr dunkles Blau ... Eigentlich wollte ich auch die Augäpfel und die Pupillen ausmalen ... Das ging aber nicht. Wenn der Kajalstift das Auge berührt, zuckt es zusammen. Gott oder die Natur hätte es anders erschaffen sollen, hat er oder sie aber nicht getan. Ein Gefühl der Unvollkommenheit stieg in mir auf, ein Unbehagen. Um dieses Unbehagen zu vertreiben, weitete ich das Blau aus und zog dünne und dicke Linien um die Augen. Als ich in den Vergrößerungsspiegel sah, erschrak ich. Es waren keine Augen, die ich sah, es waren Wirbel, wie sie in unseren Südmeeren typisch sind. Meine Pupillen waren darin erdfarbene kleine Inseln. Ein solches Ergebnis hatte ich nicht erwartet, aber es gefiel mir sehr gut. Ich stand vom Tisch auf, nahm meine Brille und band sie an eine dünne Kordel in der gleichen blauen Farbe. Ich gab mir Mühe, die Schleife ordentlich zu binden.

Ich weiß sehr wohl, dass heute nicht gestern ist. Gestern war ich eine andere Frau. Gestern bin ich in den Bus gestiegen. Hinter mir saßen zwei Frauen, die den Mund nicht halten konnten.

Meine Augen sehen die Dinge, wie sie sie sehen wollen. Was sie nicht sehen wollen, sehen sie nicht. Das hatte ich früh begriffen: Man sieht seine Umgebung in einem weiten Blickwinkel. Ich aber dachte immer darüber nach, wie ich die Welt sehen würde, wenn ich kein Mensch wäre. Lange Zeit schaute ich nur mit den Augen eines Menschen. Doch eines Tages, ganz plötzlich, stellte ich mir mich selbst in einem sehr tiefen Meer – ich glaube, es war das Rote Meer – als eine Auster vor. Ich hielt mich in der Tiefe an einem Korallenriff fest, sah die Korallen, das Meer, die endlosen Wellen im einfallenden Licht, die dunklen und hellen Flächen, die sich zusammen mit diesen Wellen bewegten, und ich sah das Spiel der Farben. Ich verstand, dass die Menschen nur sehr wenig von den sichtbaren Dingen dieser Welt sehen können, dass das, was sie wahrzunehmen in der Lage sind, sehr beschränkt und armselig ist. Aber sie sind so selbstgefällige Kreaturen, dass sie diesen Umstand leugnen. Deshalb hielt ich es für besser zu schweigen.

Am häufigsten unterziehe ich meine Augen einer Prüfung. Denn die Geheimnisse der Objekte, denen unsere Ohren, Lippen, unsere Zunge und unsere Lungen eine Bedeutung gegeben haben, sind bereits gelöst. Aber die Geheimnisse der Objekte, denen unsere Augen Sinn geben, sind heute noch nicht entschlüsselt. Das war schon zu Beginn der Geschichte so und ist jetzt immer noch so.

Halten Sie bitte inne und denken Sie darüber nach.

Meine Ohren sind von mir unabhängig. Deshalb schminke ich sie auch nicht. Sie sind einfach so und nicht in der Lage, sich zu bewegen. Sie sind an beiden Seiten meines Kopfes angebracht wie zwei überflüssige kleine Löffel. Sie liegen auf einer Linie mit der Stelle, an der meine Wangen aufhören. Sie bilden dort eine feste Linie und sind lächerlich. Sie haben sich diesen Tatbestand noch nie aus dieser Perspektive überlegt, deshalb werden Sie ihn nicht lächerlich finden, werden ihn nicht einmal wahrnehmen.

Die Menschen schminken vielleicht nur ihre Körperteile, die sie bewegen können. So wollen sie die natürlichen Reize ihres Körpers verstärken. Eigentlich habe ich bislang darüber nicht so ausführlich nachgedacht, das ist mir jetzt gerade eingefallen. Sie können darüber auch nachdenken.

Die Frauen, die gestern im Bus hinter mir saßen ...

Die Frau, die ein hellblaues Tuch mit großen lilafarbenen Blumen trug, zupfte dauernd daran herum. Sie sagte:

»Die heutige Jugend ist beneidenswert ...«

Die andere antwortete nicht. Ich fragte mich: »Wer ist die ›heutige Jugend‹? Die, die erwachsen sind oder die, die heranwachsen?«

»Früher ... Es gab weder Spielzeug, noch Bücher, kein Fernsehen, nicht einmal Radio ... Wenn jemand einen Ball hatte, liefen wir ihm nach. Wir versuchten uns gegenseitig auszustechen, schubsten uns weg, traten einander auf die Füße, nur um mit dem Ball spielen zu können ...«

Genau das sagte sie. Sie beschrieb meine Generation. Ich fügte hinzu: »Ein Seil und fünf kleine Steine. Auf den Boden zeichneten wir mit einem Stück Kohle oder Ziegelstein Linien. Auch meine Kindheit war so.«

Sie hörten mich nicht. Ob ich das gar nicht ausgesprochen, sondern nur gedacht hatte? Oder waren sie einfach nicht interessiert?

»Unsere Kindheit begann und ging zu Ende. Sie begann in Armut und so setzte sie sich auch fort. Meine Söhne und auch meine Tochter benutzen nicht einmal die Malfarben, wenn ihnen die Verpackung nicht gefällt. Und Spielzeug haben sie so viel, dass es beim Umzug die meisten Kartons füllt ...«

Das klang, als würde sie auch von mir erzählen. Deshalb wandte ich mich halb um und lächelte sie an. Unser dreier Blicke trafen sich.

Gestern hatte ich meine Augen grün geschminkt. Auch meine Augenbrauen. Mein Mund war ein tiefes, blaues Meer.

Meine grünen Blicke sollten zum hellen Licht des gestrigen Tages passen, deshalb waren meine Augen grün geschminkt. Ich lächelte mit blauen Lippen und weißen Zähnen – und sie erschraken nur. Sie waren zwei alberne, primitive Affen. Schnell wandten sie ihre Blicke von mir ab und versteckten sie in sich.

Es half nichts – ich verzog den Mund. In mir tobte ein ungeheures Gelächter, doch ich ließ es nicht nach draußen dringen. Mit drakonischer Hand sperrte ich es ein, wie die Priester der Inquisition die Gefühle der Menschen einsperrten. Alle Freuden brachen in Wellen über mich herein, ebbten ab und wurden in mir zahm. In diesem Moment sah ich erneut in die Augen der Frauen: Die Farben entstammten ihrem Inneren und hatten keine Bedeutung. Ihre Blicke glichen einer dunklen und gefühllosen Leere. Ich kenne diesen Blick seit Jahren. Wie schade, dass sie Angst vor mir hatten.

Alle haben Angst vor mir. Das weiß ich sehr genau, denn Frau Pfinter hatte es mir viel früher schon gesagt. Wenn ich sie erblickte, wandte ich meinen Blick ab und versteckte mich irgendwo, später dann tat ich so, als hätte ich sie nicht gesehen. Meine Blicke waren wie unsinniges Licht, das durch Hohlräume sickert. Das ist der Verlust des Selbst – und außer dem Menschen braucht kein anderes Lebewesen eine solche Sinnlosigkeit zu ertragen.

Nach einer Weile begannen sie sich wieder zu unterhalten. Jetzt flüsterten sie nur noch. Sie wollten auch sich nicht mehr anschauen, denn sie hatten Angst. Vielleicht lachten sie innerlich. Es ist nicht nötig, das Lachen zu verstecken, sie hätten ruhig laut lachen können. Auch ich hatte nach vielen Monaten begriffen, dass ich trotz der großen Unterdrückung noch lachen kann. Das Licht war durch die Milchglastür aus dem Badezimmer gedrungen. Der ruhelose Körper von Frau Pfinter war verschwunden. Er konnte nicht einmal mehr Schatten werfen.

Meine Schultern zitterten. Mein Kopf zitterte. Ich wollte mir nichts anmerken lassen und drehte mich um. Genau wie die Welt: Die Drehung merkt man gar nicht. Diese beiden Frauen haben meine Umdrehung plötzlich bemerkt, wie man eine plötzliche Veränderung bemerkt. Mein ganzes Grün. Ich habe mein ganzes Grün als Blick, als Lächeln, als innere Tiefe und als Sinn in mir begraben. Ich werde es nie wieder herausholen. Ich wollte es nie wieder hervorholen. Die großen lilafarbenen Blumen – ich rede von den Blumen auf dem Kopftuch der Frau – waren wie eine Koranrezitation, banal und aufdringlich.

Ich stieg aus, kehrte um und ging nach Hause. Ich lief in der Wohnung herum, ohne die Lichter einzuschalten.

Heute ist mein Inneres ein blauer Himmel. Ein Himmel, den man nur auf einer langen Reise wahrnehmen kann.

Stellen Sie sich vor, dass Sie mit Ihrem Liebsten unterwegs sind, so verliebt, dass Sie alles zu sehen bereit sind, was es auch immer sein mag. Ein Blau, wie man es in einem unendlichen Meer der Gefühle oder zwischen den Ästen eines Apfelbaumgartens am Wegrand entdecken kann. Sie gehen weiter, aber Ihr Verstand verweilt dort. Oder dieses Blau fügt sich in ihre Freude.

Ich bin nicht mehr so glücklich wie vorhin. Ich habe jetzt Bedenken, ob die Sprossen, die von meinen Augen bis zur Stirn hinaufreichen, das Blau richtig wiedergeben. Auch als ich meine Augenbrauen blau geschminkt habe, gelang es mir nicht richtig. Hätte ich bloß blaue Kontaktlinsen. Aber ich habe kein Geld, um Kontaktlinsen zu kaufen. Hätte ich es, dann hätte ich vielleicht keine Zeit. Denn die Zeit überrollt uns, ganz gleich, welche Farbe man nimmt, und macht dabei aus den Farben Farblosigkeit.

Ich kann blaue Bäume, Parks und Kinder erschaffen. Jetzt stehen sie vor mir. Wenn die Zeitungen zerrissen werden, verwandeln sie sich in blaue Papierfetzen und verschwinden vor meinen Augen. Sie fallen vom Himmel als Schneeflocken, von Dunkelblau in Hellblau verwandelt. Aber es ist so warm, dass sie in dem Augenblick schmelzen, in dem sie auf den Wassermassen landen. Denn die Zeit kommt.

Die Zeit besteht aus zwei Teilen: Der eine Teil ist die erwartete Zeit. Sie können sie sich in Farbe und Dauer vorstellen und auch als Geruch, wenn Sie wollen. Der andere Teil – Sie müssen das unbedingt tun, denn sie hat einen zweiten Teil –, die wirkliche Zeit, farblos und schnell vergehend, ist erbarmungslos.

Als ich mit dem Blau fertig war, nahm ich den Vergrößerungsspiegel in die Hand, um mein Lächeln der ganzen Welt zu schenken. Ich schminkte meine Lippen grün. Ich malte jeden noch so kleinen Winkel sorgfältig aus. Meine Lippen werden zu blühen beginnen, nach einer Weile werden kleine Knospen aufgehen. Ich sah mit festem Blick in den Spiegel und wartete mit angehaltenem Atem. Augenblicklich wollte ich dieses Aufblühen sehen. Aber meine Lippen blieben grün und eisig und die Welt wurde nicht größer. Mein Herz musste sich von dem Wunsch verabschieden, eine Blume zu werden. Im Herbst wechsele ich zum Winter. Ich weiß das.

Ich hätte ein Paar Kontaktlinsen aus Plastik haben müssen. Ich wünsche mir blaue. Durch sie könnte ich mich der Welt anpassen.

Ich fragte das kleine Mädchen – das ich nicht vergessen habe, das immer an meiner Seite ist, ja, sogar in mir ist. Ich fragte Suzan. Suzan kommt manchmal mitten in der Nacht. Immer, wenn sie es will, meist, wenn die Stille sehr intensiv ist, kommt sie aus der Ferne zu mir, so schnell wie das Licht. Sie weiß nicht, was Erpressung ist. Sie hat nicht lange genug gelebt, um die Menschen zu betrügen.

Früher wollte ich in allen Belangen wie Suzan sein. Sie hat sich nicht verändert. Ihre Haare sind noch immer lockig. Sie spielt mit ihrem Spielzeug. In ihrer Wohnung wird das Essen auf gestärkten weißen Tischdecken serviert. Ihr Gesicht ist weiß, ihre Augen sind schwarz und sie ist ein braves Mädchen, geduldig und unglaublich großherzig. Ich hatte mir damals wie verrückt gewünscht, wie Suzan zu sein.

Suzan hat das schönste Lächeln. Sie lächelt immer. Sie wendet ihre Augen nicht ab. Sie ist kein Mensch, in dessen Blick sich Leere spiegelt ... Sie drehte sich staunend um, ihre Augen weiteten sich und ihr Mund blieb offen. Dann schloss sie den Mund und ihre Augen fielen zu, ihre pechschwarzen Wimpern reichten bis zu ihren Wangen. Bevor ich dort wegging, öffnete ich mit zwei Fingern eines ihrer Augen, aber es war kein Licht mehr darin. Ich ging weg.

Obwohl sie ein Kind der damaligen Zeit war, hatte sie von allem genug: so viele Früchte, Süßigkeiten, Kleider, Hefte, Bücher, Spielzeug und Malfarben, wie sie nur wollte. Weil ich keine andere Wahl hatte, malte ich die Berge immer schwarz aus, mit einem billigen Stift, der immer wieder abbrach, doch sie malte sie orangefarben, lila und grün, wie sie gerade Lust hatte. Ihre Berge sahen wie wahre Berge aus. Wenn ich ihre Bilder sah, spürte ich Freude. Jeder spürte diese Freude. Meine Bilder verblassten sofort, wenn sie fertig waren, und sie wurden alt.

Ich habe keine grünen Kontaktlinsen und auch keine blauen. Wenn Suzan hier wäre, würde sie irgendetwas mit mir tauschen und mir solche Linsen geben. Sie gab einem nie, was sie geben wollte, sondern was man selbst von ihr haben wollte. Es war immer genau das, wonach man selbst Sehnsucht hatte. Wenn man mit ihr zusammen war, wusste man, dass es wieder Frühling werden würde – wenn man auf einem Weg um die Ecke bog oder am Ende einer Beziehung war oder wenn man sich urplötzlich an etwas Vergessenes erinnerte ... Der Frühling würde kommen ... Er würde kommen und alles Gewohnte verändern.

Sie haben mir zugehört, vielen Dank. Sie sind zu einem Schluss gekommen – den kenne ich. Dafür danke ich Ihnen nicht. »Die Frau ist verrückt ...«, denken Sie. Und: »Wer ist diese Frau?«, fragen Sie sich. Wer bin ich? Das Mädchen, das Frau Pfinter so beschrieben hat: Sie ist in die Linie ihres Körpers und ihres Halses verliebt. Die Internatsschülerin aus früheren Jahren.

Ich weiß, dass Sie meine Brosche sehr aufmerksam betrachten. Sie ist schön. Früher gehörte sie Frau Pfinter. Ich streichele sie und möchte glauben, dass sie ein Geschenk ist. Das ist das einzige wertvolle Schmuckstück aus der Zeit, als wir Metallketten und Blumen trugen.

Die Wahrheit ist, dass ich vor Frau Pfinter vom ersten Tag an Angst hatte. Sie sah einen so merkwürdig an. Sie passte höllisch auf die jungen Mädchen auf. Sie legte ihren Arm um ihren Hals, zog ihren Kopf an sich, legte ihn auf ihre welke Brust. Ohne dessen überdrüssig zu werden, küsste sie die Haare der Mädchen. Sie wusste immer genau, wann es Zeit fürs Ausziehen war, wann wir unsere Nachthemden anzogen. Sie lauschte vor der Tür – das hatte ich oft genug überprüft.

»Sei unbesorgt, mein Kind, du auch. Ich beobachte euch nicht. Ich drehe euch den Rücken zu.«

Das tat sie nicht. Wir wussten nicht, was wir tun sollten: Sich auszuziehen wäre ungezogen gewesen, sich nicht auszuziehen ging nicht. Misstrauen zu zeigen hätte bedeutet, heimlich etwas anzudeuten …

Ich rede zu viel. Diese Brosche war Frau Pfinter selbst, die dicke Strümpfe trug, deren Kittel nach Schweinefett roch, die Männerschuhe anzog und flache Brüste hatte, die mit uns ein Spiel an der Grenze zwischen Herzenswärme und Angst trieb.

Sie haben mich »verrückt« genannt. Vielleicht haben Sie Recht. Man hat mir den Verstand geraubt. Was man mir an seiner Stelle gegeben hat, sehen Sie ja. Nicht einmal die Linie meines Körpers und meines Halses sind mein. Man gab mir schmalere Linien und ein breites Gesicht. Um nichts davon zu sehen, muss ich meine Brille absetzen. Wenn ich sie doch aufsetzen muss, binde ich Schleifen daran in der Farbe meiner Augen und meiner Augenbrauen. Ich habe meinem Mund verboten zu sprechen. Meine Augen sagen schon mehr als genug.

Meine Großmutter bediente sich der gleichen Sprache. Wenn sie ihre Brille von der Nase nahm oder aufsetzte, bemühte sie sich, sie immer an der gleichen Stelle anzufassen und sie gerade zu halten. Genau dafür braucht man die Geometrie. Geometrie braucht man. Dank der Geometrie konnte die von Frau Pfinter übrig gebliebene Brosche achteckig bleiben.

Es war während der Abenddämmerung. Sie war in ihrem dunklen Zimmer neben der Küche. Das Fenster ging auf den Flur hinaus. Sie hatte eine Kerze angezündet und ihren Kittel und die Männerschuhe ausgezogen. Wir waren immer bemüht, nicht durch ihr Fenster zu sehen, wenn wir in die Küche gingen. Wir bemerkten jedoch, dass endlose blaue und grüne Ranken – ihre Augen – uns wie in eine Amphora hineinzogen und zu verschlucken drohten. Wenn ihr danach war, rief sie und dann musste man zu ihr gehen. Am nächsten Tag fand man sich vor ihrer Tür wieder und sie rief einen nie wieder zu sich. Dann war einem, als würde man ersticken. Ihr Zeigefinger glitt mit der Kante, scharf wie eine Rasierklinge oder wie eine spitz zugeschnittene Seife, mit der man den Schnitt auf einen Stoff überträgt, unter meinem Kinn auf dem Hals hin und her. Totenstille. Man hätte sterben wollen, ganz leise … Die Welt geriet durcheinander. Man musste lernen, nicht zu sehen, nicht zu riechen.

Die Augen meiner Großmutter näherten sich meinem Gesicht wie langsam herabsinkende Nebelfelder und waren dann verschwommen. Um diese Verschwommenheit nicht sehen zu müssen, schloss ich meine Augen immer ganz fest. Ich dachte immer, sie würde mich schlagen, aber ich irrte mich. Sicher aber war ich nie, ob als nächstes nicht doch eine Ohrfeige käme, und so machte ich meine Augen lieber zu. Eine adrige, trockene Hand streichelte mir weich über die Wangen bis zu den Ohren, während die liebevollsten Worte gesprochen wurden. Dann war die Geometrie zu Ende und das normale Leben begann.

Jahre später, als Frau Pfinter die Linien meines Körpers zuerst über der Decke, dann darunter und schließlich unter meinem Nachthemd nachzuzeichnen begann, drückte ich meine Augen genauso zu. Als sie begann, meine Wangen zu küssen, wurde mir übel, dann vernebelte sich die Welt ganz und gar. In meinem Bett, an meiner Seite, wo sie sich hinlegte, roch es später, nachdem sie aufgestanden und gegangen war, schwer nach Lilien, nach faulenden Laken und nach etwas, von dem ich nicht wusste, was es war – etwas Animalisches und Sinnliches. Dann erst öffnete ich die Augen und wollte alles grün malen. Das hätten auch Augen sein können, die dem fernen Meer ähneln, über dem ein leiser Regen nieselt und ein einsamer Wind weht. Aber die Mischung aus beiden – niemals!

Ich habe mein Leben lang nicht »Nein!« sagen können. Habe ich das schon erwähnt? Frau Pfinter war die Erste, die das bemerkte.

Meine Großmutter schlief sofort ein, wenn sie sich hinlegte. Bevor sie ins Bett ging, klappte sie die ziselierten Bügel ihrer Brille zusammen, legte sie an das Kopfende. Dann rutschte sie an den Rand des Bettes und drehte sich auf die Seite. Ich fürchtete, dass sie nicht mehr atmen würde, und wartete, streckte meine Hand leise nach der Brille aus. In diesem Moment begann sie laut zu schnarchen. Ich zog meine Hand zurück und zählte unendlich lange. Auf diese Weise stellte ich sehr früh fest, dass man gar nicht bis unendlich zählen kann. Man wiederholt immer wieder die gleiche Zahl, als würde man sich im Kreise drehen. Allmählich wurde der Atem der Großmutter regelmäßig. Dann legte auch ich mich hin, nahm das Buch ›Gullivers Reisen‹ und begab mich ins Land der Riesen.

Wenn mein Vater in der weiten Welt unterwegs war, machte mir das Lesen, die Betrachtung durch ein Vergrößerungsglas, sehr viel Spaß. Er war aber nicht immer weit weg. Manchmal kam er nach Hause. Er war sehr groß. Er war Kapitän auf einem Schiff, ein großer und grobschlächtiger Mann. Wo er stand, warf er nicht nur einen Schatten, es verdunkelte sich vielmehr regelrecht der Raum. Ich wäre vielleicht vor Angst gestorben, wenn sein Schatten auf mich gefallen wäre. Die Dunkelheit breitete sich so schnell aus, dass ich keine Zeit hatte, die Brille aus der Hand zu legen. Er kam und löschte das Licht, ohne darauf zu achten, was ich tat. Das Licht war nicht so ohne weiteres auszuschalten, er musste den Schalter drei, vier Mal nach rechts drehen.

»Verflucht noch mal«, schimpfte er. »Dieses Mädchen hat nicht begriffen, in welche Richtung sie den Schalter drehen muss.«

Ich drehte den Schalter immer in die verkehrte Richtung. Am Ende ging das gelbe Licht aus. Ich legte mich im Bett auf den Rücken und streckte meine Füße aus, zog die Decke bis zum Hals hoch und ließ die Hände nur so weit draußen, dass meine Finger zu sehen waren. Mein Vater sagte mir kein einziges Mal »Gute Nacht«. Auch nicht »Guten Morgen«. Vielleicht sagte er das zu niemandem. Wenn er auf Reisen war, wachte ich morgens auf und die Welt erschien mir wunderbar:

»Guten Morgen, Großmutter, guten Morgen, Fliege,

der ich die Flügel gestutzt habe. Guten Morgen, Ameise, guten Morgen, Marmelade, guten Morgen, Oliven, Straßen, guten Morgen, Feigenbaum, Straßenpflaster, alles!«

Ich hoffe, es gibt keine Väter mehr auf der Welt, die aus nie zu erfahrenden Gründen den gedeckten Tisch umwerfen.

Ich habe den Wert einer Mutter, die den Tisch deckt, der man dafür dankt und der man auf den Hintern klatscht und mit der man derbe Späße treibt, nicht gekannt. Vielleicht vermisste ich sie deshalb auch nicht. Die ehrlose Frau meines Vaters ist abgehauen, bevor ihre Tochter vierzig Tage alt war. Deshalb ist sie es nicht wert, Mutter genannt zu werden ...

Mutter hätte die Frau sein können, die im Haus von Suzan saß, in einem schönen lilafarbenen Gewand, auf dessen Brust ein hellrosafarbenes seidenes L aufgestickt war – oder war es ein Zweig mit Ranken?, das wusste ich nie genau –, die schwarze Haare und rot geschminkte Lippen hatte und Leyla hieß. In unserem Haus hätte nur das Bild einer solchen Frau hängen können. Unsere Wände waren – bis auf den Beutel, in dem meine Großmutter ihren Koran aufbewahrte – vollständig kahl.

Als ich meine Mutter das letzte Mal sah, weinte sie. Ich konnte ihr nicht ins Gesicht schauen. Ihre Hände, die auf dem Rock ihres grauen Kleides lagen, waren angespannt. Die Finger ihrer gefalteten Hände klammerten sich krampfhaft aneinander, und ich sah diese Hände weinen.

Als ich später darüber nachdachte, wusste ich nicht, warum ich vor meinem Vater so viel Angst gehabt hatte. Er hatte einmal den gedeckten Tisch umgeworfen. Das war wie ein Erdbeben gewesen ... Meine Großmutter hielt meine Angst, dass er alles umwerfen und zerschlagen könnte, ständig aufrecht.

Als ich an jenem Tag aus der Schule kam, gab es ein Erdbeben wegen der Frau, die mich umarmt hatte. Am nächsten Tag stieß ich die Frau von mir und schrie:

»Komm mir nicht zu nahe, fass mich nicht an! Ich habe keine Mutter! Ich will keine Mutter!«

Ich sah sie nie wieder. Meine Großmutter ging mit mir zum Markt und kaufte mir ein Paar weiße Lackschuhe mit roten Schleifen.

Später aber erlaubte sie mir nicht, sie anzuziehen.

»Nicht im Winter«, sagte sie. »Am nächsten Feiertag.«

Als sie mir erlaubte, die Schuhe anzuziehen, passten sie mir nicht mehr.

Wenn mein Vater zu Hause war, drückte er mir eine Halbliterflasche, die mit Seife ausgewaschen werden musste, in die Hand und schickte mich Rotwein kaufen. Jahrelang begleitete mich die Angst, die Flasche könnte unterwegs zerbrechen und mein Vater, der am gedeckten Tisch wartete, würde wütend werden.

Nach der gründlichen Reinigung wickelte Großmutter die Flasche in Packpapier und sagte: »Lass sie auf dem Rückweg nicht fallen. Wenn die Flasche zerbricht, kannst du keinen Fuß mehr in dieses Haus setzen.«

Ich lief über die Straße, bog links in die Hauptstraße ein, lief bis zum zweiten Laden. Ich ließ den Krämer Nimetullah, dessen Laden winzig klein wie ein Käfig war, Rotwein in die Flasche füllen. Manchmal steckte mir Nimetullah für meine Großmutter fünf Zigaretten – keine Päckchen, sondern fünf einzelne – der Marke Gelincik in die Tasche. Sobald er mir die Flasche mit dem Rotwein in die Hand gedrückt hatte, waren meine beiden Hände nur noch mit dem Halten der Flasche beschäftigt. Während Nimetullah die Zigaretten in meine Tasche steckte, fuhr er kaltschnäuzig mehrmals mit seiner Hand über meine Scham. Ich gab keinen Ton von mir. Ich musste auf die Flasche aufpassen und ich musste sehr behutsam nach Hause laufen. Der Muezzin rief bereits das Abendgebet, im Radio war das Musikprogramm zu Ende und bis zu den Nachrichten wurde es ausgeschaltet. Die Türen waren verschlossen und die Straßen waren leer. Ich gab auf jeden meiner Schritte acht. Ich zählte meine Schritte ... Ich musste hundertachtzig Schritte gehen, die keinen anderen Sinn hatten, als dass ich meiner Großmutter die Flasche im Packpapier übergeben konnte. Mein Herz klopfte wild. Ich fragte mich, warum der Wein flüssig war. Ich fragte nicht, warum man mich geschickt hatte, den Wein zu holen, das kam mir nicht in den Sinn. Warum war es nicht so wie bei Brot, Kohle, Petersilie, Kartoffeln, Zuckerrohr und Johannisbrot? Es war ja nicht einmal wie bei Eis. Noch neunundachtzig Schritte ... Warum zerbrach Glas? Es gab dabei einen hohen, weinerlichen Ton von sich und ließ sich nicht wieder zusammensetzen. Die Straße war an der einen und mancherorts auch an beiden Seiten mit Granatapfelbäumen gesäumt. Die Pomeranzen blühten und trugen Früchte, jeder konnte sie pflücken. Fünfunddreißig Schritte ... Was könnte ich tun, um die anderen glauben zu machen, auch ich hätte eine Wolljacke? Fand meine Großmutter keine Lösung? Sie hätte ein wenig nachdenken sollen, oder vielmehr gründlich. Es hätte genügt, wenn sie etwas Altes aufgetrennt und mir aus der Wolle zehn Zentimeter lange Ärmelstücke gestrickt hätte, die ich angezogen hätte und die unter meinem Kleid sichtbar gewesen wären. Dann hätten die Kinder glauben können, dass ich unter der Uniform eine Strickjacke trage. Suzan hatte ein hellblaues Oberteil aus Mohair, weich und dick, wie Wolken.

»So etwas ist für kalte Orte. Ich trage es, weil es meinem Vater so gut gefallen hat, dass er es mir gekauft hat«, sagte sie.

Es waren noch zwölf Schritte zu tun ... Die Flasche lag in meinen verschwitzten Händen, noch war sie nicht heruntergefallen. Noch ein Schritt ... Ich stellte die Flasche auf die hohe Schwelle und drückte auf die Klingel.

»Gut gemacht«, das hörte ich von meinem Vater nie, obwohl ich mehr als tausendmal Wein für ihn geholt habe, ohne die Flasche fallen zu lassen. Vielleicht war es auch tausendfünfhundertmal. Nimetullah betatschte jedes Mal meinen Körper. Hat mir Großmutter meinen Vater falsch beschrieben? Hat sie gelogen? War er gar kein Kapitän, obwohl sie gesagt hat, dass er einer war? Übertrieb ich?

Jetzt erzähle ich meine Geschichte. Ich erzähle sie immer und jedem. Nicht laut, nur in mich hinein erzähle ich sie. Sie hören sie nicht. Sie sind so sensibel wie ein altes Stück Zeitungspapier.

Wie Sie sehen, trage ich eine Mütze. Es kommt Ihnen nicht in den Sinn, nach dem Grund zu fragen. Erst wickele ich mir einen Wollschal um den Kopf, darüber binde ich einen Turban, darauf setze ich eine Mütze. Obenauf kommt noch eine Babymütze. Wie sonst soll ich beweisen, dass der Mensch, im Gegensatz zu den Bäumen, die Schichten nicht in sich tragen kann?

Sie haben mich nicht gekannt. Sie kennen mich. Sie haben so getan, als hätten Sie mich nicht gesehen, oder Ihre Blicke abgewandt, wie die Frauen im Bus, als sich unsere Blicke trafen. Sie haben getan, als hätten Sie nicht hergesehen. Sie haben über mich geflüstert, aber so getan, als ob es nicht stimmt. Ich weiß das. Sie wollen nicht verstehen, dass ich in den Nonstop-Bussen glücklich bin.

Es gibt noch etwas, was Sie nicht wissen: Wie viele Dinge in der Welt von hier nach dort und umgekehrt getragen werden ... Ihre Lippenstifte, Stifte, Taschentücher, Blumen, Bilder, Taschen, Stühle, Mülltüten, Kaffeekocher, Zigaretten, Bankausweise und Ihr Überdruss ... Ich finde, man sollte lieber Gemüse und Schafe hin und her tragen. Also die Dinge, die unabhängig von uns existieren können. Dinge, die nicht zerbrechen: Toilettengräben, Tierfelle, Seidenkokons ... Ich trage diese Dinge. Wenn ich sie irgendwo zurücklassen müsste, würde ich weinen. Sind sie weniger sinnvoll als die Dinge, die Sie mit sich herumtragen, versteckt und benutzt?

Zu Zeiten, als ich Ihre Grausamkeiten nicht aushalten konnte, schloss ich mich tagelang in der Wohnung ein. Ich biss die Zähne zusammen, bis die Frau in mir anfing zu schreien. Wenn diese Frau, die das Kind in sich niemals hat erwachsen werden lassen, die die Ängste dieses Kindes noch immer erlebt, die als junges Mädchen von Frau Pfinter missbraucht wurde und ihren Ekel davor aus Verzweiflung wie Schleim hintergeschluckt hat, schreit: »Ich habe genug, ich habe genug«, antworte ich: »Dann gehen wir hinaus. An die frische Luft. Hör auf, die Menschen zu beschuldigen. Sie sind nicht auf dieser Welt, um dir gegenüber tolerant zu sein. Sie leben, um sich selbst zu gefallen. Deshalb sind sie so erbarmungslos ...« Sie hört das nicht. Sie redet wieder wie von Sinnen: »Ich bin bereit, ihnen zuzuhören. Aber ich kann zu den Menschen keine Verbindung herstellen. Die Einsamkeit um mich könnte zerbrechen. Wenn man sie mir reichen würde. Ich sehe alles, höre alles, aber ich kann keinen Kontakt zu ihnen herstellen. Ich bin mir dessen bewusst, ich bin mir all dessen bewusst.«

Als ich dann Tage später ängstlich hinausging, versteckte sie sich wieder in meinem Innern wie ein krankes Tier. Ein von Parasiten befallenes Tier, das sich in die Dunkelheit flüchtete. Ich holte meine Fahrkarte für den Nonstop-Bus heraus und zeigte sie jedem. Sie wandten ihre aschgrauen Blicke von mir ab, sie waren müde und missgelaunt. Sie schätzten die Freiheit nicht, überall in der Stadt hinfahren zu können.

Unter Menschen, die sich ihrer Freiheit nicht bewusst sind, kann niemand frei sein. Auch ich senkte meinen Kopf. Damit sie jene andere Frau in mir nicht sahen, drehte ich mich unauffällig um.

Mit meinen blauen Augen, den blauen Augenbrauen und den erdfarbenen Inselchen, meinen Pupillen, näherte ich mich dem Fenster. Es war früh. Die Sonne warf kupferne Strahlen auf den Himmel. Der Himmel schien über so viel Rot, das das Blau überstrahlte, verwundert zu sein. Er war schön wie ein Kind. In diesem Moment fiel ein Hund, der zwischen den Kanistern und Behältern nach Nahrung suchte, um. Der Schall des Gewehrs war später zu hören, er sammelte sich in meinen Ohren, lagerte sich dort ab, verklang aber nicht. Der Hund fiel hin, seine Beine – oder ihr Schatten – in die Höhe gestreckt. Er schlug auf dem schwarzen, empfindungslosen und harten Boden auf. Die Freude, Nahrung zu schnuppern, hatte ein jähes Ende genommen. Ich habe es mit eigenen Augen gesehen.

So etwas tut man in den frühen Morgenstunden mit abgesägten Gewehren. Oft nähern sich die Jäger den verletzten, qualvoll jaulenden Hunden, deren Körper bleiern geworden sind, bleiben stehen und treten sie. Ich beobachte aus der Ferne ihre Augen, aus einer solchen Ferne, dass mich keiner von ihnen sehen kann. Ich blicke in die leeren Augen der Menschen, aus denen das Licht der Hunde entweicht: Ich sehe endlose grüne Flächen. Das Grün erlischt in den Augen der Hunde ganz langsam, es wird schwarz, es wird neblig, es verschwindet. Bevor sich ihre Augen schließen, verkrampft sich ihr Körper ein letztes Mal, zitternd. Dann geht ihr Licht aus.

Ich werfe alle Kinder aus meinem Leben. Alle meine Ohren, meine blauen Münder ... Ich verstecke mein Gesicht im Kissen und warte darauf, dass meine Nerven, meine Stimmbänder und meine Reflexe, die denen der toten Hunde ähneln, verzagen.

Das Leben geht weiter. Ich stehe auf und schminke meine Augen und meinen Mund schwarz.

Die abgesägten Gewehre töten meine kindliche Naivität.

Sie töten Suzan.

Das dunkle Grün der Wiesen, die sich von den steinernen Sommerhäusern bis zum Hain im Tal erstreckten, nahm und nahm kein Ende. Auch durch unser kindliches Herumrennen nahm es kein Ende. Das Gras war in der Nähe des Hains länger und dunkler. Als Suzan gefunden wurde, war sie so verwest wie das Gras unter den Pinienbäumen. Niemand hatte gesehen, dass wir dort hinuntergestiegen waren. Auch nicht, dass ich allein den Ort verlassen hatte. Frau Pfinter ging ins Bad und sie konnte nicht mehr heraus. Obwohl ich ... Ich kam am Ende heraus. Ich wurde von den Schreien der Angeketteten und denen, die in ihrer Nacktheit schreckliche Geheimnisse versteckten, gerettet. Dort waren Erde und Untergrund grau. Es gab dort eine Hoffnungslosigkeit ohne Anfang und ohne Ende.

Deswegen habe ich bis heute Morgen auf die Welt mal blau, mal grün geschaut. Mein Lächeln ist blau oder grün. Deshalb …

Sie haben nicht das Bedürfnis, irgendetwas zu lernen, Sie wenden Ihren Blick von mir ab.

In den heiligen Büchern wird das der Kreislauf des Lebens genannt: Der Mensch entsteht aus Erde und wird zu Erde. Dazwischen gibt es lediglich einen Vogel, Seele genannt, der ein paar Flügelschläge tut. Der Vogel fällt und das Leben endet. Das ist alles, was ich weiß und was Sie vorziehen zu vergessen.

## Ayşe Kulin

# Gülizar

Artin Usta goss die Gipsform sorgfältig mit der Gummimasse aus, dann bedeckte er sie mit Papier. Er goss erneut Gummimasse in die Form, diesmal aber bedeckte er sie mit Karton, dann legte er Schulterpolster darauf. In einem Blecheimer bereitete er die Katalysatormasse zu und strich sie über den wohlgeformten Frauenkörper. Bevor er die Glasfaser über die Katalysatorschicht legte, zündete er sich eine Zigarette an. Bei der Herstellung der Körper musste man bestimmte Maße einhalten. Der türkische Standard des weiblichen Körpers war auf 88 cm Brustumfang, 70 cm Taille und 90 cm Hüftumfang festgelegt. Auch die Länge der Arme und Beine war konstant, doch wenn die Reihe an das Gesicht kam, holte Artin Usta erst mal tief Luft. Beim Gießen der Form für den Kopf hielt er sich nicht an die Norm, sondern dachte an ein schönes Gesicht, meist an einen Star aus einem Film, und noch bevor er sich versah, formten seine Hände dieses Gesicht seiner Vorstellung entsprechend nach.

Wenn er Gesichter formte, überließ er sich ganz seiner Vorstellungskraft und verglich sich mit einem Gott, der dabei war, seine menschlichen Geschöpfe zu kreieren. In solchen Augenblicken gewann sein Beruf eine ganz andere Dimension und sein Herz wurde von großen Gefühlen ergriffen, wie sie nur Künstler kennen.

An dem Tag, als die Firma Kemo-Textilien ihm einen

Auftrag erteilt hatte, begann er in seinem Atelier gleich mit den Vorbereitungen für die Herstellung. Er wusste genau, dass er diesmal Gülizar modellieren würde.

Gülizar ging ihm nicht mehr aus dem Sinn, seit sie fünfzehn Jahre alt geworden war. Er kannte sie seit ihrer Geburt, hatte sie schon in Windeln liegen gesehen, und die Gefühle, die er der Nachbarstochter gegenüber hegte, bereiteten ihm ziemliches Unbehagen, aber er war dagegen machtlos. Von ihrem wunderschönen Körper, den wohlgeformten Beinen und den violetten Augen mit den langen Wimpern träumte er Tag und Nacht.

Artin Usta war von Gülizar sehr angetan, was also lag näher, als sie neu zu erschaffen. Er spürte, dass die Schaufensterpuppe, die er für die Firma Kemo anfertigen sollte, den Höhepunkt seines Handwerks bilden würde, das er seit seiner Jugend, seit nunmehr fünfzig Jahren, ausübte.

Als er in der Spielzeugwerkstatt Bedros Karayans zu arbeiten begonnen hatte, war er ein junger Bursche gewesen. Er genoss es, das Spielzeug, von dem seine in Frankreich lebende Verwandtschaft ihm berichtet hatte, nun eigenhändig herzustellen. Als aber die Textilindustrie Anfang der Fünfzigerjahre einen Aufschwung erlebt hatte, stellten die Karayans die Produktion von Spielzeug auf Schaufensterpuppen um. Damals waren Tag für Tag zwanzig bis dreißig Schaufensterpuppen vorbereitet worden. Weil man abwarten musste, bis das Material getrocknet war, dauerte die Herstellung mehr als drei Tage. Man kam bei den vielen Bestellungen kaum noch nach. Als es dann so viele Aufträge gab, dass die Firma expandieren musste und sogar in anatolischen Städten Filialen eröffnete, hatte man auch die Etage über der Werkstatt dazugemietet. Zwei Jahre später hatte Artin Usta das Haus im Stadtteil Tarlabaşı, in dem er bis dahin zur Miete gewohnt hatte, samt Untergeschoss gekauft. Gülizar war damals noch nicht geboren.

Das Leben einer Schaufensterpuppe ist dem des Menschen nicht unähnlich: Es läuft etwa zwanzig Jahre reibungslos, dann beginnen sich Abnutzungserscheinungen bemerkbar zu machen. Aber es musste etwas Schlimmes passieren, etwa ein Wasserschaden oder ein Brand, bis die Stammkunden eine neue Puppe bestellten. Sonst begnügten sie sich damit, eine neue Perücke zu kaufen oder die Wimpern erneuern zu lassen. Den Meister suchte man kaum noch auf. Und die Schaufensterpuppen wollten und wollten nicht altern. Herr Karayan, der Firmenbesitzer, sagte: »Gott möge mir verzeihen, aber ich habe in der Kirche eine Kerze angezündet, dass es im Keller des eleganten Ladens ›Lyons‹ einen Wasserschaden geben möge, damit wir in diesem Monat unser Auskommen haben.«

Artin Usta fühlte sich danach wie ein Totenwächter.

Bis in die Sechzigerjahre hinein hielt sich die Firma über Wasser. Dann aber begann die große Rezession. Weil die Schaufensterpuppen zu teuer waren, begann man billige Puppen aus Stoff zu fertigen, ohne Arme und Beine, wie Schneiderpuppen. Die meisten Arbeiter wurden entlassen. Artin Usta bot seinem Chef, für den er vierzig Jahre lang gearbeitet hatte, selbst an, zu gehen. Er war alt und müde geworden. Überdies war seine Frau kränklich und lag ihm seit Jahren in den Ohren, dass sie nicht allein zu Hause bleiben wollte.

Artin Usta richtete sich im Keller seines Hauses eine einfache Werkstatt ein. Weil die Karayans keine Schaufensterpuppen mehr produzierten, schickten sie einige Kunden zu ihrem ehemaligen Meister. Artin Usta hatte so sein knappes Auskommen.

Er strich das Isoliermaterial über die Glasfaser und wartete, bis es hart wurde. Als er endlich mit dem Gesicht beginnen konnte, war er ganz aufgeregt und von einer kindlichen Freude erfüllt. Die Haare der Puppe wollte er nicht aus Kunststoff anfertigen, er hatte vielmehr bei dem Friseur im Viertel echtes Haar bestellt. Das echte Haar kam zwar sehr teuer, aber dieses Mal würde er eben Gülizar modellieren. Um nichts auf der Welt hätte er Gülizars Haare aus Kunststoff hergestellt.

Sobald er mit der Puppe fertig sein und sie zum Kunden bringen würde, um sie zu zeigen, würde er sie in ein Laken wickeln, damit die Nachbarschaft sie nicht sähe. Wenn er daran dachte, dass er bald die nackte Gülizar in Armen hielte, wurde Artin Usta rot, sein Inneres von Wärme erfüllt. Er wischte seine Hände an der Schürze ab und zündete sich eine Zigarette an. Wie ein Film liefen vor seinem inneren Auge Bilder von Gülizar ab.

Das dritte Kind von Remzi, dem Flüchtling, war auch ein Mädchen geworden. Als Artin Usta mit seiner Frau das Baby zum ersten Mal besuchte, lag es in Flanellwindeln und sah ihn mit strahlenden blauen Augen an, als würde es ihm eine besondere Botschaft übermitteln.

Dann wurde das Mädchen größer, drei Jahre, fünf, sieben Jahre alt ... Die Flüchtlingsfamilie hatte viele Kinder, Artin Usta und seine Frau dagegen keine. Gülizar kam jeden Tag zu ihnen, wie ein Kätzchen. Sie erfuhr hier Liebe und Zuwendung. Sie spielte mit den Ketten und Perlen seiner Frau, legte sich die Ketten um den Hals und betrachtete sich im Spiegel. Sie brachte Freude in Artin Ustas Leben. Am meisten liebte er die staunenden Augen des Mädchens. Gülizar schaute immer, als würde sie über etwas staunen. Manchmal, wenn sich ihre Geschwister in der Schule mit einer Kinderkrankheit angesteckt hatten, schickten die Eltern Gülizar sogar über Nacht zu Artin Usta. Als er noch bei den Karayans arbeitete, hatte er Gülizar ein paarmal mit in die Werkstatt genommen.

Gülizar wuchs heran und ging in die Schule, erst in die Grundschule, dann in die Hauptschule. Weil ihr Vater, der als Beleuchtungsmeister beim Film arbeitete, sehr spät nach Hause kam und weil ihre Mutter nichts davon verstand, machte Gülizar ihre Hausaufgaben mit Artin Usta, ließ ihn sogar ihre Mathematikaufgaben lösen. Als Baby war sie rundlich, später dann lang gestreckt und dünn, ein sehr hübsches Mädchen. Und dann erlebte sie plötzlich eine unglaubliche Verwandlung. Wie eine Weizenähre, die in der Sonne in die Höhe schießt, wurde sie über Nacht groß, ihr Körper blühte auf. Sie wuchs, wurde schön, ließ sich die Haare schneiden und blond färben, schminkte sich die Augen, deren violette Farbe dunkel wirkte. Sie lief im Viertel in modischen, eng geschnittenen Hosen und Stiefeln mit gelben Nieten herum. Eines Tages kam sie in einem zotteligen Pelzmantel nach Hause. Wer hatte wohl ein Auge auf die Tochter des Flüchtlings, des Beleuchtungsmeisters Remzi, geworfen, dass sie sich so veränderte? Artin Usta wollte lieber gar nicht erst darüber nachdenken. Es kam ihm so vor, als könnte er sich, sobald er davon erführe, von der Verletzung in seinem Herzen nicht mehr erholen.

Eines Tages traf er beim Krämer die Mutter des Mädchens.

»Was ist los, Hatça'nım, hat sich deine Tochter verlobt? Sie ist so elegant in letzter Zeit«, fragte Koço, der Krämer.

»Sie ist jetzt ein Model«, antwortete sie. »Bülent vom Film hat schon immer gesagt: ›Vergeudet bloß die Schönheit dieses Mädchens nicht!‹, und vor einem Monat hat die Visagistin Zeliha das Mädchen schön gemacht, hat sie mitgenommen und den Kollegen aus der Werbeabteilung gezeigt. Beim Fernsehen hat man gerade nach einem wunderschönen Mädchen mit blonden Haaren für eine Shampooreklame gesucht. Man hielt Gülizar für geeignet. Ich sage das nicht, weil sie meine Tochter ist, aber das Mädchen ist sehr schön geworden. Sie kommt ganz nach ihrer verstorbenen Tante, der Schwester meines Mannes.«

»Macht sie Reklame für Shampoo?«, fragte Artin Usta.

»Ja, genau. Außerdem ist sie jetzt auch bei einer Agentur. Die haben sie in eine Schule für Models geschickt. Wenn sie damit fertig ist, wird sie ein professionelles Fotomodel. Einen Teil ihrer Gage bekommt zwar die Agentur, aber es geht um so hohe Summen, dass der Rest für uns alle reicht.«

»Es war also die Agentur, die gewollt hat, dass sie ihre Haare schneiden lässt?«, wollte Artin Usta wissen.

»Wenn es nur die Haare wären«, sagte die Frau. »Das Mädchen ist wie neu gemacht. Sie haben ihre Augenbrauen gezupft. Ihre schönen, vollen Augenbrauen sind weg. Ihre Lippen haben sie mit einem Stift nachgezogen und ausgemalt. Als ob das schön wäre! Manchmal erkenne selbst ich sie nicht. Ihre Taille muss auch dünner werden. Jeden Morgen biegt sie sich zig Mal nach links und nach rechts.«

»Sie war doch schon hübsch, hätte sie nicht bleiben können, wie sie war?«, fragte der Krämer.

»Nein. Sie muss tun, was ihr die Agentur sagt«, erwiderte Hatça'nım. Ob sie sich darüber freute, war nicht zu sagen.

»Möge es Glück bringen«, sagte Artin Usta. Er trat hinaus und lief schnell nach Hause. An diesem Tag arbeitete er nur sehr lustlos. Er goss zwei Körper in Form und brachte nur einen Arm an. Damals, als seine Frau gestorben war, hatte er sich ein Bett in den Keller gestellt. Wenn er zu müde war, um nach oben in die Wohnung zu gehen, konnte er in der Werkstatt schlafen. Er legte sich hin und sein Blick fiel auf die gegenüberliegende Wand, auf die Urkunden, die dort hingen. Es waren genau sechs Stück. Auf der ersten stand:

11. AUGUST 1929
ERSTE AUSSTELLUNG EINHEIMISCHER PRODUKTE
PRÄSENTATION VON WEBSTÜHLEN UND SPIELWAREN
URKUNDE FÜR HERRN BEDROS KARAYAN

Die anderen Urkunden stammten alle aus der Zeit zwischen 1930 und 1934. Sicher war Artin Usta weder Besitzer der Werkstatt noch der Urkunden, aber alle ausgestellten Produkte waren durch seine Hände gegangen. Kaum war das Fotokopiergerät erfunden worden, hatte er die Urkunden kopieren und einrahmen lassen und sie an die Wand gehängt. Neben den Urkunden gab es eine Reihe Fotografien: Bilder von Artin Usta, die ihn mit seinen Chefs auf den Ausstellungen zeigten.

Die Männer auf den Fotos hatten Schnurrbart und trugen Nadelstreifenanzug und Krawatte. Stolz standen sie vor den Regalen, in denen Schaukelpferde, Züge und Waggons aus Holz und kleine Puppenzimmer für Mädchen zu sehen waren.

Artin Usta sprang plötzlich aus dem Bett, riss die Bilder und Urkunden von der Wand, die fünfzig Jahre seines Berufslebens dokumentierten, und warf sie zu Boden. Als hätte er Zahnschmerzen, legte er beide Hände an die Wangen und lief so in der kleinen Werkstatt auf und ab.

Am nächsten Tag ging er los und besorgte das nötige Material, goss die Formen und begann eine Gülizar zu erschaffen, deren Körper und Seele ihm allein gehörten. Die Körpermaße Gülizars konnte er ziemlich genau abschätzen. Diesmal würde er keine Puppe in der Standardgröße der türkischen Frau herstellen, sondern eine in der Größe Gülizars. Ihre Taille und ihre Handgelenke waren dünner als der Durchschnitt, ihre Brüste fester, ihre Beine länger – und sie würde nur ihm gehören.

Es dauerte Tage, Gülizar perfekt zu erschaffen. Er arbeitete ohne Hast, bedächtig und genüsslich. Gerade wollte er den Gummikörper mit der Spritzpistole beigefarben besprühen, als es an die Tür klopfte. Gülizar trat ein. Artin Usta fuhr zusammen wie ein Kind, das etwas Verbotenes tat. Er stellte sich vor die Puppe.

»Selam, Onkel Artin«, grüßte Gülizar. »Seit Tagen hast du dich nicht blicken lassen. Da du dich hier eingeschlossen hast, hast du sicher neue Aufträge. Du hast bestimmt viel zu tun.«

»Komm, setz dich, Gülizar, meine Tochter«, sagte Artin Usta. »Ich habe gerade Tee gekocht. Steh nicht in der Tür, komm herein und trink einen Tee mit mir.«

Gülizar kam schnell die vier, fünf Treppenstufen hinuntergelaufen.

»Ich heiße jetzt Güli«, sagte sie.

»Was heißt das denn?«

»Weißt du, Onkel Artin, bei uns, also bei den Models, klingt der Name Gülizar so provinziell«, antwortete sie. »Wir haben ihn abgekürzt und Güli daraus gemacht. Nenn mich ab jetzt auch Güli, in Ordnung?«

Sie nahm einen Stuhl und setzte sich, schlug die Beine übereinander. Artin Usta brachte den Tee in persischen Gläsern.

»Ich will keinen Zucker, Onkel Artin«, sagte sie.

»Hast du nicht immer drei Stück Zucker genommen?«

»Das war früher. Zucker, Brot, Kuchen und solches Zeug darf ich nicht mehr essen. Mittags esse ich einen Apfel und ein hart gekochtes Ei. Bohnen, Reis, gefüllte Weinblätter – so was geht gar nicht mehr. Sonst nehme ich zu und mein Körper wird hässlich.«

»Du bist doch ohnehin ganz dünn. Wenn du ein bisschen isst, passiert in deinem Alter gar nichts. Um ehrlich zu sein, hat es mir sehr leid getan, dass du deine Haare hast abschneiden lassen. Du hattest so schöne Haare. Sie fielen dir wie ein seidener Vorhang über den Rücken.«

»Na ja, was soll ich machen? Als sie sagten, ich soll sie schneiden lassen, tat ich es eben. Wir müssen das tun. Die Agentur bestimmt, wie wir aussehen«, erzählte Gülizar.

Sie trug eine enge Hose, die sie in die Stiefel gesteckt hatte. Ihr junges Gesicht war stark geschminkt.

»Sind diese Stiefel jetzt auch Mode?«, wollte Artin Usta wissen.

»Ja, Onkel«, antwortete Gülizar. »Ich weiß, dass sie dir nicht gefallen, aber wir müssen uns nach der Mode kleiden, es ist unsere Arbeit, die neueste Mode zu tragen, vergiss das nicht.«

Sie trug einen riesigen Gürtel um die Taille und Kleidung in mehreren Schichten übereinander, wie ein Vagabund sah sie aus. Artin Usta stellte sich Gülizar in feiner Seide vor und zitterte dabei innerlich.

»Mir sagt diese Mode gar nichts«, meinte er schließlich. »Unsere Generation ist bei den Linien der Vierzigerjahre stehengeblieben.« Dann aber dachte er, dass er das Mädchen verletzt haben könnte und fügte sofort hinzu: »Aber du siehst darin sehr gut aus.«

Eine Weile schwiegen beide und tranken ihren Tee. Dann sagte Gülizar unvermittelt: »Ich ziehe bald um, Onkel. Ich habe mit drei Kolleginnen eine Wohnung gemietet, in Nişantaşı. Hoffentlich kann ich schon Ende des Monats dort einziehen.«

Artin Usta sah sie erstaunt an.

»Wissen es deine Eltern?«, fragte er.

»Ich habe es ihnen gesagt«, antwortete Gülizar. »Vater ist wütend und Mutter weint seitdem ständig. Aber so ist es nun mal. Meine Welt muss sich ändern, verstehst du? Es genügt nicht, dass ich andere Kleider und eine andere Frisur habe. Auch die Wohnung und das Viertel muss ich wechseln. Du, lieber Onkel, bist ein Christ, bist auf jeden Fall offener als unsere Leute. Überzeuge meine Eltern, bitte, lieber Onkel. Mein Vater mag dich sehr. Versuch, es ihm klarzumachen. Bald beginnen die Modenschauen für das Frühjahr. Dann werde ich noch berühmter. Alle werden nach mir fragen. Es werden mich vielleicht sogar Journalisten besuchen wollen. Wie kann ich also hier wohnen bleiben?«

Sie küsste Artin Usta auf die Wange, dann lief sie wie auf einem Laufsteg zur Tür.

»Merci für den Tee. Ab jetzt heiße ich Güli und nicht mehr Gülizar, in Ordnung? Und vergiss nicht, mit meinen Eltern zu reden«, sagte sie, bevor sie aus der Dunkelheit der Werkstatt ins Licht trat.

Artin Usta kehrte zu seiner Arbeit zurück. Er färbte seine Gülizar mit der Farbpistole. Sie war wunderschön. Dann setzte er der Reihe nach Arme und Beine ein, nahm die violetten Augen und umrahmte sie mit sehr langen Wimpern. Die prallen Lippen malte er rot aus. Die Haare waren noch nicht fertig. Also lehnte er die schöne, aber kahlköpfige Gülizar an die Wand. Dann trat er einige Schritte zurück und betrachtete sein Werk. In seinem Inneren schien eine Wunde leicht zu schmerzen.

Gülizar kam eine ganze Weile nicht mehr vorbei. Artin Usta erfuhr beim Friseur, dass ihre Mutter, Hatça'nım, keine Näharbeiten mehr für Ateliers übernahm, auch keine Borten mehr häkelte, und dass ihr Vater Remzi, der Flüchtling, abends in die Kneipe ging und sich betrank. Artin Usta gab sich große Mühe, den beiden nicht zu begegnen. Er schien Angst zu haben, schlechte Nachrichten über Gülizar zu hören. Die guten verfolgte er in den Zeitschriften und in den Magazinbeilagen der Tageszeitungen. Es wurden Bilder von ihr veröffentlicht, auf denen sie keck posierte. Auf jedem Bild war sie in anderer Kleidung abgebildet, das Haar hatte jedes Mal entweder eine andere Farbe oder war anders frisiert. Stets lächelte sie und zeigte dabei ihre Zähne, die schön wie Perlen waren, aber den kindlichen, staunenden Blick hatte sie nicht mehr. In ihren Augen war überhaupt kein Ausdruck. Nur ihre violette Augenfarbe hatte sich nicht verändert. Nur um sie zu sehen, kaufte sich Artin Usta nicht mehr eine, sondern drei Zeitungen. Und dazu eine Fernsehzeitschrift.

In jenem Winter fertigte Artin Usta genau dreiundzwanzig Gülizars an. Einige davon verkaufte er an verschiedene Firmen, sieben behielt er für sich. Er stellte die Puppen nebeneinander an die Wand und zog ihnen Kleider seiner verstorbenen Frau an.

Eines Morgens entdeckte er, als er einen Blick auf die

Zeitungen warf, auf der ersten Seite einer Magazinbeilage ein riesengroßes Bild von Gülizar. Ein so großes Bild von ihr wurde zum ersten Mal abgedruckt. Darunter stand: »Das berühmte Model Güli erzählt aus der Welt der Mannequins«. Er setzte sofort seine Brille auf und las den Artikel:

»Wir Mannequins leben wie in einem Schaufenster. Alle schauen auf uns, alle beobachten uns. Deshalb müssen wir immer sehr gepflegt und schick sein. Unsere Frisur, Make-up und Kleidung werden von der Mode bestimmt. Mit wem wir zu tun haben, regelt die Modelagentur, bei der wir unter Vertrag stehen. Während einer Modenschau konzentrieren wir uns nur auf die Bühne. Auf der Bühne müssen wir unsere eigene Person vergessen.«

Artin Usta ließ sich auf einen Stuhl fallen, zündete sich eine Zigarette an und las weiter:

»Nein, zum Nachdenken haben wir keine Zeit. Die Agentur denkt für uns. Auch zum Bücherlesen haben wir keine Zeit. Stundenlang müssen wir Kleider anprobieren, beim Friseur sitzen, das Laufen üben. Wann sollen wir da Zeit finden, ein Buch zu lesen? Unsere Arbeit ist, schon zu sein. Manchmal erkennen wir uns im Spiegel selbst nicht, wir sind so anders, aber immer schön. Wir können es uns nicht leisten, krank zu sein. Wir können uns nie fallen lassen, uns entspannen. In diesem Beruf kann man sich nicht leisten, irgendwo ungepflegt zu erscheinen.

Ich stamme aus einer Künstlerfamilie. Mein Vater war künstlerischer Direktor, er war immer beim Film. Meine Mutter beschäftigt sich mit bildender Kunst. Ich sehe meine Eltern sehr selten, wir sind alle sehr beschäftigt. Was Glück ist? Weiß ich nicht, darüber habe ich noch nie nachgedacht.«

Mehr brauchte Artin Usta nicht zu lesen. Er schaute sich die verschiedenen Posen Gülizars an, ihre halb offenen roten Lippen, ihre üppigen Brüste, die aus dem Ausschnitt quollen. Dann ging er nach Hause, in seine Werkstatt, zu seinen Gülizars und berührte zart die rosafarbene Wange einer Puppe. Er verließ seine Werkstatt und schlug die Tür hinter sich zu.

An diesem Abend ging Artin Usta in die Blumen-Passage. Die Kundschaft hatte sich sehr verändert, seit er das letzte Mal hier gewesen war. Ein, zwei Kneipen waren sehr vornehm geworden, sogar ausländische Touristen kamen jetzt hierher, aber eigentlich war es noch immer der Treffpunkt der Regisseure und Produzenten. Die Blumen-Passage war voll. Artin Usta versuchte an einen freien Tisch im Restaurant von Agop zu gelangen, den er entdeckt hatte. Vorsichtig schlängelte er sich zwischen den Tischen hindurch, um nicht mit den Kellnern zusammenzustoßen. Da rief ihm jemand von einem anderen Tisch zu:

»Artin Usta, dich hat der Herrgott geschickt, komm her, mein Pascha.«

Er drehte sich um. An einem Tisch sah er einige Leute aus der Werbebranche sitzen. Er grüßte sie mit einer Kopfbewegung. Ein, zwei Leute am Tisch kannte er persönlich.

»Schau, dieser Herr ist Produzent«, stellte ihm der Bekannte einen Mann vor. »Für eine Reklame braucht er viele Mannequins. Du bist genau rechtzeitig gekommen.« Er zwinkerte dem Meister gutmütig zu.

»Sag mal, Usta, wo werden die Mannequins gemacht?«

Der Mann mit dem blonden Vollbart, von dem Artin Usta nur wusste, dass er Regisseur war, mischte sich ein:

»Im Bett«, sagte er.

Artin Usta griff nach einer Flasche auf dem Tisch und schüttete dem Regisseur den Inhalt ins Gesicht. Völlig perplex schrie dieser:

»Ist der Kerl verrückt geworden oder was?«

Artin Usta aber verließ das Restaurant, rannte in Beyoğlu in die Nebenstraßen hinein. Als er vor seinem Atelier ankam, war er völlig außer Atem. Das wilde Klopfen seines Herzens fühlte er in seinem Kopf. Er stieß die Tür mit dem Fuß auf, trat hinein. Der nächste Tritt galt den Puppen, die an der Wand aufgereiht lehnten. Die ganze Reihe der Gülizars fiel um, wie ein Kartenhaus. Er griff nach dem Stuhl und schlug damit auf die Puppenkörper ein. Arme, Beine und Köpfe flogen wild herum. Er riss ihnen die Haare aus. In der Werkstatt sah es binnen einer Minute aus wie auf einem Schlachtfeld. Artin Usta holte die großen Eimer, in denen er die Katalysatorflüssigkeit zubereitete, und stopfte die herumliegenden Arme, Beine und Rümpfe in die Eimer. Obenauf setzte er die Köpfe mit den zerzausten Haaren. Er schleifte die Eimer zur Treppe, schleppte sie hinauf und stellte sie auf die Straße, neben den Eingang. Dann schloss er die Tür und lief zurück, wankend und sich im Dunkeln vorwärtstastend, bis er sein Bett erreicht hatte. Er legte sich auf den Rü cken. Sein Herzschlag beruhigte sich allmählich, das Pochen war nicht mehr zu hören.

Eine Zeit lang begutachtete eine Katze die vollen Eimer auf der Straße. In der Hoffnung, etwas Essbares zu finden, sprang sie auf einen der Eimer und begann, darin zu wühlen. Als sie nichts fand, sprang sie geschmeidig wieder hinunter. Das einzige irgendwie heil gebliebene Auge Gülizars blickte staunend auf die Katze und begriff nichts.

## Bilge Karasu

# Die erste Nacht ohne Lieder

An jenem Morgen hatte es nur in Sarıkum geregnet. Das erfuhr ich erst sehr viel später.

Für uns war das ein Tag, der etwas anderes brachte als alle anderen Tage. Es war kühl, mir war langweilig. Seit Monaten regnete es zum ersten Mal und Sarıkum konnte endlich den Regen riechen, ihn aufsaugen.

Zuerst saßen wir auf den Türschwellen. Als der Regen heftiger wurde und das Wasser aus unseren Haaren über die Stirn zu tropfen begann, wurden wir hineingezerrt.

An jenem Tag war nur meine Großmutter zu Hause. Die Art, wie sie meinen Kopf und meine Haare trocknete, kam mir ruppiger vor als sonst, als würde meine Mutter mich ausschimpfen. Sie war auch tatsächlich ruppig, aber ich liebte meine Großmutter so sehr, dass ich mir wünschte, keine andere Hand als ihre sollte mir jemals wehtun.

Sie verbot mir hinauszugehen, bevor der Regen aufhörte. Fikret aber, der älter war als ich, durfte von seinem Haus bis zu unserer Tür kommen, ohne dass ihm jemand Vorschriften hätte machen können. Nachdem er hereingekommen war, verschloss meine Großmutter die Tür hinter ihm. Wir hätten sonst bestimmt den Regen genossen.

Es war kaum eine Woche her, dass Fikret beschnitten worden war. In meinen Augen war er plötzlich, innerhalb weniger Tage, ein großer Junge geworden, er schien gewachsen zu sein, war riesengroß, ein richtiger Mann – so kam es mir vor. Wir hatten uns vorher nie Gedanken über den Altersunterschied gemacht. Wenn ich mit ihm sprach, dachte ich nie an die sechs Jahre, die er älter war – bis zu jenem Tag …

Als meine Großmutter schwerfällig die Treppe hinaufstieg, zog mich Fikret gleich ins Nebenzimmer. Er schloss die Tür und ließ sich sofort auf dem Boden nieder, holte die Spielzeugkiste mit der roten Lokomotive, den grünen Waggons und den glänzenden Stahlschienen unter dem Sofa hervor. Ich fand immer, dass er weit mehr Berechtigung hatte, mit der Eisenbahn zu spielen als ich … Denn sein Vater war der Bahnhofsvorsteher von Sarıkum …

Ich erinnere mich heute noch, dass ich mich plötzlich wieder frei fühlte. Das Gefühl, Fikret sei mir überlegen, das mich eine Woche lang begleitet hatte, war wie weggeblasen. Ich hatte wieder gute Laune und wir vertieften uns ins Spiel.

Als wir keine Lust mehr hatten zu spielen, streckten wir uns auf dem Boden aus und lasen ein Buch. Die Sonne, die das Zimmer erfüllte, hatte Mühe, uns wieder nach Sarıkum zurückzuholen. Aber dann konnte uns niemand mehr aufhalten. Gehorsam warteten wir vor der Haustür darauf, bis uns meine Großmutter erlaubte, hinauszugehen.

Das Weideland vor unserem Haus war feucht und schlammig. Große Batzen klebten an unseren Füßen, trotzdem versuchten wir weiterzugehen. Irgendwann waren die Füße so schwer, dass wir sie nicht mehr heben konnten. Wir wollten, wie die anderen Kinder auch, eine uns seit geraumer Zeit beherrschende quälende Verschlossenheit abschütteln. Als wir uns versammelten, sprachen wir, als würde jeder zum ersten Mal sein Haus sehen und ein unbekanntes Zimmer schildern.

Irgendwann machte sich Schweigen breit. Unser Blick fiel hinüber zum anderen Ende der Weide. Ich erinnere mich noch immer sehr genau, wie verdutzt wir einander anstarrten. Çetin, der Große und Metin, der Bär kamen trotz weichem Boden auf ihren nagelneuen Fahrrädern auf uns zugefahren. Eine trockene Weide hatten diese Fahrräder noch nicht befahren, sie kannten bislang nur den Asphaltweg zum Bahnhof und den gepflasterten Bürgersteig. Çetin und Metin waren vor zwei Wochen beschnitten worden. Ihr betuchter Vater hatte ihnen die Fahrräder geschenkt. Seit Tagen versuchte er seinen dicken Jungen das Fahrradfahren beizubringen. Sie wollten sich nicht anmerken lassen, wie sehr sie Fikrets und mein Spott kränkte – wir nannten sie im ganzen Viertel »Asphaltfahrer« und »Angeber« – und erzählten überall herum, dass sie uns eines Tages windelweich schlagen würden.

Ich überlegte, ob uns in diesem Augenblick eine Tracht Prügel bevorstand. Da die Fahrräder bereits voller Schlamm waren, begriffen die Asphaltfahrer, dass ihnen nichts anderes übrig blieb, als abzusteigen. Also schoben sie ihre Räder, deren Reifen sich nicht mehr drehten, auf uns zu. Wir warteten. Wir warteten, dass etwas Bedeutendes passieren würde. Ich hatte ein wenig Angst. Diesmal konnten wir uns nicht mehr über sie lustig machen.

Als sie uns erreicht hatten, machte Çetin eine Bewegung, als wollte er uns umarmen und sagte:

»Die deutschen Truppen haben Polen überfallen.«

Wir gaben keinen Mucks von uns … In aller Entschiedenheit, die zu seiner Korpulenz passte, bedeutete Metin seinem Bruder Çetin auch sein Fahrrad zu halten. Er trat auf uns zu und stemmte eine Hand in seine Taille:

»Der Krieg ist ausgebrochen, das wollen wir euch sagen, habt ihr kapiert? Unser Vater hat es im Radio gehört«, schleuderte er uns entgegen.

Ein Radio besaß damals in Sarıkum nur eine Familie, ein zweites gab es in dem berüchtigten Zwölfzimmerhaus der Çuhacıs, die mit Kind und Kegel darin hausten. Diese beiden Häuser lagen auf der anderen Seite der Eisenbahn, direkt neben den Gleisen.

Çetin und Metin hatten also durchaus einen Grund anzugeben, fanden wir. Sogar meine Eltern gingen zu ihnen »Radio hören« und nicht »zu Besuch«.

Wir standen am Rand der Weide und sagten noch immer keinen Ton. Das verwirrte die Zwillinge. Sie schoben ihre Fahrräder zum Weg zurück, wo sie den Schlamm mit einem Stück Holz abzukratzen begannen ...

Der Krieg war ausgebrochen ... Der Krieg, so wie ich ihn auf Bildern in Geschichtsbüchern gesehen hatte, auf denen Pferde und Lanzen durcheinandergeraten und Tote auf dem Boden lagen ...

Einige der Kinder fingen an zu heulen. Das Gefühl für Zeit und Raum kam mir abhanden. Die Zwillinge, noch immer borniert, fuhren davon, und im gleichen Augenblick wurde das Schicksal von Staaten und Städten besiegelt. Alle redeten durcheinander. Ich blickte zu Fikret. Er schwieg. Dann ging er in Richtung Bahnhof, ohne mich auch nur anzuschauen. Er war wie erstarrt, selbst als er ging. Obwohl er sonst immer rannte.

Bei der Familie der Zwillinge dagegen empfand man offenbar nicht die geringste Trauer, man redete wie immer, gab sich wie immer, zeigte keine Gefühle, schien keine Gefühle zu haben ... Ich konnte das nicht verstehen. Ich rannte nach Hause.

Meine Großmutter hatte sich auf dem Sedir im Wohnzimmer hingelegt. Ich erinnere mich, dass ich zu ihr rannte und ihr in einem Atemzug erzählte, was die Zwillinge und die anderen gesagt hatten.

Meine Großmutter erhob sich mit einer entschlossenen Bewegung. »Krieg? Was? Schon wieder? Wieder diese Deutschen? ... Sollen sie verrecken, sie haben es immer noch nicht satt, haben noch nicht genug ...«

Dabei sah sie mich nicht an. Sie schien irgendwie gar nicht besonders zornig zu sein, ihre Augen aber wurden feucht.

Weil ich Angst hatte, sie zu verärgern, verzog ich mich und setzte mich in einer Ecke des Flurs auf den Steinboden. Dass ich mich auf die Steine gesetzt hatte, darüber hätte sie sich eigentlich ärgern müssen. Ich hatte selbst nicht mehr daran gedacht. Es war ja schließlich Krieg ...

Ich wusste, dass auch meine Mutter die Deutschen nicht mochte. Den Grund dafür habe ich sehr viel später erst erfahren. Es war wohl so, dass sie für den Tod ihres Bruders im Ersten Weltkrieg verantwortlich waren ...

»Der Krieg ist ausgebrochen, das wollen wir euch sagen«, hatte Metin gesagt.

Aber der Krieg war doch etwas, was gar nicht sein konnte, sein durfte. Der Vater der Zwillinge hatte es nur gehört, noch dazu im Radio. Eine Lüge! Hatte nicht Atatürk verkündet: »Frieden im Land, Frieden in der Welt«? Erst kürzlich hatte ich das gelesen. Ja, das hatte er gesagt. Aber würden die Deutschen auf ihn hören? Er war ja tot und die Deutschen waren vor einem Jahr erst auf seiner Beerdigungszeremonie marschiert, hatten die Beine so merkwürdig gehoben, trugen Helme, die an den kahlen Kopf des Onkels erinnerten … Sie hören nicht auf ihn, muss man wohl annehmen.

Sie hören nicht auf ihn. Vielleicht war meine Großmutter ihnen deshalb böse. Dann hatte sie wohl Recht. Aber vielleicht hat das Radio gelogen. Oder vielleicht hatten sich Çetin und Metin nur einen Spaß ausgedacht. Aber nein, hätten sie dann ihre Fahrräder durch den Dreck geschoben? Es musste schon stimmen, ganz bestimmt war es nicht gelogen.

Und das bedeutete, dass das, was Atatürk gesagt hatte, die Deutschen wenig kümmerte. Vielleicht auch deshalb, weil Atatürk inzwischen gestorben war.

In der Ecke des Flurs, in der ich saß, begann mich die eisige Kälte anzukriechen. Ich erinnerte mich an damals, vor einem Jahr, als die Beerdigung stattfand, an den Zustand, den ich heute noch wie eine Trunkenheit in Erinnerung habe.

Ein breiter Strom aus Menschen mit Lichtern in der Hand floss dahin, ganz langsam, auf einer Straße. Es war eine Straße im Stadtteil Taksim und vom Denkmal aus ging es zum Stadtteil Harbiye. Unser Haus lag direkt gegenüber dem Denkmal. Die Menschen hatten sich den ganzen Tag dort versammelt. Später war auch eine junge Frau dazugekommen. Weinend trat sie an das Rednerpult, ihr Gesicht war tränenüberströmt. Aber ihre Stimme war fest: »Wir werden uns nicht trennen.« An diese Worte erinnere ich mich genau. »Wir werden uns nicht trennen.« Die Menschen wurden laut, ich glaube, sie haben ihr Beifall geklatscht.

Die Frau hatte noch viel mehr gesagt, aber nur diese Worte sind mir in Erinnerung geblieben. Gegen Abend war mein Vater mit mir durch jene breite Straße nach Harbiye gegangen. Er betrachtete die Gesichter der Menschen. Ihre Münder und ihre Augenlider wirkten bleischwer. Manche der Flaggen schleiften auf dem Boden. Ich hob den Kopf und ließ mein Gesicht von den Flaggen streicheln, als ich unter ihnen durchlief. In Harbiye brannten Fackeln. Hin und wieder hob ein Soldat mit steinernem Gesicht einen Metallbecher und füllte die Fackeln auf. Rauch lag in der Luft. Ich war sehr bedrückt. Die Menschen weinten. Aber ich konnte nicht weinen. Irgendwann hörte ich auf, mich dazu zu zwingen. Meine Augen brannten und meine Kehle war wie zugeschnürt.

»Wir werden uns nicht trennen« – das verstand ich …

Die Deutschen hatten Atatürks Weg verlassen. Das musste wohl bedeuten, dass der Erste Weltkrieg und der Befreiungskrieg keine Lösung gebracht hatten … Mehr konnte ich nicht denken …

Ich erinnere mich, dass die näher kommenden Schritte meiner Großmutter mich aufspringen ließen. Wir sollten essen. Ich hatte völlig vergessen, dass Zeit fürs Essen war.

Großmutter schickte mich Brot kaufen. Das Geld, das sie mir in die Hand drückte, steckte ich wortlos in meine Tasche. Draußen dachte ich nicht mehr an Atatürk.

Die Mittagssonne von Sarıkum versuchte mit ihrer brennenden Kraft die Gegend aufzuheizen. Die Straßen schwitzten. Der Erdboden war weich geworden, die Wände schwammig, die Ziegelsteine dunstig. Sarıkum hatte sich in Dunst gehüllt. Ohne von Stein zu Stein zu springen, ohne nach meinen spielenden Freunden zu schauen, ohne mich für die Zeitschrift in Fikrets Hand, der gerade in unsere Straße einbog, zu interessieren, lief ich geradewegs zur Bäckerei.

Dann beherrschten die Polen meine Gedanken. Weil ich mir nichts anderes als einen Befreiungskrieg vorstellen konnte, machte ich mir Sorgen, wer ihnen zu Hilfe eilen und sie befreien würde. Ohne meine Katzenfreunde zu beachten, die mich schmusend umringten, ging ich meines Weges. Es wurde heißer. Wie die Kräuter an den Mauern und auf dem Boden schwitzte auch ich. Aus den offenen Fenstern und Türen strömte der Duft von Essen ins Freie. Ich hörte Auberginen und Zucchini im Fett brutzeln, ich sog den Geruch von Fleisch und Fisch, vor den Türen gegrillt, tief ein. Käse, Zwiebeln, Fett, Honigmelone – alles roch gleichzeitig und war mit dem Geruch von Holzkohle vermischt. Und dann roch es auch noch nach Weintrauben ... In Sarıkum roch es immer nach Weintrauben, so intensiv, dass es einem in der Kehle brannte ... Weil sich diese Gerüche wie jeden Tag zusammen mit der Hitze breitmachten, dachte ich, dass alle Menschen teilnahmslos und gleichgültig wären. Manchmal glaubte ich auf einem Gesicht oder in einer Handbewegung eine Erstarrung zu erahnen, dann aber wurde mir klar, dass ich mich geirrt hatte. Das gebratene Fleisch wurde, wie jeden Tag, gewendet und dann auf Platten und Tellern angerichtet.

Mit dem Brot in meiner Hand kehrte ich nach Hause zurück. An der Tür Dilaver Hanıms ging ich an diesem Tag sehr neugierig vorbei. Sie schaute aus dem Fenster, wie immer. Und ich riss ein noch größeres Stück vom Brot ab als sonst und warf es mir in den Mund. Dilaver Hanım sagte auch an diesem Tag, was sie immer sagte, ihre Stimme war, wie sonst auch, energisch. Als würde sich mich zum ersten Mal bemerken, sagte sie:

»Wie du das Brot verschlingst, du lieber Himmel ...

Ich werd' hingehen und es deiner Großmutter sagen, dann kannst du mal sehen ...«

Dilaver Hanım verließ ihr Haus nie. Offenbar befriedigte es sie, darüber nur zu sprechen.

Nicht selten rief Dilaver Hanım uns zu sich ans Fenster und erzählte – ohne Rücksicht auf unser Grausen – fürchterliche, blutige, chaotische und schreckliche Kriegsgeschichten. Da sie selbst eine schreckliche Person geworden war, fand sie einfach keine Ruhe. Was wäre, wenn sie von diesem Krieg erfahren würde ...

Zu Hause angekommen, tischte ich meiner Großmutter meine tägliche kleine Lüge auf: »Dilaver Hanım lässt dich grüßen.« Meine Großmutter erwiderte: »Aleyküm Selam.« Ja, tatsächlich, alles war wie an jedem anderen Tag.

Ich erinnere mich, dass mir nach dem Essen Kriegsbilder durch den Kopf jagten, im Krieg gefallene, blutüberströmte Menschen, blutiges Verbandzeug, verbundene Arme und Köpfe, vor einem Felsen waren abgerissene Arme und Köpfe aufgehäuft, überall Zelte, Stangen, eingestürzte Mauern – genau wie auf den Bildern in Büchern und Zeitschriften. Meine Großmutter setzte sich ans Fenster, sie saß kerzengerade da und blickte in die Ferne. Ihre Art zu schweigen machte mir klar, dass sie nicht wollte, dass ich sprach. Sie rauchte eine Zigarette nach der anderen.

Ich wusste nicht, warum ich so bedrückt war. Durch das Gartentor nahm ich Reißaus, ohne dass meine Großmutter es merkte, und lief zu den Gärten. Ich wollte niemanden sehen. Nicht einmal Fikret, den ich seit Stunden nicht mehr gesehen hatte, suchte ich. Ich weiß bis heute nicht, was er in diesen Stunden getan hatte. Ich glaube, er saß zu Hause und dachte nach ... Ich wollte ihn danach fragen, aber dann habe ich es wahrscheinlich doch vergessen.

Ich ging in den Garten, in dem die jungen Bäume standen. An ihrem Stamm, unter den Blättern, fand ich immer jede Menge kleiner Kugeln, die wir »Schlangeneier« nannten und die ich mit meinem Schuhabsatz zerdrückte. Das ließ mein Inneres vor Wonne erzittern.

Plötzlich war es dunkel geworden. Das Gesurre der Insekten beherrschte die ganze Gegend. Die Blätter auf dem Boden waren heiß und klebrig. Meine Eltern kamen bestimmt bald nach Hause. Ich rannte aus dem Garten auf die Straße, von dort auf das Weideland, dann auf den Asphaltweg. Aus der Ferne war ein Zug zu hören. Ich war in Gedanken versunken. Auf einmal standen meine Mutter und mein Vater vor mir. Sofort begann ich meinem Vater vom Krieg zu erzählen. Ich erinnere mich, dass ich eine Menge wirres Zeug redete. Über die Deutschen und Polen, über den Befreiungskrieg, und alles vermischte sich. Dann hielt ich inne. Ich wollte, dass er jetzt etwas sagte.

Ich wartete, aber er sagte nichts. Wir liefen wortlos über die Weide. Meine Mutter eilte zu meiner Großmutter, die vor der Tür stand und uns zuwinkte. Dann sprach mein Vater:

»Es gibt nichts zu fürchten, mein Sohn. Nicht jeder Krieg ist ein Befreiungskrieg. Kriegstreiber sind böse Menschen. Es wäre gut, wenn die Polen durchhalten könnten. Sonst wird es auch für uns schlimm. Hab keine Angst. Männer dürfen vor dem Krieg keine Angst haben. Der Krieg ist sehr schlimm, aber er geht zu Ende ...«

Dann schwieg er. Ich hätte nicht sagen können, dass ich keine Angst hatte. Als wir ins Haus gingen, küsste Vater die Hand meiner Großmutter. Das tat er nur sehr selten ...

Sie hatten aus Istanbul ein Buch kommen lassen. Ich

vertiefte mich darin. Ich wollte nicht einmal essen. Am Abend zwang mich meine Mutter etwas zu essen und dann ins Bett zu gehen.

Irgendetwas kam mir sehr merkwürdig vor, aber ich wusste nicht, was das war. Ich erinnere mich, dass mir, bevor ich einschlief, im purpurnen Licht des Träumens einfiel, was es war: An diesem Abend hatte mein Vater, als er das Haus betrat, zum ersten Mal kein Lied gesungen …

## Mehmet Günsür

# Caïque

Die Sonne ging gerade auf, als wir Kaş passierten. Noch am Vormittag wollte ich vor Anker gehen.

Sie waren spät gekommen und hatten sich sofort hingelegt. Am Flughafen war ihr Gepäck verloren gegangen, sie hatten lange warten müssen. Wir stachen in See, noch bevor sie eingeschlafen waren. Ein Belgier mit seiner Tochter. Der Mann sah etwa zehn Jahre älter aus als ich. Seine Tochter war etwas über zwanzig. In der Dunkelheit der Nacht hatte ich sie beide nicht so richtig sehen können. Sie aßen eine Fertigsuppe und richteten sich in ihren Kajüten ein. Der Mann nahm eine Flasche Whiskey, Kerzen und ein kleines Glas mit. Jetzt schliefen sie.

Am Donnerstag hatte jemand im Dorf angerufen und gesagt, es gebe einen Auftrag. Und ich suchte diese Yacht aus. Sie war neu, und ich freute mich auf die Fahrt damit. Ihr Name gefiel mir: Caïque. So weit ich weiß, ist das ein Wort, das aus dem Arabischen ins Französische gelangt ist. Ein bekanntes Boot.

Die Sonne ging über dem Land auf, hinter den Gipfeln. Der Wind wehte sanft. Im Kielwasser folgten uns Kormorane. Ich fuhr halbe Kraft voraus, vier, fünf Knoten schnell. Während ich meinen Kaffee trank und eine Zigarette rauchte, dachte ich darüber nach, was auf einer Tour mit zwei Gästen alles passieren konnte. Auf ihrer Einkaufsliste – und jetzt in den Schränken verstaut – gab es viel zu viel Alkohol. Als der Mann aus dem Taxi gestiegen war, hatte ich eine trotzige Trunkenheit gespürt. Sie sprachen kein Wort miteinander. So etwas meine ich.

Kastellorizon hatte ich steuerbord hinter mir gelassen, jetzt näherte ich mich der Insel Meyisti. Es macht mir Spaß, die Küstenwache zu reizen und mich mit ihren Schnellbooten zu messen. Ich spähte durch das Fernglas. Es war nichts zu sehen, sie schliefen.

Hinter uns tauchten Delfine auf. Eine Weile folgten sie uns, dann verschwanden sie. Ein leichter Wind kam vom Meer her auf und wehte zum Land. Die kalkigen Felsen am Ufer waren in einen dunkelblauen Dunst gehüllt. Es waren hohe, harte Felsen – Falten ägäischer Seebeben. Wir glitten an tiefen Schluchten, an winzigen Sandstränden vorbei, die zwischen Höhlen eingekeilt waren. Ziegen tauchten als rege weiße und schwarze Flecken auf. Ich war unausgeschlafen, meine Augen brannten. Ich fixierte das Steuer und ging nach unten. Der Mann schlief tief, man hörte sein rhythmisches Schnarchen. Die Türen der Kajüten waren verschlossen. Der Tisch im Aufenthaltsraum war vollgestellt: zwei Fotoapparate, Zigarettenstangen, leere Suppentassen, ein kleiner Türkei-Reiseführer, Flugtickets, ein Teddybär, griechische Zeitungen, ein halbes Brot, eine kleine grüne Tasche – Make-up? – und Reiseutensilien.

Vor gut zwei Jahren, als ich mich im Dorf niedergelassen hatte, gab es nur eins, was ich tun wollte: schreiben. Ein sehr bescheidenes Leben. Ich begnügte mich mit dem Notwendigsten: Oliven, Olivenöl, Wein, Tee, Fisch, Reis und das Brot, das man im Dorf buk, etwas Gemüse. Ich hatte ein einziges Buch mitgenommen: ›Das Mittelmeer und die mediterrane Welt in der Epoche Philipps II.‹ von

Braudel. Zwei Bände. Ich wollte für mich selbst schreiben. Um mich zu erinnern. Oder um einige Dinge aufzuzeichnen. In den Sommermonaten übernahm ich ein paar Touren, verdiente nicht schlecht damit, es reichte für den Winter. Im Steinhaus mit dem Balkon zwischen den Olivenbäumen wohnte ich komfortabel. Ich schrieb Seiten, Sätze, kurze Texte über die Terra Ferma, das alte Ghetto Venedigs, über die Transhumanzkultur Kastiliens, über Dromedare und zentralasiatische Kamele, arabische und türkische Revolutionen, über die Jahreszeiten, über den Atlantik und die Sahara. Ich las sie immer wieder und beschäftigte mich nur damit. Niemand außer mir hatte diese Texte gelesen. Ich arbeitete gut.

Ich passierte die Meerenge gegenüber Üçağız, die Insel Geyikova lag backbord. Zehn Minuten später ging ich vor dem »Kale«, Pension und Restaurant zugleich, vor Anker. Der Besitzer war Büyük Salih. Die Kinder kamen mit Booten und befestigten die Yacht. Vater und Tochter schliefen. Ich räumte ein wenig auf und ging dann im Meer baden. Am Ufer ging ich ins Restaurant und bestellte mir ein Frühstück: eine Omelette aus drei Eiern mit Ziegenkäse und Petersilie, Honig und Tee. Während ich aß, unterhielt ich mich mit Salih. Wir sprachen über die Saison, die Gäste, die lokalen Wahlen, darüber dass »die Mark stark gestiegen ist« und »die Wasserzisternen nicht ausreichen« – wie immer eben.

Ich sah, dass der Mann an Deck gestiegen war. Er blickte sich um.

»Steig ins Boot und komm her«, rief ich ihm zu.

Der Belgier war ein großer Mann mit weißem Schnurrbart, sehr kurzen Haaren und einem strengen Gesicht. In einer Gewandtheit, die vermuten ließ, dass er kein Anfänger war, stieg er ins Boot, zog sich am Seil zum Ufer, vertäute das Boot.

»Wie hast du diese Stelle entdeckt, Skipper? Gibt es tatsächlich noch solche Plätze auf der Welt?«, rief er, als er aus dem Boot stieg.

»Das hier ist ein dreitausend Jahre altes Piratenversteck«, antwortete ich.

Er wirkte ein wenig nervös, setzte sich nicht an den Tisch. Bei Salih bestellte er ein Bier, nahm die Flasche und lief den Berg hinauf, ins Dorf hinein. Dann kam auch die Tochter an Deck. Ich winkte ihr zu.

»Wie komme ich hinüber?«, rief sie.

»Die Kinder holen dich.«

Sie hatte über den Badeanzug ein sehr buntes indisches Hemd gewickelt. Ihre Haltung war aufrecht und sicher. Die langen Haare hatte sie zusammengebunden.

»Wo ist mein Vater?«, fragte sie, als sie sich an den Tisch setzte.

»Irgendwo da oben, er sucht nach den Lykiern.«

Sie bestellte Joghurt, Honig und Brot. Sie hatte hellbraunes Haar, grüne Augen und eine kleine Nase. Sie schien sich nicht darum zu kümmern, wo sie sich befand.

»Gibt es hier Thymian?«

»Warum?«

»Ich muss ihn fotografieren.«

Sie studierte Agrarwissenschaften in Rom. Ihre Mutter war Italienerin. In den Sommermonaten arbeitete sie als Touristenführerin. Sie war 22 Jahre alt.

Der Mann kam zurück. Er schwitzte. Sein Bier hatte er ausgetrunken. Er gab Salih ein Zeichen, bestellte noch ein Bier.

»Ich bin zur Burg hochgestiegen. Aber sie ist geschlossen.«

»Wo sind wir hier?«, fragte seine Tochter.

»In einem dreitausend Jahre alten Piratenhafen«, antwortete er.

»Wo hast du Französisch gelernt, Skipper?«

»Im Gymnasium. Du musst mich nicht Skipper nennen, ich heiße Mehmet. Wenn dir das zu schwer ist, kannst du auch Mee-mee zu mir sagen. Wie ein Menschenfresser.«

»Gut, Mee. Und wo hast du die Seefahrerei gelernt?«

»Bei der Marine.«

»Was?! Bist du Offizier?«

»Nein, nicht mehr. Ich war Hauptmann.«

»Wo lebst du?«

Ich erzählte ihnen vom Dorf, verschwieg aber, dass ich schrieb.

»Und was machst du?«, erkundigte ich mich.

Er lebte in Athen, seit zehn Jahren, war plastischer Chirurg. Er mochte Belgien nicht.

»Ich richte die Brüste von reichen Frauen in einer Klinik in Athen …«

»Iss doch was.«

»Was kann man hier essen?«

»Willst du Fischsuppe? Von gestern Abend, sogar von vorgestern. Je weniger davon übrig bleibt, umso mehr Mehl, Reis, Kräuter, Öl, Wasser und Fischreste, die die Gäste nicht aufessen, Fischköpfe und Gräten werden hinzugefügt. Der Topf köchelt die ganze Saison lang vor sich hin. Eine sehr schmackhafte Suppe.«

Er hielt inne, staunte, spielte mit seinem Schnurrbart, kratzte sich am Kopf. Dann begann er zu lachen.

»Woher kommst du, Mann?«

»Mein Freund will eine Suppe«, sagte ich zu Salih.

»Wird die Burg heute nicht geöffnet?«, fragte die Tochter.

Ich antwortete, dass ich das nicht wisse.

»Ich gehe Thymian sammeln«, sagte sie dann und stand auf.

»Ich liebe dieses Mädchen sehr, weiß du?«, erklärte der Mann. »Ihre Mutter und ich waren gut zehn Jahre verheiratet. Wir haben in Rom gewohnt. Sie ist ein paar Jahre älter als ich, Philosophieprofessorin an der Universität dort. Dieses Mädchen ist sehr klug. Sie ist uns beiden nicht ähnlich. Schöner als wir. Sie ist ruhig und sehr abgeklärt. Sie denkt, dass der Mensch nicht die Krone der Schöpfung ist.«

»Sieht man den Menschen als die Krone der Schöpfung, kann man auch weitergehen und ihn über alles stellen, behaupten, er habe das Recht, alles zu tun«, sagte ich. Er hörte mir nicht zu. Er schien seine Gedanken ordnen zu wollen.

»Dieses Mädchen hat das Wesentliche gefunden. Das ist nicht vom Alter abhängig! Wenn du suchst, genügt es, eine einzige Sache zu finden. Eine einzige Gewissheit reicht aus. Daraus kannst du alles ableiten. Und das kannst du tun oder lassen. Da wird klar, was für ein Mensch man ist.«

»Hast du es nicht gefunden?«

»Doch, aber dann habe ich es wieder verloren. Jetzt bin ich erneut auf der Suche.«

Wir schwiegen. Ich bestellte einen Bohnensalat und ein Glas Weißwein. Fragte nach Fisch für den Abend. Es sollte einen zwei Kilo schweren Weißen Zackenbarsch geben.

»Heb ihn für uns auf«, bat ich Salih.

Es gab außer uns noch drei weitere Yachten, zwei Gypsees unter französischer Flagge und einen Achterschoner, darauf eine große Gruppe von Deutschen. Junge Menschen, sie hörten ›Dire Straits‹.

»Heute Nacht schlafen wir hier und morgen besuchen wir die ›Shenandoah‹«, sagte ich.

»Was ist das und wo?«

»Eine Überraschung des Hauptmanns!«

Das Mädchen kam mit Thymian und anderen Kräutern zurück.

»Weißt du, Vater, ich habe eine Schlange gesehen, sie ist nicht vor mir geflüchtet. Es war nämlich eine schwarze, blinde Schlange. Und ich habe vier Katzen gesehen. Hier gibt es viele Katzen …«, erzählte sie aufgeregt. Dann begannen sie Italienisch zu sprechen. Ich bekam Sehnsucht nach meiner Tochter. Ich ging zur Hängematte unter der Laube und legte mich schlafen.

Als ich wieder erwachte, war es schon nach fünf Uhr. Ich hatte einen kühlen und ruhigen Schlaf gehabt und geträumt: Ich war Kapitän der ›Shenandoah‹. Wir fuhren auf dem Pazifik. Helikopter griffen uns an. Die Matrosen feuerten aus alten Waffen mit sehr langen Gewehrläufen auf die Helikopter. Es waren Piratenhelikopter. Der kranke Schwarze, der Schwarze von Narcissus, kam schreiend an Deck und sprang ins Wasser. Ich brachte die ›Shenandoah‹ hierher und versteckte sie. Wie Hamide im Ersten Weltkrieg. Dann bereitete ich gegarten Weißen Zackenbarsch im Backofen zu. Ohne Pilze und ohne Mehl.

»Wo sind meine Leute?«, fragte ich Salih.

»Sie sind mit dem Boot auf die Insel gefahren. Der Mann trinkt sehr viel Bier.«

»Soll er nur ... Komm, hol uns auch eins.«

Später brachten mich die Kinder mit einem Boot auf die Yacht. Es waren Mädchen, die umhäkelte Kopftücher an die Touristen verkauften. So alt wie meine Tochter. Sie lachten immer. Sie verkauften auch mir ein dunkelblaues Tuch, dessen Ränder mit winzigen Krebsschalen geschmückt waren.

Ich reinigte das Deck und das Wasserbecken. Dann rief ich die Agentur an und berichtete, dass alles in Ordnung sei. Erkundigte mich nach der ›Shenandoah‹. Morgen früh würde sie von der Insel der Schiffe ablegen und in unsere Richtung fahren, hieß es. Gegen Mittag würden wir sie sehen können.

Die Yacht gefiel mir immer besser. Sie war zwölf Meter lang, weiß, in Marseille aus Fiberglas gebaut. Am nächsten Tag würde sich herausstellen, wie sie unter Segeln fuhr.

Ich kochte mir einen Kaffee, setzte mich und las ein wenig.

*Mein gesunder Menschenverstand / Deine Beerdigung / Ich sah dich dort zum dritten Mal / Es schneite / Ich aber stritt hinter deinem Sarg mit den Totengräbern wegen ihres Trinkgeldes / Du hattest zwei Dinge auf dieser Welt geliebt / Einen Papagei / und die rosaroten Fingernägel Ihrer Exzellenz / Es gibt keine Hoffnung / Und Arbeit ist unvermeidbar / Versiegelte Leben sind intensiver / Jene geheimen Gewebe.*

Diese Zeilen schrieb ich auf ein Stück Papier, um sie dem Belgier zu geben. Während ich schrieb, dachte ich an die Stärke und Wahrhaftigkeit eines Lebens, das keine Zuflucht braucht. *Es gibt keine Hoffnung / Und Arbeit ist unvermeidbar.*

Gegen sieben Uhr kamen Vater und Tochter zurück. Ihre

Haut war von der Sonne gerötet. Sie hatten eine Menge Kräuter gesammelt. Ich schenkte dem Mädchen das dunkelblaue Kopftuch mit den winzigen Krebsschalen, dem Mann gab ich die Zeilen Cendrars'.

»In einer Stunde essen wir am Ufer Fisch«, sagte ich, nahm ein Glas Wein und einen Apfel und stieg an Deck.

»Glaubst du, dass ich mein Leben lang die Brüste von reichen Frauen verschönert habe?«, fragte der Mann.

Wir hatten die dritte Flasche Wein aufgemacht. Das Mädchen schaute zusammen mit Salihs Frau den Fernsehsender von Rhodos und häkelte an einem Kopftuch. Der Halbmond ging gerade auf.

»Woher soll ich dein Leben kennen?«

»Aber du weißt, dass es keine Hoffnung gibt.«

In den Sechzigerjahren war er Chirurg in Südamerika gewesen, in den Guerillacamps.

»Ich habe sehr viele Arme und Beine operiert«, begann er zu erzählen. »Dann verbrachte ich vier Jahre allein in einer Zelle. In einer kalten, feuchten Gefängniszelle, wie im Film. An einem einzigen Morgen damals habe ich meine Freiheit, meine Frau, meine Hoffnungen und meine Gesundheit verloren«, fuhr er fort. »Innerhalb weniger Minuten habe ich alles verloren. Es war ein schöner Morgen. Die Sonne ging gerade auf. Ich hatte noch nicht geschlafen. Ich lag mit meiner chinesischen Geliebten im Bett. Es war eine lange Nacht gewesen. Sie war klein und zierlich. Fünfundvierzig Kilo und einsfünfzig groß. Es war eine lange … sehr lange Nacht. Wie alle unsere Nächte. Vor dem Fenster wuchs Farn, der Mond schien hell. Es roch nach Stall. Nach Blumen … Nach uns. Zuerst hörte ich das Geräusch der Kanonen. Dann die MP5. Unsere Leute antworteten mit

Kalaschnikows. Ich zog meine Hose an und sprang aus dem Bett. Ich wollte die Kinder aus den Baracken holen, um sie im Keller zu verstecken, und rannte in den Garten. Aber die Kinder waren wach geworden und standen am Fenster. Ich lief gebückt auf sie zu, wurde angeschossen und ging zu Boden. Ich wollte weiterkriechen, aber die Schusswunde brannte. Mir wurde schwindelig. Aus meinem Mund kam Blut. Das chinesische Mädchen feuerte aus einer Pistole, während sie zu mir gelaufen kam, war aufrecht und groß. Sie wurde getroffen. Ich glaube, am Bauch. Sie fiel hin, zuckte noch ein wenig ... ja, und dann starb sie.«

Der Belgier schwieg. Er füllte sein Glas zweimal hintereinander und trank aus. Der Mond stand jetzt ganz oben am Himmel. Auf dem Fernsehsender von Rhodos spielte eine Band Rebetiko.

»Dann kamen Soldaten. Sie sahen mich nicht, ich war zwischen die Farne gefallen. Sie begannen die Kinder aus den Baracken zu zerren und hinter sich herzuschleifen. Es gab eine Nonne, die mit uns lebte. Sie versuchte noch, die Soldaten aufzuhalten. Die Soldaten zerstückelten sie mit ihren kurzen Stichwaffen. Ich konnte nur zusehen. Ich war verloren und ich hatte verloren ... Ich wachte im Krankenhaus auf, ich war an das Bett gekettet.«

Sie hatten meine Kleidung mitgenommen und waren mit dem Boot gefahren. Ich ging ein Stück zu Fuß. Der Mond, das ferne Geräusch des Generators, die Unendlichkeit des Meeres, die Musik, das Hundegebell, der schwarzblaue Himmel ... Das Meer war lauwarm und dunkel. Schwimmend näherte ich mich der Yacht. Der Mann sang leise ein Lied. Das Mädchen begleitete ihn auf der Mundharmonika. Schließlich konnte ich ihn verstehen:

*I'll drink you under the table,*
*be red-rosed, go for walks,*
*The old haunts what I wants*
*is red beans and rice*
*And wear the dress I like so well,*
*and meet me at the old saloon,*
*Make sure there's a Dixie moon,*
*New Orleans, I'll be there.*

Ich kletterte auf die Yacht. Mit einem Handtuch trocknete ich mich ab und wickelte es mir um. Der Mann schenkte mir in ein kleines Glas Whiskey ein. Das Mädchen nahm ihren Schlafsack und ging zum Bug, um zu schlafen. Wir schwiegen lange.

»Weißt du, was schwarze Galle ist?«, fragte er mich. Ohne auf Antwort zu warten, fuhr er mit rauer Stimme fort: »Schwarze Galle. Auf Griechisch ›me las cholé‹. Die Melancholie. Ein außergewöhnlicher Charakterzug. Ein Zustand, der außergewöhnliche Menschen, vor allem kluge Köpfe, überkommt. Das sage nicht ich. Das sagt euer Aristoteles. ›Alles, was mich nicht umbringt, macht mich stärker.‹ Das sagte der Bärtige. Du bist ein Dummkopf. Es ist unmöglich, dass du das verstehst. Sag du die Namen der Fische auf. Lerne die Namen der Felsen und Sandbänke. Ja, Herr Mee, du hast dich daran gewöhnt zu verlieren. Du hast dich mit dem Verlieren abgefunden. Du hast Angst vor der Angst. Koch dir Kräuter und friss sie. Achte auf den Wind. Repariere die Platine des Generators. Zeichne die Route. Versuche, die Karte zu lesen. Und hast du selbst eine Route? Mir hat man nicht beigebracht zu verlieren. Ich habe das nicht gelernt, nicht akzeptiert. Ich weiß nicht, was man dem Verlieren entgegensetzen kann. Alles, was ich verloren habe, was andere verloren haben, ist ein Verlust meines Seins. Dass du in diesem dummen Dorf wohnst und dein blödes Einsiedlerleben lebst, ist auch der Verlust meines Seins, verstehst du das?! Geh und pinkele ins Meer. Schwimme im dunklen, lauwarmen Meer. Kotze ins Wasser. Sehne dich nach der nassen, warmen, glücklichen und dämlichen Zeit in der Gebärmutter deiner Mutter. Und rolle morgens das Tau auf. Aber ganz sorgfältig. Bewahre die Traditionen der Seefahrt. Schrubbe das Holz. Schau dir das Mädchen an und seufze, weil du dich nicht traust, sie anzusprechen. Sag, dass ihr in deiner Sprache für Oregano ein komisches Wort, ›kii-kik‹, habt und grinse dazu. Das reicht dir für drei Stunden! Du glücklicher Schwachkopf! Du militärischer Überrest!«

Südwestwind kam auf, er wehte vom Achterschiff her mit einer Geschwindigkeit von siebzehn Knoten. Zusammen mit dem Mädchen setzten wir zusätzlich zum Spinnaker das Hauptsegel und das Focksegel. Wir segelten nach Norden, um die ›Shenandoah‹ zu sehen. Der Mann schlief in der Kajüte. Wir hatten bis drei Uhr in der Früh geredet. Eigentlich hatte nur er geredet. Und dazu eine ganze Flasche Whiskey getrunken. Wir hatten uns Jugendfotos gezeigt. Er erzählte von den Kalaschnikows, den unterschiedlichen G3s, von den Puffs in Amsterdam, von Tom Waits, von der »Dauerrevolution« und vielem mehr.

Das Mädchen brachte uns beiden Tee und Sandwiches. Es wehte ein guter Wind. Wir segelten ruhig und schnell. Steuerbord sahen wir eine Caretta Caretta, die sich an der Wasseroberfläche ausruhte.

Als wir um die Insel Çatal fuhren, sahen wir sie.

An ihren drei Zwanzig-Meter-Masten hatte sie alle Segel gehisst. Sie kam backbord auf uns zu. Ich reichte dem Mädchen das Fernglas und steuerte leewärts auf die ›Shenandoah‹ zu.

Ich freute mich, sie aus solcher Nähe zu sehen. Sie ist eine Legende der Seefahrt. Nach fünfzig Jahren war sie zum ersten Mal wieder in diese Gegend gefahren. Ein Riese von 156 Fuß Länge, seit 1902 auf den Meeren unterwegs. Das letzte Aufbäumen eines Reiches, in dem die Sonne nie unterging. Sie kam uns ganz nahe. Einige Minuten lang glitten wir aneinander vorbei.

Dann entfernte sie sich wie ein weißer, leuchtender Sternschweif.

Der Mann kam an Deck. Er nahm das Fernglas und sah der in Richtung Süden davonfahrenden ›Shenandoah‹ nach.

»Unsere Yacht ist besser. Für dieses Schiff hat man einen ganzen Teakholzwald abgeholzt«, sagte er und bat seine Tochter um Kaffee.

Wir hatten noch sechs Tage zu dritt vor uns.

## Duygu Asena

# Nil oder die Liebe

Es ist so komisch, in weiß zu heiraten, wenn man über dreißig ist, dachte sie. Sie wurde von einer Stecknadel gestochen, zuckte zusammen. Schlimm, wenn man so unentschlossen ist, dachte sie weiter. Ich probiere gerade mein Brautkleid und ich weiß immer noch nicht, ob ich es bei der Hochzeit tragen soll. Sie wurde wieder gestochen, diesmal schrie sie vor Schmerz auf.

»Das bringt Glück, schrei bloß nicht so«, beschwichtigte sie die Schneiderin.

»Wir sollten über den Rock keinen Tüll drapieren. Ein enger Rock und ein Korsettoberteil, das reicht völlig aus. Das kann ich dann auch später tragen. Mit Tüll wäre das Kleid viel zu protzig.«

»Kindchen, warum änderst du deine Meinung? Ein Brautkleid muss prunkvoll sein, ganz pompös. Und außerdem heiratest du ja zum ersten Mal.«

»Das stimmt schon, ich heirate zum ersten Mal, aber du siehst mich immer noch als ein Kind, Tante. Du scheinst zu vergessen, dass ich vierunddreißig Jahre alt bin.«

»Schon gut, rede keinen Unsinn. Du bist sehr jung, sehr schön, wie eine Pistazie. Legen wir dieses Stück Tüll über das Kleid, nach der Hochzeit kannst du es entfernen. Wenn du schon etwas tust, dann halte dich an die Regeln.«

Sich an die Regeln halten ... Regeln. Sich nicht an die Regeln halten oder sich die eigenen Regeln schaffen, danach leben, in Freiheit! Das heißt wohl, ich habe es nicht geschafft, ich habe nur so getan. Und ich glaubte, ich würde ohne Regeln leben und frei sein. Was für ein Leben habe ich denn gelebt? War ich wie eine Gefangene, habe ich mich an den Gedanken anderer orientiert? Nein, nein, ich habe schon frei gelebt, ich tat alles, was ich wollte. Zumindest, als meine Familie mich unter Druck setzte, weil ich eine alte Jungfer sei. Ich habe es geschafft, bis zu meinem fünfunddreißigsten Lebensjahr nicht zu heiraten.

»Ach! ... Das ist zu viel des Glückes mit den Nadelstichen, Tante Zehra!«

Heirate ich etwa im Namen der Freiheit? Habe ich nicht jedes Mal, wenn ich eine Liaison hatte, darüber nachgedacht, wie es mit einer Heirat wäre? Aber natürlich nicht als Abenteuer, nicht einfach um des Heiratens willen. Ja, unter meinen Geliebten gab es viele, die mich heiraten wollten, aber ich wollte nicht. Hatten sie alle einen Makel? Ja, es gab einige, bei denen ich auf die Ehe verzichtet hatte, etwa weil einer nicht tanzen konnte und ein anderer keinen Führerschein besaß ... Und er? Zwei Jahre lang ließ er mein Inneres erzittern. Immer hatte ich Sehnsucht nach ihm, er aber sah immer nur auf mich herab. Wenn er mich rief, rannte ich zu ihm, und wenn er mich wegschickte, ging ich ohne ein Wort. Hätte er mich gefragt ... ob ich nein gesagt hätte? Schon gut, schon gut ... Aber denjenigen, die mich wollten, leistete ich immer nur Widerstand. Es waren sehr nette Männer dabei. Warum habe ich ausgerechnet diesem letzten netten Mann nicht auch einen Korb gegeben? Aber er liebt mich so sehr. Und ich ihn auch ... Ich mag ihn sehr. Ich mag ihn, denn er hat es verdient. Er sieht klasse aus. Meine Freundinnen waren von ihm begeistert, als ich ihn vorstellte. Und als wir im Klub Rock'n'Roll tanzten … Wie gut er sich in Gesellschaft benehmen kann, wie freundlich er ist, wie elegant. Er liebt den Luxus und ist ein wahrer Lebenskünstler. Hätte ich auch ihm einen Korb geben sollen? Erst hätte mich meine Mutter erschossen, dann meine Freundinnen umgebracht. In diesem Alter wird wohl kein Mann mehr in meinem Leben auftauchen, mit dem ich die große Leidenschaft erleben werde, in den ich mich unsterblich verlieben könnte, nach dem ich eine irrsinnige Sehnsucht hätte. Bisher gab es nur einen von dieser Sorte. Und außerdem, wer erlebt schon diese großen Gefühle von Leidenschaft, Liebe, Zärtlichkeit und Sehnsucht? Das ist etwas, was nur in unserer Fantasie existiert … Wenn ich darauf wartete, müsste ich mein Leben allein verbringen.

»Ist gut, Tante Zehra, leg den Tüll doch darüber«, sagte sie. »Die Hochzeit findet an einem so eleganten Ort statt, da sollen die Gäste nicht schicker aussehen als ich … Legen wir den Tüll über den Rock und nehmen wir einen langen Schleier dazu.«

Die Frau trank in der großen Wohnung, deren Frontseite auf das Meer blickte, ihren Whiskey und sah auf die vorbeifahrenden Schiffe. Der Mann beugte sich zu ihr herunter, küsste ihre Wange und sagte: »Wir haben uns immer noch nicht entschieden, ob ich bei der Hochzeit schwarz oder weiß tragen soll.«

»Wie oft habe ich dir schon gesagt, du sollst weiß tragen. Du hörst mir nicht zu.«

»Aber ich glaube, schwarz ist eleganter. Ich probiere beide Farben an, du kannst es dir ansehen und dann entscheiden wir noch heute Abend.«

»Nein, nein, vor der Hochzeit dürfen wir einander nicht zeigen, was wir anziehen, das bringt Unglück. Tu es nicht, entscheide allein, was du tragen willst.«

»Manchmal machst du mich ganz unsicher. Glaubst du etwa an solch einen Unsinn?«

»Sieht ganz so aus. Folgst du vielleicht nicht auch so einem Aberglauben? Obwohl die Wohnung gegenüber viel schöner ist, hast du sie nicht gekauft, weil sie die Nummer 13 hat. Nur deshalb hast du dich für diese Wohnung entschieden.«

Er umarmte sie, hob sie in die Luft und küsste sie lange, streichelte sehnsüchtig ihre Brüste, ihren Bauch, ihre Beine. Die Frau stieß ihn behutsam weg. »Bis zur Hochzeit sollten wir nicht mehr zusammen sein, wir wollen die Hochzeitsnacht erleben, als wäre es für uns beide das erste Mal, leidenschaftlich und voller Sehnsucht. Lass uns, wie die Ausländer, mit unseren Freunden getrennt feiern. Du mit deinen Freunden und ich mit meinen Freundinnen. Wir wollen eine ganz verrückte Nacht haben und uns nach Lust und Laune austoben.«

»Mir scheint, du bist heute Abend etwas gereizt, meine Liebste. Wer dich hört, muss ja glauben, du seist eine Jungfrau, die sehnsüchtig auf ihre Hochzeitsnacht wartet. Meinetwegen, aber was willst du an deinem letzten freien Abend als ledige Frau tun?«

»Meinst du, es wird mein letzter freier Abend sein? Ist es mit meiner Freiheit zu Ende? Willst du das sagen?«

»Red keinen Unsinn, beantworte lieber meine Frage, was willst du an deinem letzten Abend tun?«

»Ich will mich wie verrückt lieben, bis zum Morgen, wenn es schon mein letzter freier Abend ist …«

Der Mann fuhr zusammen und wankte, als hätte er

einen Schlag ins Gesicht bekommen ... Er versuchte zu lächeln – es gelang ihm sogar.

»Du meinst, du willst dich mit mir lieben, nicht wahr? Wie verrückt willst du dich mit mir lieben, oder?«

Die Frau bereute schon, so offen gewesen zu sein und wusste jetzt nicht mehr, was sie antworten sollte. Die Antwort lag ihr schon auf der Zunge, aber sie konnte nicht sagen, dass sie mit ... noch einmal, ein letztes Mal ... Ihr fiel kein Mann ein, der sie in Aufregung versetzt hätte, und sie ärgerte sich über sich.

»Erst stellst du komische Fragen, dann ärgerst du dich über die Antwort. Das heißt wohl, meine Freiheit ist wirklich futsch ... Selbst die Gespräche engen ein ... Wie auch immer, ich gehe jetzt, wir sehen uns bei der Hochzeit wieder. Es wird bestimmt sehr aufregend. Man muss die Aufregung selbst erzeugen, oder?«

Sie verließ die Wohnung.

In der Nacht dachte sie ständig nur an ihn. Sie verfluchte ihn, weil er vor ihr auftauchte, wann immer sie an etwas Aufregendes dachte. Zum ersten Mal wurde ihr klar, dass sie trotz all der Liebschaften, die sie gehabt hatte, ein sehr monotones Leben geführt hatte. Auch wenn sie noch einmal mit ihm zusammenkäme, würde sie sicher nicht mehr die gleiche Lust empfinden. Sie versuchte die fehlende Leidenschaft in ihrem Leben auszugleichen, indem sie von ihm, von ihrer großen Liebe, träumte – und wieder ärgerte sie sich über sich selbst. Trotzdem ist es gut, dass ich ihm begegnet bin, so weiß ich zumindest, dass es diese Gefühle gibt und wie sie sind. Das verdanke ich nur ihm, dachte sie und lächelte. Diese Gefühle ... Er war nicht einmal besonders gut aussehend. Wie sie auf ihn gewartet, sich gewünscht hat, mit ihm zusammen zu sein, wie sie ihr Leben nach ihm ausgerichtet und sogar auf ihre Reise nach Paris verzichtet hat, um Zeit mit ihm verbringen zu können, denn am Tag ihrer Rückkehr aus Paris hatte er in die USA fliegen wollen. Wenn sie sich liebten, war es ihr nach Schreien und Weinen zumute gewesen, sie wollte nicht einmal einen Orgasmus haben, weil er das Ende des Liebesaktes bedeutet hätte. Sie wünschte sich nur, stundenlang mit ihm verschlungen zu sein, seine Haut auf ihrer Haut zu spüren. Und so war es auch. Aber gab es später nicht noch bessere Sexpartner? Solche, für die der Liebesakt eine technische Hochleistung war, die ihr in einer halben Stunde mehrmals zum Höhepunkt verhalfen ... Nur, was hatten ihr derart gekünstelte Liebesakte schon bedeutet, wenn sie sich hinterher nicht in den Armen liegen wollten, kein Gesprächsthema hatten – also verließ sie all diese Männer.

Wie auch immer, ich heirate jetzt. Ab jetzt werde ich ein ordentliches Leben führen. Ich habe alles erlebt, alles getan, was ich tun wollte, es ist genau der richtige Zeitpunkt für eine Ehe. Ich habe eine kluge Entscheidung getroffen ...

Sie schlief ein ... Im Traum befand sie sich auf einem riesigen freien Platz. Sie trug zerfetzte Kleidung, die ihren Körper kaum bedeckte. Sie sah sich selbst zu einer eigenartigen Musik tanzen. Um sie herum standen Tausende mandeläugige Männer mit gelber Hautfarbe, auch sie tanzten. Dann näherten sich die Männer, sie begannen, ihren Körper zu berühren. Sie tanzte weiter in einem immer enger werdenden Kreis. Einer der Männer fasste ihr durch die Fetzen ihrer Kleidung an die Brust, ein anderer an den Bauch, einer an die Beine, sie streichelten sie, küssten sie. Einer beugte sich über ihre Lippen, begann sie zu küssen, lang und anhaltend ... Sie empfand einen unbeschreiblichen Genuss. Der Mann, der durch den Riss ihres Kleides ihren Bauch streichelte, legte sie langsam auf den Boden. Der Mann an ihren Lippen wurde wilder, auch die Musik wurde schneller ... Sie wachte auf und war darüber ziemlich traurig. Sie versuchte, schnell wieder einzuschlafen. Aber jetzt waren die Männer mit den Mandelaugen nicht mehr da. Ihr Vater war gekommen und sagte, dass er sie vermisst habe, staunte, wie groß sie geworden war und wie schön, und fragte sie, ob sie glücklich sei.

»Warum erledigt man die Dinge nie rechtzeitig, sondern immer erst in letzter Sekunde?«, fragte sie aus dem anderen Zimmer. Sie hatte sich noch nicht einmal geschminkt und die ersten Gäste würden in vierzig Minuten eintreffen.

»Setz dich hin, sodass ich dein Make-up machen kann«, sagte eine Freundin. »Was hat es für einen Sinn, jetzt noch zur Kosmetikerin zu gehen?«

Sie begann sie zu schminken.

»Nimm nicht zu viel Farbe, ich will nicht anders aussehen als sonst«, bat sie ihre Freundin.

»Heute ist deine Hochzeit, du musst anders aussehen«, bekam sie zur Antwort.

Es klingelte.

»Dein Mann ist da«, sagte ihre Schwester.

»Mein Mann ist da«, wiederholte sie und lachte ...

»Lach nicht, ich kann deine Lippen nicht anmalen«, sagte ihre Freundin.

Vor dem Spiegel warf sie einen letzten Blick auf ihr Brautkleid mit dem Schleier. Sie hatte sich irgendwie geschämt, ein Brautkleid zu tragen, aber dieses Gefühl hinderte sie nicht daran, sich zu gefallen.

»Los, meine Kleine, jetzt müssen wir gehen«, sagte ihre Mutter, die aufgeregt ins Zimmer trat. Sie schaute sich ihre Tochter von Kopf bis Fuß an. »Ich habe es ja gesagt, dieses Kleid ist viel zu weit ausgeschnitten. Ich wusste es!«, nörgelte sie.

»Aber ihre Brüste sind doch sehr schön, lassen Sie sie sie doch zeigen«, verteidigte die Freundin sie.

»Nur weil ihre Brüste schön sind, muss sie sie auf ihrer Hochzeit nicht jedem zeigen. Was werden die Leute nur sagen?«, jammerte die Mutter.

»Mutter, ich habe dein ewiges ›Was-werden-die-Leute-sagen‹ satt, wenigstens heute könntest du das sein lassen!«, schrie sie ihre Mutter an.

»Ach, die Nerven liegen blank«, seufzte die Mutter und ging hinaus.

Dann betrat die Braut das Wohnzimmer. Den Bräutigam in seinem weißen Anzug fand sie sehr elegant.

»Lieber Gott, was für eine Schönheit«, sagte er und blickte auf ihre aus dem tiefen Ausschnitt ein wenig hervorquellenden Brüste. Er umarmte sie: »Ich finde, du bist die begehrenswerteste Braut der Welt, ich habe solche Sehnsucht nach dir gehabt, bringen wir diesen Abend so schnell wie möglich hinter uns«, flüsterte er.

»Vorsicht, du zerknüllst meinen Schleier«, erwiderte sie, als sie den Mann auf die Wange küsste, ohne ihn jedoch zu berühren.

Sie liefen schnell zu den Autos und stiegen ein. In den glänzend polierten, mit Blumen geschmückten Wagen rasten sie zum Hotel. Sie eilten in den großen Ballsaal. Die meisten Gäste waren längst da.

Es gab Komplimente, Glückwünsche, Küsschen. Kommilitonen, die sie seit Jahren nicht mehr gesehen hatte, Verwandte des Mannes, die sie zum ersten Mal sah, seine Freunde ...

Mit ihr am Arm wirbelte er herum, als würde er vor Glück fliegen. »Und hier ist der berühmte Bruder, der in Kanada lebt«, sagte er, als er ihr einen Mann vorstellte. »Er hat alles stehen und liegen gelassen und ist einzig für unsere Hochzeit hierher geflogen.«

»Herzlich willkommen, sehr erfreut«, sagte die Frau wie ein Automat. »Ich habe schon so viel von Ihnen gehört, dass ich schon sehr neugierig auf Sie war.«

Sie zog ihre Hand ganz sachte aus der Hand des Mannes und musterte ihn von Kopf bis Fuß ... Er trug keine Krawatte und einen dunklen Anzug hatte er auch nicht an ... Er trug Jeans und ein kragenloses Hemd, darüber einen schwarzen Blazer. Seine Haare wirkten ungekämmt, sie waren dünn und fielen ihm in die Stirn. Sie ordnete ihren Schleier und verfluchte innerlich das Brautkleid, war beschämt und fühlte sich ein wenig ungelenk.

»Wann kehren Sie zurück?«, fragte sie den Mann.

»Ich weiß es nicht«, erwiderte er und sah sie mit seinen grünen ... nein, gelblichbraunen Augen an. »Ich weiß es nicht. Es gibt keinen Grund, lange zu bleiben. Aber ich hoffe, ich werde genug Zeit haben, Sie kennenzulernen. Nur, wenn Sie auf Hochzeitsreise gehen ...«

»Nein, nein, das tun wir nicht. Wir kennen uns ja nicht erst seit gestern. Ich bin seit einem Jahr mit Ihrem Bruder zusammen.«

»Schön, dann sehen wir uns sicher noch.«

»Komm, Liebling, die Trauung beginnt«, rief ihr Mann und nahm ihre Hand.

Liebevoll entfernte sie den winzigen Fleck auf dem Kragen des fremden Mannes und sah ihm tief in die Augen. Ohne den Blick von ihm zu wenden, ging sie, die Hand ihres Ehemannes haltend, an ihren Platz ... Für einen Augenblick wollte sie den Fremden fragen, ob er traurig sei oder ob sie sich täusche. Aber schon saß sie am Trauungstisch.

In ihrem Herzen spürte sie eine merkwürdige Regung: Sie hatte das Bedürfnis, tief Luft zu holen, weil sie sonst vor Aufregung sterben würde. Ihr Herz war wie ein Vogel, als wollte es wegfliegen, ganz erleichtert. Was war nur plötzlich geschehen? Was sollte diese Aufregung? Während der Standesbeamte sprach, beugte sie sich ein wenig nach vorne. Sie freute sich, dass ihre Brüste zu sehen waren und sie Sexappeal hatte. Sie schaute neugierig und gerührt auf die Gäste und fragte sich, wen sie wohl in der Menge suchte. Dann sah sie den Mann, in der ersten Reihe, aber er saß von den anderen ein gutes Stück entfernt. Er schaute sie an und lächelte. Ihr Herz schlug schneller, sie spürte den Wunsch in sich, aufzustehen und ihn zu berühren ... Mehr noch ... Sie wollte ihn bitten, an ihrer Seite Platz zu nehmen. Zum Standesbeamten gewendet gab sie ihr Jawort, nur um dann sofort wieder zu dem Mann zu schauen, der sie ebenfalls anblickte. Sie sah ihm in die Augen. Er lächelte. Sie nicht. Sie schaute nur, ohne die Miene zu verziehen, staunend und mit wild klopfendem Herzen.

Sie wurden zu Mann und Frau erklärt und von weinenden und lachenden Menschen umringt. Ihre Mutter versuchte, die Tränen zu unterdrücken und umarmte ihre Tochter. Ihre Schwester küsste sie auf die Wangen, die Mutter und der Vater ihres Mannes drückten ihre Hand, küssten sie und steckten eine Brosche mit Brillanten an ihr Kleid, über ihre Hände streiften sie goldene Armreife. Langsam löste sie sich aus der aufgeregten Menschenmenge. Sie ging auf den Mann zu, der noch immer regungslos an derselben Stelle stand, sah ihm tief, sehr tief in die Augen und streckte ihm die Hand entgegen. Er umarmte sie, und sie spürte, dass sie schwach wurde, ihre Beine zitterten, schienen sie nicht tragen zu wollen. Sie wünschte, sie könnte ihren Kopf an die Schulter des Mannes legen und die Zeit aufhalten. Aber die Zeit blieb nicht stehen. Als ihre Schwester ihre Taille umfasste, wurden ihre Augen feucht. »Wein bloß nicht«, sagte die Schwester. »Sonst glauben alle, du wärst begeistert vom Heiraten.«

»Hauptsache, wir sind zusammen. Ich bin sehr müde, aber du bist wunderbar. Jetzt wollen wir, wie es die Tradition verlangt, deinen Schleier heben. Aber erst wollen wir dir deine Schleiergaben anstecken, sonst erlaubst du mir sicher nicht, deinen Schleier wegzunehmen.«

Der Mann zog eine kleine samtbezogene Schatulle aus der Tasche, entnahm einen Brillantring und steckte ihn seiner Frau an den Finger. Dann hob er den Schleier und küsste seine Frau. Sie küssten sich, aber die Frau schien abwesend zu sein. Sie empfand keine Erfüllung. Sie sah ständig die gelblichbraunen Augen des anderen Mannes vor sich, die blonde Locke, die ihm in die Stirn fiel, und sie bemühte sich sehr, sein merkwürdiges, trauriges Lächeln aus ihrem Gedächtnis zu bannen. Dann, des Kämpfens müde, ließ sie locker und umarmte ihren Ehemann.

Später, als die Gewissensbisse ihren Höhepunkt erreicht hatten, überließ sie sich dem Schlaf.

Sie frühstückten auf dem Balkon, von dem man auf das Meer blickte. Während sie Butter auf das Brot strich, fragte sie: »Wie lange wird dein Bruder hier bleiben?«

»Ich weiß es nicht. Er erzählt mir nicht, was er vorhat«, antwortete er. »Aber zwei Wochen wird er wohl bleiben. Wir laden ihn mal zum Abendessen ein.«

»Das tun wir«, antwortete sie.

Beim Essen redeten sie nur über Kanada. Die Frau zerbrach ein Glas, verschüttete den Wein, ließ das Essen anbrennen und konnte dem Mann, als sie am Tisch saßen, nicht in die Augen schauen. Als sie mit dem Essen fertig waren und die beiden Brüder sich in ein Gespräch vertieften, schaute sie sich im Badezimmerspiegel an, schüttelte abwesend den Kopf und sagte zu ihrem Spiegelbild: »Ja, mit meiner Freiheit ist es vorbei. Die letzte Nacht meiner Unabhängigkeit konnte ich nicht ausleben. Aber ich will eine Freiheit zu bewahren versuchen, wenigstens mir selbst gegenüber. Eigentlich hätte ich niemandem mehr begegnen dürfen, der in mir große Gefühle, Leidenschaft, Sehnsucht oder Begehren weckt.« Sie vergrub das Gesicht in den Händen. »Verflucht noch mal, er ist aber doch da!« Sie begann zu stöhnen. »Nur, wie ist er in mein Leben getreten? Hätte ich seinen Bruder nicht geheiratet, hätte ich ihn nie kennengelernt. Eine furchtbare Situation, furchtbar ... Was soll ich jetzt nur tun? Ich werde verrückt, ich liebe ihn, ich würde in diesem Augenblick alles dafür opfern, ihn zu berühren.«

Sie kehrte ins Wohnzimmer zurück.

Das Ehepaar bestand darauf, dass der Bruder über Nacht blieb.

»Ich lege mich schlafen«, sagte der Ehemann.

Er ging, und seine Frau und sein Bruder saßen allein auf dem Sofa.

»Geh du nur schlafen, ich mache mich auf den Weg«, sagte der Bruder.

»Bleib«, bat sie ihn.

Sie sahen sich an, ihre Hände berührten sich. Sie lehnte ihren Kopf an seine Schulter, er strich über ihr Haar.

»Manchmal kann man etwas nicht verhindern«, sagte sie, während sie seinen Arm streichelte. »Ist das sehr schlimm, sehr geschmacklos?«, fragte sie ihn dann.

»Wir möchten uns berühren, wie kannst du das geschmacklos nennen?«, fragte er zurück.

Sie umarmten sich ganz fest.

»Ich gehe jetzt«, sagte er. »Morgen besuche ich dich im Büro, wir können zusammen zu Mittag essen und reden. Bist du wirklich bereit, nach deiner wahren Vorstellung zu leben? Weißt du, dass solche Gefühle sehr selten sind? Am Freitag kehre ich nach Hause zurück, ich habe noch vier Tage vor mir.«

»Ich liebe dich«, sagte die Frau wie zu sich selbst.

»Ich dich auch«, erwiderte der Mann.

Die Frau dachte die ganze Nacht über nach. Was für ein großes Unrecht begehe ich, was für ein Gerede wird es geben, und meine Mutter und seine Familie werden todunglücklich sein. Aber seit ich ihn gesehen habe, verspüre ich keine Lust auf meinen Mann, ich liebe meinen Mann nicht mehr ... Was soll ich jetzt nur tun? Genau das, was ich mein Leben lang vermisst habe, begegnet mir jetzt ... Steht vor mir ... Direkt vor mir ...

Der Mann umarmte seine Frau, sie rutschte sachte zur anderen Seite des Bettes.

Der Bruder reiste nach vier Tagen ab.

*Nil ist jetzt 42 Jahre alt. Sie lebt in Kanada. Sie stieg eines Tages ins Flugzeug und folgte dem Mann. Sie hat es nie bereut. Im Gegenteil, sie ist sehr glücklich. Seit acht Jahren erlebt sie mit dem Mann dieselbe Erregung, dieselbe Leidenschaft. Ihr Inneres bebt noch immer, wenn sie ihn umarmt. Und ihr erster Mann? Auch er hat wieder geheiratet, manchmal schreiben sie sich eine Karte. Die Frau nimmt dann ihre fünfjährige Tochter in die Arme und sagt: »Schau, es ist eine Karte von deinem Onkel gekommen. Komm, lesen wir sie zusammen.«*

## Nazli Eray

# Frauensamen

Genüsslich trank ich am Sonntag früh meinen Kaffee und blätterte die Zeitung durch. Ich hatte mir die erste Zigarette des Tages angezündet, und wie immer wurde mir beim Rauchen leicht schwindelig. Ich genoss es.

Auf der dritten Seite der Zeitung fiel mir eine Anzeige mit einem Zierrand ins Auge, die unter den Todesanzeigen etwas fehl am Platz wirkte:

»Gute Nachricht für ledige Männer in Ankara! Import-Frauensamen in unserer Filiale eingetroffen. Die exotischen Frauensamen wurden in den weltberühmten Baseler Labors gezüchtet, mit speziellen Hormonen behandelt und durch ein besonderes Verfahren kultiviert. Vakuumverpackt, zum besonders günstigen Preis. Die Samen gedeihen in jeder Art von Erdboden. Auch für Blumentöpfe geeignet. Schluss mit dem Brautgeld! In der Küchenabteilung im Untergeschoss unserer Filiale erhalten Sie ausführliche Informationen. Greifen Sie zu, solange der Vorrat reicht!«

Ich war wie elektrisiert, ließ die Zeitung fallen und rief sofort einen meiner Freunde an, einen eingefleischten Junggesellen:

»Hallo, Zekai! Hast du das gelesen?!«

»Was?«

»Das Angebot für exotische Frauensamen ...«

»Ich verstehe nicht, was bitte?«

»Es gibt in der Zeitung eine Anzeige. Du schläfst wohl noch! Frauensamen! Lass uns morgen eine Packung für dich kaufen. Du kannst sie im Blumentopf heranziehen.«

»Eine Frau?«

»Ja. Ich glaube, eine ausländische Frau.«

»Sie wächst aus einem Samen heran?«

»Ja, aus Frauensamen. Kaufen wir eine, bevor sie ausverkauft sind.«

»Um Gottes willen, das ist eine große Verantwortung, das will ich nicht auf mich nehmen!«

»Zekai! Du machst immer wieder den gleichen Fehler. Das ist doch nur ein Samen. Ein Samen! Probier es doch aus!«

»Na gut, gehen wir hin«, gab er nach. Ich legte auf.

Zekai war ein überaus ängstlicher Kerl. Deshalb hatte er ja auch noch nicht geheiratet. Er war schon fünfunddreißig ...

Das Telefon klingelte. Ich nahm den Hörer ab.

Es war der Vater eines Bekannten, ein alter Freund, ein Geschäftsmann in Izmir. Seine Geschäfte liefen sehr gut.

»Haben Sie das gelesen?«, fragte er sofort.

»Die Frauensamen? Ja, eben gerade.«

»Ich werde gleich morgen einige Packungen kaufen, das wird das Erste sein, was ich tue ...«

Ich lachte unwillkürlich.

»Aber Faruk Bey, was sagt denn Ihre Frau, Neriman Hanım, dazu?«

Er lachte auf: »Ich werde die Samen in unserem Garten in Izmir einpflanzen. Niemand wird etwas merken.«

»Meinen Sie?«

»Aber natürlich. Ich werde sie zwischen den Tulpen

einsetzen. Schwedische Mädchen, kokette Südamerikanerinnen, Wiener Blondinen zwischen den Tulpen ...«

»Hervorragend!«, rief ich. »Woher haben Sie all diese Informationen?«

»Ich habe im Geschäft angerufen.«

»Na, dann viel Glück!«, sagte ich und legte auf. Ich wollte mich gerade wieder setzen, da klingelte es an der Tür. Ich blickte durch den Spion – es war der Hausmeister.

»Was gibt's, Zülfikar?«, fragte ich ihn.

»Du bist wie eine Schwester für mich! Ich möchte dich um einen großen Gefallen bitten. Hilf uns, erklär mir etwas. Wie du weißt, wollen wir unseren ältesten Sohn verheiraten, aber es geht einfach nicht. Das Brautgeld, die Aussteuer ... Und heute haben wir in der Zeitung gelesen ... Ob das wohl stimmt?«

»Ja, das stimmt«, antwortete ich voller Überzeugung. »Der Frauensamen, das meinst du doch, oder?«

»Ja. Wir trauen uns nicht, etwas auszuwählen. Würdest du uns behilflich sein?«

»Ich gehe morgen ohnehin zu diesem Geschäft. Ihr, dein Sohn und du, könnt mich ja begleiten«, schlug ich vor.

»Hab vielen Dank.«

Ich schloss die Tür. Mein Kaffee war inzwischen kalt geworden. Gerade wollte ich noch einmal Wasser aufsetzen, als das Telefon klingelte.

Mein Vater aus Istanbul rief an.

»Wie geht es dir, Papa?«

»Gut, gut. Deine Mutter und ich haben eine Anzeige in der Zeitung gelesen. Hast du sie auch gesehen? Es heißt, in Ankara würden Frauensamen angeboten ... Dieses Geschäft hat aber in Istanbul keine Filiale. Könntest du für deinen Bruder einen Samen aussuchen, bevor sie ausverkauft sind? Deine Mutter bittet darum«, sagte er.

»Ist gut, Papa«, antwortete ich. »Morgen gehe ich hin ...«

»Such etwas Reiferes aus«, sagte er noch. »Sie soll keine Ungebildete sein, pass gut auf.« Dann fügte er noch leise hinzu: »Kannst du auch eine Packung für mich kaufen?«

»Aber Vater! Was willst du damit? Und Mutter?«

»Es gibt auch Ungarinnen, sagt man. Ungarinnen aus der Vorkriegszeit ...«, fuhr er ebenso leise fort. »Mit weißer Haut, die einen glücklich machen. Ich werde den Samen aufheben, mein Kind. Such mir zwei Samen aus.«

»In Ordnung, Papa«, gab ich nach und legte auf.

Schon klingelte es wieder. Es war Zekai.

»Ich habe hin und her überlegt, ob ich mir diesen Frauensamen kaufen soll. Aber das ist eine riesige Verantwortung. Ich kann das nicht«, seufzte er verzweifelt.

Es war klar, dass er durcheinander war.

»Zekai!«, sagte ich. »Hör mir mal gut zu. Natürlich kaufen wir welche! Alle Leute kaufen sie kistenweise! Wovor hast du denn Angst, mein Lieber?«

»Was, wenn ich sie nicht großziehen kann?«

»Jetzt kaufst du erst mal die Samen, dann sehen wir weiter ... Wir pflanzen sie in einen Blumentopf. Im schlimmsten Fall ziehe ich sie für dich groß. Bei Gott ...«, tröstete ich ihn. Er lachte verlegen. Wir vereinbarten noch, uns am nächsten Morgen im Geschäft zu treffen und legten auf.

Ich kochte mir frischen Kaffee und hatte gerade ein paar Schlucke getrunken, als mir noch ein Freund einfiel. Er war das Gegenteil von Zekai: Playboy Şükrü. Er konnte nicht heiraten, weil er so untreu war.

»Hallo Şuşu! Wie geht es, mein Lieber? Bist du allein?«

Er lachte: »Ja, ich bin allein.«

»Hast du schon die Zeitung gelesen?«

»Was gibt es denn?«

»Es gibt Frauensamen zu kaufen.«

»Wie bitte?!«

Einen Augenblick lang dachte er nach.

»Es gibt genügend Frauen um mich herum ... Was soll ich mit den Samen? Sie müssen gehegt und gepflegt werden ... Außerdem kommen die Samen aus der Dritten Welt. Wird hier irgendwas verschleudert oder so? Am Ende habe ich noch eine Vietnamesin am Hals. Was mache ich dann?«

»Mann, bist du denn verrückt? Die Samen wurden in einem Speziallabor in der Schweiz gezüchtet. Das sind exotische Frauensamen!«

»Hm ... Gibt es auch Tahitianerinnen?«

»Warum nicht? Mann, bist du aber wählerisch! Ich wollte dir nur Bescheid sagen.«

»Eine nehme ich, weil du es bist«, sagte er. Wir lachten und legten auf.

Es klingelte stürmisch an der Tür. Ich öffnete.

Es war der Rentner aus der Wohnung gegenüber.

»Gnädige Frau, ich möchte Sie gerne um einen Rat bitten«, sagte er. »Entschuldigen Sie mich, ich komme wohl ungelegen.«

»Ich bitte Sie, nein, nein ... geht es um die Samen?«

»Ja. Woher wissen Sie das? Nach dem Tod meiner Frau Nedime bin ich so einsam, wie Sie wissen. Ich frage mich, ob ich mir nicht einen Samen kaufen könnte.«

»Hayri Bey, wenn Sie mich fragen, kaufen sie einen,

ohne lange nachzudenken. Ich gehe morgen ohnehin in das Geschäft, um Samen für einige Freunde und Bekannte zu kaufen«, sagte ich. Der alte Mann freute sich.

»Dann sehen wir uns dort«, sagte er und ich schloss die Tür.

Ich schlürfte meinen Kaffee und rauchte eine Zigarette nach der anderen. Ich war natürlich völlig aus dem Häuschen. Ich dachte an meine unverheirateten Freunde.

Welch eine Erleichterung, mein Gott, welch eine revolutionäre Erfindung! Pflanze dir selbst eine Frau! Ziehe sie groß! Gründe eine Familie. Du kannst die Frau nach deinem Willen formen und hast deine Ruhe!

Ich wählte die Nummer meiner Freundin:

»Hallo, Ayşe!«

»Hast du die Zeitung schon gelesen?«

»Die Frauensamen? Ja, habe ich gelesen.«

»Hör zu. Morgen werden sich alle darauf stürzen. Nicht, dass unsere Männer auch dabei sind!«

»Ich zerstückele ihn, bei Gott!«

»Na, ich werde morgen jedenfalls auch hingehen. Wenn du willst, komm doch mit.«

»Okay.«

»Weißt du, ich hole mir vielleicht auch einen Samen.«

»Ach, gibt es auch Männersamen?«

»Nein, einen Frauensamen ... Vielleicht wächst eine solide Frau heran und hilft mir bei der Hausarbeit.«

»Ach, hör auf«, sagte Ayşe. »Dafür können wir uns eine aus den Armenvierteln nehmen. Eine Frau im Blumentopf großzuziehen, das dauert viel zu lange.«

»Na ja, wie du meinst.«

Schon wieder die Tür! Ich öffnete. Zekai stand da, vor Aufregung zitternd.

»Komm herein. Was ist denn los mit dir?«, fragte ich besorgt.

»Vor lauter Nachdenken bin ich völlig durcheinander. Diese Frauensamen … Wie sollen wir das nur anstellen? Mein Gott, ich werde noch verrückt!«

Er ließ sich in den Sessel fallen.

»Beruhige dich doch. Du wirst sie ja selbst großziehen, Zekai. Denk doch mal nach …«

»Und wenn sie abhaut?«

»Warum sollte sie? Wenn du sie gut behandelst, dann haut sie nicht ab.«

»Gut, und wie stellen wir fest, welcher Samen in Ordnung ist?«

»Das ist eine Frage des Glücks«, sagte ich. »Bete lieber, dass wir noch eine Packung bekommen, bevor sie ausverkauft sind.«

Den Abend verbrachte ich mit Lesen. Bevor ich ins Bett ging, rief ich meinen Frauenarzt an.

»Hallo, Mustafa Bey?«

»Ja, bitte …«

»Das Mittel, das Sie mir verschrieben hatten, hat mir sehr gut getan. Ich habe keinen Ausfluss mehr.«

»Gut … Im Frühjahr ist so ein bakteriell bedingter Ausfluss normal.«

»Darf ich Sie etwas fragen? Ich weiß nicht, ob Sie schon gehört haben? Im Supermarkt werden Frauensamen angeboten …«

»Ja, heute Morgen habe ich es in der Praxis gehört.«

»Was meinen Sie, wie sind diese Frauen aus gesundheitlicher Sicht? Ich habe sie nämlich einigen ledigen Freunden empfohlen …«

Der Arzt dachte einen Moment nach, bevor er antwortete:

»Der Boden, in dem sie wachsen, sollte steril sein … und man sollte auf keinen Fall tierische Düngemittel verwenden. Natürlich wäre es von Vorteil, einen Gesundheitscheck zu machen, wenn die Frauen ausgewachsen sind. Was mich eher beunruhigt, ist das HI-Virus. Das Leben ist so kurz. Dennoch können Junggesellen die Samen ausprobieren, man wird schon sehen …«

Ich bedankte mich und legte auf. Ich stellte den Wecker auf acht Uhr und ging schlafen.

In der Nacht hatte ich chaotische Träume und war am Morgen wie gerädert, aber ich zog mich schnell an. Um neun stand ich vor dem Supermarkt. Aber es war schon zu spät. Vor dem Geschäft gab es einen regelrechten Menschenauflauf, ein riesiges Gedränge! Fast wäre ich umgestoßen worden. Im Geschäft traf ich Zekai. Er war aschfahl im Gesicht und seine Hände waren völlig verschwitzt.

»Komm«, sagte ich, »suchen wir die Samen.«

Plötzlich machte das Gerücht die Runde, die Frauensamen seien ausverkauft. Ich fragte einen jungen Mann neben mir, der ganz offensichtlich aus der Provinz angereist war:

»Wissen Sie, wo diese Frauensamen verkauft werden?«

»Im Regal dort drüben soll es welche geben, aber es ist unmöglich, dorthin zu gelangen. Draußen vor der Tür hat der Schwarzhandel schon begonnen …«

»Wie sind die Preise?«

»Jeder sagt etwas anderes. Mal ist von hunderttausend Dollar, mal von fünfzigtausend Dollar die Rede. Dann heißt es wieder, es wären zwei-, dreihunderttausend Dollar.«

Ich war schockiert.

»Wer soll denn das bezahlen? So teure Frauensamen! All diese Menschen werden mit leeren Händen nach Hause gehen müssen.«

Neben mir stand eine Frau mit Kopftuch und sagte: »Wir wollen unseren Sohn verheiraten. Wenn wir nur von diesen Samen etwas bekämen!«

»Da vorne, gute Frau, da vorne ... Komm, Zekai!«

Unter größter Mühe gelangten wir in die Abteilung, in der die Frauensamen verkauft wurden.

»Gibt es noch Frauensamen?«

»Nur noch ganz wenige. Sie können sich hier etwas aussuchen! Das ist alles, was wir hereinbekommen haben. Es wird nichts mehr nachgeliefert. Der Preis? Fünfzigtausend.«

Zekai hatte sich das Geld zurechtgelegt. Ich kaufte einen Samen für meinen Vater und einen für meinen Bruder. Einfach so, wahllos. Von hinten wurden wir von der Menschenmasse fast erdrückt.

»Los, Zekai, nimm schon einen.«

Zögernd nahm er eine Packung. Wir bezahlten und nahmen sie entgegen.

»Ist die Mehrwertsteuer im Preis enthalten?«

»Aber natürlich!«, sagte die Verkäuferin. »Hier, Ihr Kassenbon.«

Auch der Hausmeister Zülfikar ergatterte eine Packung, ich entdeckte ihn in der Menschenmenge.

»Möge es Glück bringen«, sagte ich zu ihm.

»Danke, danke«, erwiderte er. »Wir werden sie in Blumenerde einpflanzen.«

Die Kunden, die nichts bekommen hatten, waren aufgebracht und schimpften. »So eine Nachfrage nach Frauen! Das ist aber erstaunlich!«

Ein bärtiger junger Mann rief: »Das sind billige Frauen, deshalb!«

Der alte Mann neben ihm ärgerte sich und schrie: »Das sind Samen, mein Sohn, Samen! Nicht einmal Setzlinge. Das ist nicht billig, sondern teuer, sehr teuer! Sie legen die Leute herein! Frauensamen für fünfzigtausend, wo gibt es denn so etwas?«

»Ich habe für meinen Sohn zwei Packungen gekauft«, mischte sich eine alte Frau mit Goldzähnen ein. »Wir werden sie einpflanzen. Mal sehen, welche ihm gefällt. Die andere kriegt dann mein jüngerer Sohn. Das sind schöne Frauensamen ...«

Der Schwarzhändler machte ein gutes Geschäft.

»Kann man auch eine Serie bekommen?«, erkundigte sich ein gut gekleideter Mann.

»Eine Serie? Das ist keine Lotterie. Sie sind Einzelstücke, Samen eben ...«

»Schon gut, zwei Stück bitte.«

»Zekai! Ich kann nicht mehr, ich bin müde. Hier sind zu viele Menschen. Sieh nur, die Straße ist voller Frauen, ich dachte nicht, dass man sich so um Frauensamen schert. Ich bin wirklich überrascht. So eine Nachfrage! Soll man sich darüber freuen oder traurig sein? Ich weiß es nicht!«

Zekai hielt die Packung mit dem Frauensamen ganz fest.

Wir nahmen ein Sammeltaxi und fuhren nach Hause. In der Nähe meiner Wohnung stiegen wir aus.

»Kaufen wir einen schönen Blumentopf und gute Blumenerde. Alles soll nur vom Besten sein«, sagte Zekai.

Klar, das war seine Vorfreude, die Vorbereitung der Aussteuer. Das konnte ich gut verstehen.

»In Ordnung. Bei dem Blumenhändler an der Ecke bekommen wir alles, was wir brauchen. Komm.«

Zekai kaufte einen großen Blumentopf aus Ton und dazu zwei Säcke Blumenerde. Dann gingen wir nach Hause.

»Wenn ich jetzt keinen Kaffee bekomme, falle ich um.«

Ich zündete mir eine Zigarette an.

Zekai öffnete die Packung. Er war völlig angespannt. Hoffentlich bekam er nicht noch einen Herzinfarkt.

»Wir wollen erst die Bedienungsanleitung lesen«, sagte er.

Ich setzte meine Brille auf und las:

»Importierte Frauensamen. Eine gutmütige, freundliche Sorte, die wenig Geld ausgibt, von hoher Bildung, feministischer Einstellung und politischem Bewusstsein ist. Die Samen werden zwei Zentimeter tief in die Erde gepflanzt und täglich gegossen. Für Kinder unzugänglich aufbewahren. Achtung: spätestens einpflanzen bis April 1989.«

Wir betrachteten die Samen: Sie waren klein wie Erdnüsse. An einem Ende spross schon, kaum sichtbar, ein Trieb.

Zekai konnte sie aber nicht in die Erde stecken! Er ging mir ganz schön auf die Nerven.

»Verantwortung ... Die Verantwortung für eine Frau ... Das ist keine einfache Sache ...« murmelte er.

»Hör auf, Zekai! Wenn dich schon der Samen so aus der Bahn wirft, was macht dann erst die Frau? Gott möge dich beschützen! Los jetzt, setz den Samen ein und gieß Wasser darüber.«

Schließlich steckte er den Samen sorgfältig in die Erde und goss eine Tasse Wasser darüber.

Die Samen für meinen Vater und meinen Bruder schickte ich per Eilpost nach Istanbul.

Als der Hausmeister das Brot brachte, erzählte er:

»Wir haben die Samen eingepflanzt. Den Topf haben wir in den Schatten gestellt, jetzt warten wir.«

Am Abend kam der alte Nachbar, der Rentner von gegenüber, vorbei. Ich erkundigte mich:

»Hayri Bey, konnten Sie in dem Gedränge Samen kaufen?«

»Ja, ja, ich habe es geschafft«, antwortete er vergnügt. »Ich habe ihn auch schon eingepflanzt ... Auf dem Balkon, er steht etwas abseits.«

Als der Mann gegangen war, wandte ich mich an Zekai:

»Siehst du, dieser alte Mann hat mehr Mut als du.«

»Ob ich sie noch einmal gießen sollte?«, fragte er.

»Mach dir nicht so viele Gedanken, mein Lieber. Lass gut sein, sonst geht der Samen noch ein.«

»In Ordnung, und ärgere dich nicht über mich.«

Am Abend nahm Zekai seinen Blumentopf und ging nach Hause.

Ich konzentrierte mich in den folgenden Wochen auf meine Arbeit und vergaß die Sache mit den Samen. Zwei Monate vergingen.

Eines Morgens weckte mich das Klingeln des Telefons. Ich zog meinen Morgenmantel an und nahm den Hörer ab. Es war Zekai.

»Die Frau ist aufgegangen. Heute Morgen ist sie aufgegangen. Kannst du bitte gleich kommen, bitte?!«

»Ich bin noch völlig verschlafen ... Erzähl mal. Wie ist sie? Ist sie schön?«

Zekai schien vor Aufregung fast zu ersticken. »Sie ist schön, sie ist blond. Ich glaube, sie ist eine Amerikanerin. Sie badet gerade. Ich werde verrückt! Komm bitte so schnell du kannst hierher. Sie ist eine sehr saloppe Frau. Ich bin wie von Sinnen, ich verliere gleich den Verstand, komm schnell und hilf mir!«, flehte er.

»Warte. Ich ziehe mich an und komme.«

Es klingelte an der Tür. Es war der Hausmeister Zülfikar Efendi mit dem Brot.

»Die Frau ist heute Morgen aufgegangen. Wir verstehen aber ihre Sprache nicht. Sie sitzt mit meinem Sohn auf dem Sedir. Die Kleidung, die wir für sie besorgt haben, passt ihr nicht. Aber den ganzen Goldschmuck haben wir ihr umgehängt!«, berichtete er.

Ich ging in seine Wohnung. Auf dem Sedir saß Zülfikars Sohn, Mehmet, einer dunkelhäutigen Schönheit, einer Mestizin, gegenüber. Während er dem Mädchen in die Augen schaute, spielte er vergnügt mit seinem Schnurrbart.

Das Mädchen hatte pechschwarze Haare, mittelbraune Haut und dunkle mandelförmige Augen. Sie sah aus wie eine Geliebte Marlon Brandos.

»Hallo!«, grüßte ich sie.

»Ello!«, erwiderte sie.

»Do you speak English?«, fragte ich.

Sie nickte und zeigte lächelnd ihre wunderschönen weißen Zähne.

»A little.«

»Where are you from?«

»From Cuba, Havana«, sagte sie und fügte hinzu: »Viva Fidel Castro!«

Ich wandte mich an Zülfikar und erklärte, dass das Mädchen eine Kubanerin sei. »Sie sind gute Menschen. Und sie ist ein sehr schönes Mädchen. Seid gut zu ihr. Sie kommt von einer Insel. Sie lernt sicher schnell

Türkisch. Also, auf Wiedersehen! Viva Fidel!«, sagte ich.

Das Mädchen warf ihr langes schwarzes Haar zurück und wir verabschiedeten uns. Mehmet erhob sich vom Sedir: »Ich gehe zum Gemüsehändler und kaufe ein Kilo Bananen für Movita.«

Ich stieg in ein Taxi und fuhr zu Zekais Haus. Er wartete vor der Tür auf mich. Hinter ihm stand eine blonde Frau in einem Morgenmantel aus Samt. Sie war atemberaubend schön. Ich streckte ihr meine Hand entgegen und sie sagte »Hi!«.

»Hello! Where are you from?«

»New York City!«, antwortete sie.

»Du hast den Hauptgewinn erwischt, Junge«, sagte ich zu Zekai. »Du hast eine Amerikanerin abgekriegt.«

»Ich weiß nicht so recht«, murmelte Zekai. »Sie will das Land kennenlernen. Ich denke, ich fahre mit ihr nach Kappadozien ... Dann stelle ich sie meinen Eltern vor.«

Das Mädchen legte eine Kassette mit Jazzmusik ein. Während sie ihre Haare mit einem Handtuch trocknete, trank sie den frischen Orangensaft, den Zekai für sie gepresst hatte.

»Also dann, tschüss. Gib gut auf sie Acht«, verabschiedete ich mich.

»Ist gut«, sagte er. Das Mädchen zündete sich eine Zigarette an und winkte mir nach.

Ich fuhr nach Hause und rief meinen Vater an. Er war etwas besorgt:

»Frag nicht, mein Kind. Die von deinem Bruder Danış ist eine Inderin. Du weißt ja, Danış mag blonde Mädchen lieber. Dieses Mädchen ist sehr vornehm, sehr wohlerzogen. Sie heißt Viju. Deiner Mutter gefällt sie sehr gut, aber ... Aber Danış ist nicht ganz zufrieden. Mal sehen, was daraus wird ... Wir werden uns wohl daran gewöhnen müssen. Sie ist eine sehr feine Frau. Heute haben wir uns ein wenig über Rajiv Gandhi unterhalten. Deine Mutter hat ihr am Morgen den Smaragdring an den Finger gesteckt.«

»Vater, was ist aus dem anderen Samen geworden?«, erkundigte ich mich dann mit gesenkter Stimme.

»Sie ist eine Wienerin, mein Kind«, flüsterte er. »Eine Österreicherin. Genau, was ich mir erträumt habe. Gott sei gedankt. Seit heute Morgen summe ich einen Walzer vor mich hin. Ich habe im Hotel ›Etap‹ ein Zimmer für sie gemietet, dort wohnt sie.«

»Gut so«, sagte ich und wir verabschiedeten uns. Ich ging zum Gemüsehändler. Yunus Efendi, der Händler, war ganz aufgeregt.

»Was ist passiert?«, fragte ich.

»Unsere Schwiegertochter ist heute Morgen aufgegangen.«

»Sie haben auch einen Frauensamen gekauft?«

»Ja, mit Mühe haben wir noch eine Packung bekommen. Wie Sie wissen, ist mein Sohn vor vier Monaten vom Militärdienst zurückgekommen.«

»Wie ist die Schwiegertochter?«

»Bei Gott, sehr gut. Wir verstehen ihre Sprache nicht, aber der Buchhalter von oben hat sich mit ihr unterhalten. Sie ist Italienerin. Aus Neapel. Jetzt macht sie mit meiner Frau Lasagne.«

»Mögen sie glücklich werden.«

»Vielen Dank.«

Als ich hinausging, sah ich, dass der Rentner von gegenüber mir vom Balkon aus zuwinkte.

»Wollen Sie nicht für einen Moment vorbeischauen? Ich mache einen Kaffee für Sie …«, lud er mich ein. Er sah glücklich aus. Ich klingelte an seiner Tür. Es öffnete eine niedliche hellblonde, sehr junge Frau. Der Rentner stellte sie mir vor:

»Das ist Krista, aus Norwegen. Sie kann noch kein Türkisch. Aber ich werde es ihr beibringen.«

Krista hatte ein weißes Kleid an. Sie war barfuß, wirkte sehr entspannt. Sie konnte ein wenig Englisch.

»Wie finden Sie Ingmar Bergmans Filme?«, fragte ich sie.

»Wunderbar«, antwortete sie, »aber Roy Andersson ist noch besser.«

»Möge sie Ihnen Glück bringen«, sagte ich zu dem Rentner. Von Roy Andersson hatte ich noch nie etwas gehört.

»Vielen Dank«, sagte der Alte. »Unser Aufgebot habe ich schon bestellt. Aber es gibt Verzögerungen …«

Ich ging nach Hause und rief Şükrü an, den Playboy.

»Şükrü!«

»Ja, meine Liebe!«

»Hattest du auch Frauensamen gekauft?«

»Habe ich … Heute früh ist sie aufgegangen.«

»Wie ist sie?«

»Na ja, so lala, sie ist aus Kars. Aber ein sehr schönes Mädchen … Ich will sie meinem älteren Bruder vorstellen. Sie ist dunkelhäutig und hat grüne Augen …«

»Dann vergreif dich bloß nicht an ihr!«, warnte ich ihn.

»Schon gut, sie ist sowieso sehr auf ihre Ehre bedacht. Nun ja … so viel zu meinem Glück.«

Er lachte und legte auf.

Ich ging hinaus, lief in unserem Viertel herum. Aus

den Wohnungen drang eine gewisse Unruhe und es schien eine andere Atmosphäre zu herrschen! Vielleicht kam es mir auch nur so vor.

Gegen Abend rief mich Zekai an: »Megan und ich gehen ins Kino, sehen uns einen Woody-Allen-Film an. Wenn du willst, kannst du mitkommen. Vorher können wir zusammen etwas trinken.«

Na, so was! Das Mädchen hatte Zekai aber blitzschnell erzogen!

»Gerne«, sagte ich, »ich komme um halb sieben. Grüße an Megan ...«

Gleich danach erhielt ich einen Anruf von Ayşe:

»Wie geht es dir?«, fragte sie vorsichtig.

»Gut, wie das Leben halt so spielt ... Wie immer ... Sag mal, hast du schon davon gehört? Es soll bald auch Männersamen geben! Was meinst du? Angeblich wird die Einfuhrgenehmigung gerade eingeholt. Ja. Nichts, nur so. Ich habe nur so gefragt.«

»Tschüss!«

## Pinar Kür

# Nächtlicher Besuch

Klingelt es zu später Stunde an der Tür ... wer hat da noch den Mut zu öffnen? Drängen sich nicht alle wichtigen Ereignisse, alle unverzichtbaren Menschen aus der Dunkelheit der Nacht in eines jeden Leben? Ist nicht jede Stimme, die der Tiefe der Nacht entspringt, geheimnisvoll und bedeutungsschwanger? Erst recht die Stimme einer Klingel! Eine Nachricht, die nicht bis zum Morgen warten kann ... und Sie sind derjenige, den es sofort zu erreichen gilt. Jemand hat befunden, dass Sie derjenige sind, den diese dringende Angelegenheit betrifft. Können Sie da die Rätselhaftigkeit dieser Eile unbeachtet lassen und wieder einschlafen?

Ich hatte noch gar nicht geschlafen. Es war noch nicht einmal sehr spät. Aber es war finstere Nacht. Man kann nicht anders, als zu erschrecken, als zu erschaudern: Es ist eine unentschlossen schwingende Besorgtheit, die sich noch nicht in Angst verwandelt hat, ein Erschaudern darüber, dass man selbst Objekt einer eiligen Suche ist. Ich wünschte mir, es wäre der Hausmeister, der ankündigen würde, dass wegen eines Rohrbruchs am nächsten Tag das Wasser im ganzen Haus abgestellt oder dass die Zentralheizung ausfallen werde. Ich ging zur Tür und öffnete sie. Als ich die Person sah, die sich vor mir aufbäumte, wusste ich nicht, was ich tun sollte.

Eigentlich bäumte sie sich gar nicht auf. Sie wirkte eher

ein wenig demütig. Sie stand allerdings so aufrecht vor mir, dass ich weder die Tür vor ihrer Nase zuknallen noch sie hätte verjagen können. Hätte ich ihr Bild am frühen Morgen nicht in der Zeitung gesehen, hätte ich sie wahrscheinlich gar nicht erkannt. Seit Jahren hatte ich sie nicht mehr gesehen. Seit Jahren war von ihr nichts mehr zu hören, ihr Name nirgendwo mehr erwähnt gewesen. Ihr Ruhm war längst vergangen. Der Zeitungsbericht hatte ja auch von Berühmtheiten gehandelt, die den Tiefen des Vergessens ausgeliefert und aus dem Bewusstsein verschwunden waren. Ich hatte den Artikel nur überflogen. Aber das Bild hatte ich mir lange angesehen. Es war nicht aktuell, stammte vielmehr aus den Jahren, als sie ihre Bühnenkarriere begonnen hatte. Es lag sicher an der schlechten Auflösung, dass das Bild ziemlich unscharf war. Ich dachte, dass sie jetzt bestimmt nicht mehr so jung, hübsch und selbstsicher war, zerknüllte dabei die Zeitung und warf sie in eine Ecke. Ja, ich zerknüllte die Zeitung ganz bewusst. Nur gut, dass ich sie nicht zerriss.

Dass sie sich nach so vielen Jahren hierher wagte, war sehr töricht. Ausgerechnet an dem Tag, als ich ihr Bild in der Zeitung gesehen hatte, klingelte sie des Nachts an meiner Tür … Mit »Erstaunen« war meine Reaktion gar nicht mehr zu beschreiben. Ich fragte mich nicht einmal, woher sie meine Adresse hatte. Wie schon gesagt, ich wusste nicht, was ich tun sollte, und blieb wie angewurzelt stehen.

Sie dagegen warf sich an meinen Hals und umarmte mich, als wäre das die natürlichste Sache der Welt. Ihren Kopf drückte sie an meine Schulter. Ich erkannte ihren Geruch. Wie eigenartig. Wir hatten uns ja nie umarmt! Als würde ich mit den Wogen des Meeres kämpfen, rang ich eine Weile mit ihr – ich weiß nicht wie lange. Endlich konnte ich mich aus ihrer Umklammerung befreien und einen Schritt zurücktreten. Sie kam sofort in die Wohnung.

»Ich brauche dringend jemanden, bei dem ich mich so richtig ausweinen kann. Also habe ich mich auf den Weg gemacht. Und hier bin ich. Ich störe dich doch nicht, oder? Was hätte ich nur getan, wenn du nicht zu Hause gewesen wärest?«, platzte es aus ihr heraus. Sie hatte ihren Text offenbar auswendig gelernt, aber den Sinn der Worte verstand sie nicht – wie unbegabte Schauspieler, die ihre Rolle nicht verinnerlichen. Sie wusste nicht einmal, wohin mit ihren Händen. Meine Fassungslosigkeit hielt sie wohl für Unsicherheit, und so nutzte sie die Gelegenheit und huschte in Richtung Wohnzimmer. Als hätte ich sie hereingebeten. Sie war immer noch die gleiche Schlange wie früher.

»Wie schön deine Wohnung ist! Aber natürlich. Du hast sie bestimmt selbst eingerichtet …«

Sie benahm sich, als wäre sie mit mir vertraut, als würde sie meine Geheimnisse und meinen Geschmack kennen. Sie breitete ihre Arme aus und lächelte. Kaum aber hatte sie die Rolle der alten Freundin zu spielen begonnen, blieb sie unvermittelt stehen. Das Lächeln auf ihrem Gesicht erstarrte. Sie senkte ihren Blick und fragte leise:

»Kann ich mich setzen?«

Ich zeigte auf einen Sessel, aber sie sah meine Aufforderung nicht. Ihr Blick war immer noch auf den Boden gerichtet. »Setz dich, natürlich«, sagte ich. Mir war klar, wie eisig und trocken meine Stimme klang, aber ich hatte nicht vor, daran etwas zu ändern. »Wenn du schon hier bist …«

Sie setzte sich eilig hin, schlug die Beine übereinander.

Sie lächelte wieder, demütiger noch als zuvor. Ich setzte mich ihr gegenüber, sah ihr ins Gesicht, lächelte aber nicht.

Sie war alt geworden, sah verbraucht aus, älter als sie wirklich war. Tiefe Furchen des Leids hatten sich in ihr Gesicht gegraben, ihre Augen waren von Falten der Angst umrahmt. Trotzdem war sie immer noch schön! In mir regte sich so etwas wie Neid. Nein, nicht Neid, etwas viel Schlimmeres. Ihre Schönheit, die nicht mehr blühte, dem Vergehen aber Widerstand leistete, rief eine regelrechte Wut in mir hervor. Sie erinnerte mich an eine Hollywood-Diva, die ihre glanzvollen Zeiten längst hinter sich gelassen, deren Leben sich verfinstert hatte, deren Ruhm verblichen war, die es aber noch nicht gemerkt hatte ...

Natürlich war sie nie eine Diva gewesen – nicht einmal in der Türkei. Mir diesen Umstand zu vergegenwärtigen beruhigte mich aber nicht. Es war mir auch kein Trost, dass ihre Haare so künstlich blond aussahen und dass sie den Fehler machte, ihre dunklen Augen dick blau zu schminken. (Ich bin mir allerdings nicht sicher, ob ich das in diesem Moment wirklich dachte. Wahrscheinlich war ich einfach neugierig, warum sie zu solchen Extremen neigte.) Ihr Rock war viel zu kurz, ihre Schuhe mit den viel zu hohen und dünnen Absätzen waren völlig aus der Mode, aber ihre Beine immer noch sagenhaft wohlgeformt und prall. Sie wusste das natürlich selbst am allerbesten, das war der Art, wie sie ihre Beine übereinanderschlug, zu entnehmen.

Ich verpasste ihr in Gedanken ein paar Definitionen: Verwelkte Primadonna ... ausgediente Femme fatale ... dreckige Nutte ... Wie ich mich über sie ärgerte! Ich hatte mich immer schon über sie geärgert. Längst hatte ich sie vergessen – zumindest hatte ich das bis zu diesem Zeitpunkt gedacht. Vielleicht ärgerte ich mich deshalb so sehr, weil sie die alten Feindseligkeiten in mir wieder erweckte. Was wollte sie hier? Warum war sie nach so vielen Jahren hier hereingeschneit? Wie ein Blitz aus heiterem Himmel war sie aufgetaucht, in meine Wohnung eingedrungen und jetzt erwartete sie von mir, dass ich sie wie eine alte Freundin behandelte.

Sie durchwühlte ihre Tasche, nahm eine amerikanische Zigarette heraus und fragte: »Darf ich rauchen?«

Ich zuckte nur die Schultern.

Sie reichte mir die Schachtel: »Willst du auch eine?«

»Nein.«

Sie führte die Zigarette an die Lippen und verharrte für ein paar Sekunden so, als würde sie darauf warten, dass jemand ihr Feuer reichte. Dann griff sie nach dem Feuerzeug auf dem Couchtisch.

Welch ein Wunder: Das Feuerzeug, das sonst nie funktionierte, brannte anstandslos.

Sie zog an der Zigarette, inhalierte, stieß dann genussvoll den Rauch aus ... Die Rolle des verführerischen Vamp ... Sie war schon immer die geborene Schauspielerin gewesen, in der Realität mehr als auf der Bühne. War sie früher tatsächlich verführerisch gewesen, oder kam es mir nur so vor? ... Ja, früher ... Die Frau mit den Schlangenaugen. Man sagt, Schlangen hätten grüne Augen ... Ich weiß es nicht. Ich habe noch keiner Schlange in die Augen geblickt – außer in die schwarzen Augen dieser Schlange vor mir natürlich. Auch ihr Körper erinnerte mich an eine Schlange: geschmeidig, wendig und leicht ... Sie hatte überhaupt nicht zugenommen.

»Ich bin zu dir gekommen, weil ... Ich weiß selbst

nicht, warum. Du hast mich gerufen und ich hatte, glaube ich, Sehnsucht nach den alten Zeiten.«

Hatte *ich* sie gerufen? Die alten Zeiten? Was sollte das jetzt? Als hätten wir gemeinsame »alte Zeiten«. Dieser Frau hatte ich Jahre des Leids, der Depressionen und Krisen zu verdanken. Wie konnte sie nur glauben, dass ich sie vermisst hätte? Woran, außer an Böses und Unglück, sollte sie mich denn erinnern? Was glaubte sie denn, woran sie mich erinnerte? War sie verrückt geworden? In was für eine Lüge flüchtete sie sich?

»Ich habe nicht die geringste Sehnsucht nach den alten Zeiten«, erwiderte ich. »Und was dich betrifft, du hast das Alter längst hinter dir, in dem man die Vergangenheit zurückholen kann.«

»Stimmt.«

Sie sagte das nicht verbittert, sondern ein bisschen kindisch. Die Fältchen um ihre Augen traten stärker hervor. Hätte sie ihre Augenlider nicht blau geschminkt, wären die Falten nicht so aufgefallen. Offensichtlich hatte sie kein Geld für teure, dezente Kosmetika. Frauen wie sie zweifelten wohl nie an der eigenen Schönheit ...

Wie betörend schön sie einmal gewesen war, vor zwanzig Jahren, in jener Nacht, als sie das erste Mal zu uns gekommen war. Vor lauter Bewunderung hatte es mir die Sprache verschlagen. Noch hatte es keinen Grund gegeben, warum ich sie hätte hassen sollen. Im Gegenteil, ich war von ihrer Eleganz und Anmut so angetan gewesen, dass sie mir wie die ideale Frau erschien. Jetzt erinnerte ich mich mit einem Schaudern daran, dass ich sie hatte berühren, ihre Magie spüren wollen.

»Bist du inzwischen in den Ruhestand gegangen? Man sieht dich auf keiner Bühne und in keinem Film mehr.«

»Ich habe schon lange aufgehört zu spielen. Also … es ist sehr lange her …«

Um mir ihr Herumstottern zu ersparen, unterbrach ich sie:

»Hattest du dich nicht auch mal als Filmschauspielerin versucht? Dass du dich ausgezogen hast, hat dir offensichtlich nicht allzu viel gebracht, denke ich …«

»Ich habe in ziemlich vielen Filmen mitgespielt.«

In ihrer Stimme lag kein Prahlen. Natürlich nicht, aber leider lag darin auch nicht die leiseste Scham. Auch keine Reue.

»Dann wollte ich an mein altes Theater zurückkehren, aber sie nahmen mich nicht mehr.«

Sie drückte ihre Zigarette im Aschenbecher aus und griff gleich nach der Schachtel, um sich eine neue anzuzünden. »Beim Fernsehen, in der Werbung oder in Serien könnte ich vielleicht noch eine Rolle bekommen … aber das will ich nicht. Ich bringe es nicht übers Herz.«

Sie griff erneut nach dem Feuerzeug. Wieder brannte es …

»Ich kann mich nicht mehr anpassen, alles quält mich. Ich gerate so schnell in eine Krise.«

Sieh einer an. Das ging nun wirklich zu weit. Die erfolglose Schauspielerin von damals spielte sich als »unangepasste Künstlerin« auf. Diese Frau schien *mir* alles aus der Hand nehmen zu wollen, mit ihrem ganzen Getue hatte sie nur dieses eine Ziel. Dieser degenerierten Gesellschaft Widerstand zu leisten, dieses verdammte Leben nicht zu begreifen, nicht verzeihen können – all das waren *meine* Privilegien. Es reichte nicht, dass sie versuchte, die Jahre, die sie mir zur Hölle gemacht hatte, mit mir zu »teilen«, sie schickte sich jetzt auch an, *meine* besonderen Freiheiten, denen ich mein Leben gewidmet hatte, zu annektieren. All meine Versuche, ihr wehzutun, hatten nicht die geringste Wirkung gehabt. (Diese Attacken waren wahrscheinlich zu feinsinnig gewesen.)

»Deshalb bin ich zu dir gekommen. Wem sonst könnte ich mein Leid erzählen?«

Plötzlich hatte ich es satt, meinen Ärger, der in mir hochkochte, seit sie sich mir zur Begrüßung an den Hals geworfen hatte, zu unterdrücken.

»Wie, dein Leid erzählen, Leyla? Wieso sollte *ich* mir das anhören?«, brach es aus mir heraus.

»Warum regst du dich so auf? Ich mochte dich immer. Und ich wollte, dass du mich magst. Dass wir keine Freundinnen geworden sind ... das war *seinetwegen*. Er wollte es nicht. Er hat es verhindert.«

»Bist du blöd, oder hältst du mich für blöd?«

Zwar hatte ich nicht zu schreien begonnen, dennoch hatte sie wohl Angst bekommen. Für einen Moment war sie verwirrt, machte eine unsichere Handbewegung, wollte nach ihrer Tasche greifen, um noch eine Schachtel Zigaretten herauszuholen, da erst merkte sie, dass sie schon eine Zigarette zwischen den Fingern stecken hatte.

»Ein Drink ... Hast du etwas zum Trinken da? Whiskey ... wenn nicht, geht auch Rakı.«

Niemals hätte ich nach einem Drink gefragt, wäre mir dieser nicht angeboten worden. Aber diese Frau hatte es ja auch gewagt, einfach nachts in meiner Wohnung aufzutauchen ... Wortlos stand ich auf. Eigentlich konnte ich in diesem Moment selbst einen Drink gebrauchen. Während ich Eis aus dem Kühlschrank holte, Gläser, die Wasserkaraffe und die Whiskeyflasche auf das Tablett stellte, hatte ich dennoch das Gefühl, etwas zu tun, was ich besser nicht getan hätte. Warum sollte ich dieser Nutte etwas anbieten? Ein vernünftiger Mensch hätte sie nicht einmal hereingelassen.

Ich brachte das Tablett ins Zimmer und stellte es auf den niedrigen Tisch. Bevor ich mich setzte, schenkte ich mir ein. Sie griff nach der Flasche. Ihre Hände zitterten nicht, Alkoholikerin war sie somit wohl nicht.

»Bist du auch so einsam wie ich?«

»Nein! Du Schlange, nachdem du vor Jahren wie ein Dieb zu uns gekommen warst und mir das Liebste genommen hattest, war ich allein, war einsam, ja. Ich weinte tage- und nächtelang. Aber dann nahm ich mich zusammen, wie du siehst. Jetzt bist du an der Reihe. Ich bin erwachsen geworden, klüger und reifer. Ich habe mir mein Leben gut eingerichtet. Nur *er* war nicht mehr. Du hast ihn umgebracht.«

»Wirklich, wie lange ist das her?«, fragte sie, als wäre sie wirklich daran interessiert.

Ich antwortete nicht. Warum sollte ich mit ihr reden? Ich hätte sie längst vor die Tür setzen sollen. Vielmehr, ich hätte sie gar nicht erst hereinlassen sollen. Warum hatte ich ihr erlaubt, hereinzukommen und mich zu so später Stunde derart zu verwirren?

Wieder holte sie die Zigarettenschachtel aus ihrer Handtasche. Diesmal steckte sie das Päckchen nicht wieder ein, sondern legte es auf den Tisch. Ohne darauf zu warten, dass ihr jemand Feuer gab, griff sie nach dem Feuerzeug. Es brannte auch beim dritten Mal problemlos.

»Wenn ich an damals denke, kommt es mir vor, als würde ich träumen.« Diesmal war sie klug genug, verbittert zu lächeln. »Ein sehr schöner Traum ... Aber er war nur von kurzer Dauer ... Ich hatte mich mit unmöglichen Menschen eingelassen. Wenn es nur dabei geblieben wäre ... Ich hatte mich geopfert, war emotional verbraucht. Obwohl es dich gab ... So hatte er es mir gesagt. Ab jetzt sollst du für mich verantwortlich sein, hatte er zu mir gesagt.«

Als würde sie seine Worte in diesem Augenblick wieder hören, lächelte sie beschwingt. Aber das war unmöglich, sie konnte sie nicht hören. Sie hatte sie bestimmt niemals gehört. Sie hatte das alles nur erfunden. Sie erfand das heute wieder! Er konnte ihr diese Worte nie gesagt haben!

»Und ich habe ihm geglaubt«, sagte sie und seufzte tief.

Sie stand auf, trank ihr Glas aus. Ich glaubte, sie würde aufbrechen, nachdem sie mir eine Lüge an den Kopf geschleudert hatte, die ihn noch einmal töten würde. Nachdem sie ihr Gift verbraucht hatte. Aber nein! Sie begann herumzulaufen. In der einen Hand das Whiskeyglas, in der anderen die Zigarette, lief sie wiegenden Schrittes in meiner Wohnung herum, die ich so sorgsam vor allen äußeren Einflüssen schützte. Wenn sie vor den Bildern an den Wänden stehen blieb, kokettierte sie regelrecht, sie verlagerte ihr Gewicht von einem Bein auf das andere, wiegte sich auf ihren hochhackigen Schuhen. Was für eine miserable Marilyn-Monroe-Imitation! Sie kniff die Augen zusammen, wenn sie die Bilder betrachtete, als verstünde sie davon etwas. Sie stieß den Rauch ihrer Zigarette in jeder Ecke des Zimmers aus. Sie merkte gar nicht, dass die Asche auf den Teppich fiel – oder sie tat nur so, als würde sie es nicht merken.

»Am Ufer eines Gewässers«, sagte sie und streckte ihren Arm aus, graziös wie eine Ballerina. Während die Zigarette in ihrer Hand fast schon ihre Finger verbrannte, zeigte sie auf ein Bild: »Ist das am Meer oder an einem Fluss? Es ist nicht erkennbar. Wir waren uns auch an so einem geheimnisvollen Ort begegnet. Mein Leben lang hatte ich mir so etwas erträumt, bei jedem Aufwachen darauf hingefiebert, ohne genau zu wissen, wonach ich mich sehnte. Aber als ich ihn erblickte, wusste ich es sofort. Denn plötzlich schien ein Licht aufzugehen. Alles schien so merkwürdig erleuchtet ... Er stand am Ufer, im Sand ... Nein, es war kein Sand, es war etwas Festeres ... etwas Beständiges ... Feuchtes ... vielleicht war es Schlamm ... Na, wie auch immer. Er hat mit der Krücke in seiner Hand ein Herz gezeichnet. So, wie man es in Karikaturen zeichnet ... Dann fragte er nach meinem Namen ... Und schrieb meinen Namen mit Großbuchstaben in das Herz hinein. Mit derselben Krücke ...«

Wie banal! Konnte er wirklich etwas so irrsinnig Seichtes getan haben? Angesichts dieser abscheulichen Geschichte konnte ich es mir nicht anders vorstellen. Und ich konnte mich gegen diese Frau nicht wehren, die mein Leben so rücksichtslos aus den Fugen hatte geraten lassen, deren Liebe mich rücksichtslos aus der Bahn geworfen hatte und die mir nun ihre Geschichte in den buntesten Farben schilderte und eine Show abzog. Vielleicht, weil ich ihr diese Geschichte nicht abnahm. Sonst hätte ich vielleicht gelacht. Und das hätte zu all dem Leid, das ich über die Jahre ertragen hatte, nicht gepasst.

Ich sah ihr zu, wie sie von dem Bild zurücktrat und ihr leeres Glas in ein Bücherregal stellte, als würde ich einen Film sehen. Mein Schweigen und meine Unbewegtheit ermutigten sie vielleicht oder versetzten sie, im Gegenteil, in Panik ... Es war schwer zu beurteilen. Plötzlich steuerte sie wild gestikulierend auf mich zu, als würde sie die Todesszene aus ›Schwanensee‹ parodieren, und warf sich vor meine Füße.

»Du darfst mir nicht böse sein, das ist nicht mehr nötig ... Ich habe auch sehr viel gelitten«, sagte sie.

Diese Darbietung, die in mir nicht das geringste Mitgefühl weckte, ließ mich noch grimmiger werden. Wären alle Schwäne so lächerlich gestorben, hätte es die Musik Tschaikowskis nicht gegeben. Sie zog die Tragödie furchtbar ins Lächerliche ... Sie war wie ein Clown, der auf den Kopf fällt und sofort wieder aufspringt ...

»Weißt du denn nicht, dass ich die schlimmsten Verletzungen davongetragen habe?«

Ich war bemüht, meinen vor mir knienden und um Versöhnung bettelnden Feind nicht zu berühren, als ich mich nach der Whiskeyflasche auf dem niedrigen Tisch streckte. Ich schenkte mir ein, nahm diesmal aber weniger Wasser und warf auch nur ein paar Eiswürfel ins Glas. Ich lehnte mich gemütlich zurück und starrte sie an. Sie hielt diesen Blick nicht lange aus. Wie ein kleines Mädchen, das beim Pinkeln unter einem Baum ertappt wurde, stand sie, von Scham erfüllt, auf. Sie zupfte an ihrem kurzen Rock, als wollte sie sich bedecken. Sie setzte sich in den Sessel mir gegenüber, aber diesmal schlug sie die Beine nicht übereinander. Sie drückte die Knie fest zusammen und versuchte, ihre Füße unter dem Sessel zu verstecken. Ich hatte gleich, als sie sich das erste Mal hinsetzte, bemerkt, dass ihre Schuhe sehr hochhackig und aus rotem Lackleder waren, aber die feine Laufmasche in ihrem anthrazitfarbenen Strumpf sah ich erst jetzt, als Leyla mit diesem Versteckspiel begann. Ich war fest entschlossen, sie nicht zu bemitleiden. Ich wollte nur herausfinden, welches Spiel sie mit mir trieb. Dann würde ich sie auf die unbarmherzigste Art und Weise, zu der ich in der Lage war, hinauswerfen. Es hatte keinen Sinn, meine kindliche Hilflosigkeit zu kaschieren, wie vor zwanzig Jahren, oder eine Szene zu machen. Ich trank einen Schluck Whiskey.

»Na gut, dann erzähl mal ... Was sind die so schlimmen Verletzungen?«

Hatte sie meinen Blick verfolgt, oder was war geschehen? Sie streckte ihren linken Fuß, den sie eben noch unter dem Sessel zu verstecken versucht hatte, aus und sah sich die Laufmasche an, die von ihrer Ferse zur Wade hinauflief. Sie befeuchtete ihren Zeigefinger mit der Zunge und drückte die Spucke fest auf einen geheimnisvollen Punkt in ihrer Kniehöhle. Wie konnte es sein, dass man etwas sah, obwohl die Augen in eine andere Richtung blickten? Noch dazu, ohne in seinem Denken gestört zu werden? Wie in Filmen – während man eigentlich mit den Wellen des Meeres kämpft?

Wie alt war ich damals? Vielleicht fünf, vielleicht auch sechs ... Wir gingen gerade zu meiner ersten Vorstellung in der Ballettschule, die ich seit einiger Zeit besuchte. Ich hatte einen rosaroten Tüllrock an und Satinschuhe in der gleichen Farbe, die aber nicht so hart waren wie die meiner Schwester. Meine Mutter ließ zuerst mich ins Auto steigen, schob mich auf dem Rücksitz bis zur Mitte. Dann stieg sie selbst ein ... und dann ein kleiner Aufschrei. Genau wie Leyla steckte sie ihren Zeigefinger in den Mund und versuchte mit der Spucke die Laufmasche, die von der Ferse bis zur Kniehöhle lief, zu stoppen. »Ach, Gott!«, rief sie dabei aus. Meine Mutter war eine hoch gewachsene Frau. Sie hatte lange Haare, die sie nie färben und ein Leben lang nach derselben französischen Fasson frisieren ließ, und honigfarbene Augen. Sie wusste sich stets durchzusetzen, wusste immer, was getan werden musste, meisterte alles im Leben (geliebt, aber auch betrogen und verlassen zu werden), hatte ohne eine Träne zu vergießen ihren Mann vor die Tür gesetzt, ihren Sohn ins Internat geschickt, dann zum Militär und dann in die Ungewissheit des fernen Kontinents Amerika gehen lassen. Sie hatte ihrer Tochter – mir – zunächst verboten, heimlich zu weinen, später dann auch zu lachen … Aber als ihr Strumpf eine Laufmasche hatte … Dabei hätten die beiden Frauen nicht unterschiedlicher sein können.

Ich sah die Frau mir gegenüber jetzt aus einem neuen Blickwinkel. Nein, es gab zwischen den beiden nicht die geringste Ähnlichkeit. Aber …

»Also, wenn du schon gekommen bist, um dein Herz auszuschütten, dann tu es«, sagte ich und trank noch einen Schluck Whiskey.

»Du glaubst ja nicht einmal, dass ich ein Herz habe. Das ist sehr verletzend. Es ist so einfach, mich zu erniedrigen, so zu tun, als gäbe es mich nicht …«

»Kann man denn so tun, Leyla, als gäbe es dich nicht?«

»Aber meine Gefühle ignorierst du. Du siehst mich nur als eine schöne, aber wertlose Frau … Genau wie dein Vater!«

Ich konnte ihr nicht einmal sagen, dass sie inzwischen nicht mal mehr schön war, denn sie war schön. Aber sie hätte nicht »dein Vater« sagen sollen. Dieses Wort, das in unser beider Köpfen herumschwirrte, seit sie in der Tür aufgetaucht war, hätte sie nicht in den Mund nehmen dürfen. Sie hätte mich nicht an meine Grenzen bringen dürfen, mich nicht reizen dürfen, tätlich zu werden. Ich spürte, dass mein Gesicht rot wurde. Sicher wurde auch der feindselige Ausdruck in meinen Augen intensiver. Aber ich hielt mich zurück.

»Ich wünschte mir, ich wäre wirklich das gewesen …

wofür er mich hielt ... oder noch besser, so dumm, wie er es sich gewünscht hatte ...«

In ihrer Stimme schwang keine Reue, auch keine Sehnsucht, vielmehr Geringschätzung. Das Straßenkind war groß geworden, hatte es zu etwas gebracht und jetzt versuchte es, meinem Vater einen Fehler unterzujubeln!

»Du meinst, dann hättest du nicht so tiefes Leid erfahren müssen?«

Sie war weit davon entfernt, die Ironie in meiner Stimme zu verstehen. Sie nickte mehrmals und stimmte mir zu. Sie beugte sich zu mir herüber, als hätte sie eine Leidensgenossin gefunden.

»Ja, ich habe sehr viel gelitten, das ist wahr ...« Sie lehnte sich wieder zurück und zündete sich erneut eine Zigarette an. Ohne mich anzusehen, fuhr sie fort: »Aber das ist vorbei ... Also, mit der Zeit vergeht das Leid. An die Stelle des Leidens tritt etwas anderes, etwas Schlimmeres.«

Sie verzog das Gesicht. Ich konnte meinen Blick nicht von ihr wenden. Ich spürte, dass ich ihr nicht mehr mit Wut oder Ironie begegnen könnte.

»Die Einstellung zum Leben ändert sich mit der Zeit. Wenn ich daran denke, wie glücklich ich war, muss ich staunen. Als wäre das ein Irrtum gewesen ... *Das* ist das Eigentliche!«

Sie schien mich vergessen zu haben, sie sprach zu sich selbst.

»Vater hatte die Beziehungen zu seinem früheren Leben abgebrochen«, warf ich ein, um nicht darüber nachdenken zu müssen, was sie gesagt hatte.

»Und ich konnte nicht weinen. Also ... ich habe seinetwegen viel geweint, aber als er gestorben ist, konnte ich nicht weinen.«

Ich hatte auch nicht weinen können.

Aber *ich* war nicht der Grund für seinen Tod.

»Nichts vergeht so schnell wie Glück, weißt du? Und außerdem geschieht es ganz plötzlich, ohne Ankündigung. Heute bist du glücklich und am nächsten Tag nicht mehr, so ist das ... Nicht wie bei der Liebe. Die kann man nach Wunsch verlängern. Aber man kann sich nicht mit den Resten des Glücks begnügen, mit den übrig gebliebenen Krümeln. Wenn es weg ist, ist es eben ganz weg ... in einer Sekunde.«

»Wir reden hier nicht von göttlicher Fügung, Leyla«, warf ich ein. Ich war erstaunt, wie unaufgeregt meine Stimme klang, wie ruhig, trocken, ja sogar objektiv. »Ich weiß, wann und wie ich mein Glück verloren habe. Es ist nicht von selbst davongeflogen, es wurde mir genommen. Es wurde mir gestohlen!«

»Und ich bin diejenige, die es dir gestohlen hat, das meinst du doch? Und wie du dich irrst ... Dein Vater hat dich ... er hat nie aufgehört, euch zu lieben. Er hatte diese Liebe mit mir, und meine ... solange er mich geliebt hat ... oder ... seine Gefühle zu mir ... er wollte sie nicht mit euch teilen, das ist alles. Dein Vater war ein fürchterlicher Egoist, wusstest du das?«

»Hör mir mal zu ...!« Meine Stimme war immer noch sanft, aber meine Geduld drohte mir abhandenzukommen.

»Er achtete nichts außer sich selbst. Mich glücklich zu machen oder euch, das war nur so lange von Bedeutung, so lange es ihm nützte. Wenn ihm danach war, quälte er mich furchtbar.«

»Was soll das denn jetzt? Bist du hergekommen, um dich über ihn zu beschweren? Nach so vielen Jahren?«

»Nein. Ich versuche nur zu erklären, dass du nicht das einzige Opfer bist. Denn dein Vater …«

»Hör auf ›dein Vater‹ zu sagen. Ich mag es nicht, dieses Wort aus deinem Mund zu hören. Warum nennst du ihn nicht beim Namen? Oder warum benutzt du kein Wort, das seine Beziehung zu dir ausdrückt? Mein Geliebter, meine Liebe oder mein *früherer* Geliebter oder der Mann, den ich umgebracht habe?«

»Ich habe deinen Vater nicht umgebracht.«

»Warum definierst du ihn über mich?«

»Weil ich mit dir rede.«

»Du willst dich bei mir einschmeicheln!«

Sie zuckte zusammen, als wäre etwas explodiert. Ihr Gesicht wurde von einer kleinen, aber schmerzlosen Regung gestreift. Sie zog die Augenbrauen ein wenig zusammen und schien ihre Gedanken ordnen zu wollen. Eine Zeit lang starrte sie ins Leere, dann sah sie mich an.

»Es stimmt«, antwortete sie. Sie schien sich zu freuen. »Du hast Recht. Ich will mich einschmeicheln, denn … in diesem Moment habe ich verstanden … wenn *du* mir verzeihen würdest … könnte ich deinem Vater verzeihen, glaube ich …« Ihre Stimme klang unsicher. Schließlich flüsterte sie nur noch.

Ihre erbärmliche Lage brachte mich auf die Palme, statt mich zu besänftigen.

»Was soll meinem Vater von dir verziehen werden?« Ich schrie nicht, aber meine Stimme war laut und klang überhaupt nicht mehr sanft. »Für dich hat er nach zwanzig Jahren sein Heim aufgegeben, hat alles zerstört! Mich … seine Kinder hat er verlassen. Meine Mutter …«

»Aber mich hat er doch auch verlassen. Überdies hatte er deine Mutter nicht hilflos zurückgelassen, wie mich.

Deine Mutter war viel stärker als ich. Ihr wart auch bei ihr. Zusammen wart ihr stark. Ihr alle ... Ich habe alles getan, was in meiner Macht stand, aber ich konnte ihn nicht halten.«

»Weil du anderen Passionen nachgerannt bist! Du hättest in diesem vermeintlich unvergänglichen Leben nicht Filmstar werden sollen ...«

»Ich war doch schon achtundzwanzig.«

»Ach, was! Was erzählst du mir? Du warst schon über dreißig, als du meinen Vater kennengelernt hattest.«

»Aber ich musste etwas tun. Mich ihm beweisen ... was weiß ich. Ich wollte beweisen, dass ich eine Begabung hatte, etwas wert war. Damit er mich noch mehr lieben konnte ... Ich versuchte, eine neue Identität, mehr Ansehen zu erlangen.«

Sie verzog das Gesicht. Ich befürchtete, sie würde gleich losheulen. Das hätte ich nicht ertragen. Aber sie weinte nicht. Auf ihrem Gesicht lag ein Ausdruck, der Ekel am nächsten kam.

»Das habe ich versucht, und was hat es gebracht? Er lief einer Reihe kleiner Nutten hinterher. Er war eben ein Hurenbock. Das merkt man nicht sofort ... man ist ja verliebt ...«

Ich konnte es nicht mehr ertragen. »Eine größere Nutte als dich hätte er gar nicht finden können!« Sie schien gar nicht wahrzunehmen, dass ich sie beleidigte, denn sie zuckte nur mit den Schultern. »Deinetwegen hat er zu trinken begonnen«, griff ich sie weiter an. »Natürlich musste er dich verlassen. Hätte er die Augen zudrücken sollen, nachdem du mit einem nach dem anderen ins Bett gegangen bist, nur um Karriere zu machen?«

Je mehr ich mich aufregte, umso ruhiger schien sie zu

werden. »Das ist eine Lüge«, sagte sie mit leiser, weicher Stimme. »Solange ich mit deinem Vater zusammen war, habe ich keinem anderen Mann auch nur die Hand gehalten. Ich habe nicht einmal einen angeschaut. Ich hatte nur Augen für ihn. Bei all meinen Bemühungen ging es nur um ihn. Vielleicht hätte ich es sogar geschafft. Ich begann Erfolg zu haben. Ich bekam eine Menge Angebote. Ich habe sogar ein, zwei Hauptrollen gespielt. Aber er tat so unbegreifliche Dinge ...« Rachgier färbte ihre Stimme und blitzte in ihren Augen auf. »Dein Vater hat meine goldenen Armreife gestohlen!«

»Was?!«, schrie ich und sprang auf.

Sie wandte ihren Blick ab und wiegte leicht den Kopf, als würde sie im Schlaf reden. »Ja, ja. Er hat meine goldenen Armreife gestohlen. Dann hat er mich sitzen lassen.«

Ich konnte mich kaum zurückhalten, sie nicht an der Schulter zu packen und zu schütteln.

»Leyla, was redest du da? So ein Unsinn. Sei vernünftig, Leyla, komm zur Besinnung!«

Sie schüttelte sich, als würde sie aus einem Traum aufwachen. Sie suchte nach ihrem Whiskeyglas auf dem niedrigen Tisch und als sie es nicht fand, griff sie ohne jede Scheu nach meinem. Sie trank einen Schluck und verzog das Gesicht. Sie saß immer noch da, hielt den Atem an. Ich wartete darauf, dass sie ihre törichte Beschuldigung zurücknähme. Als wollte sie mich auf die Folter spannen, zündete sie sich ganz gemächlich eine Zigarette an. Ich wartete wortlos.

»Ich habe es in einem Zeitungsartikel gelesen«, sagte sie und schwieg dann.

Ihre Stimme zitterte nicht, aber sie atmete schwer, als wollte sie ihre Gefühle in den Griff bekommen. Unbewusst schrak ich zurück, entfernte mich von ihr. Vielleicht, um ihr Gesicht besser zu sehen. Ich weiß es nicht. Ich war nicht in der Lage, zu denken. Ich wartete darauf, dass sie etwas sagte.

»Ein Mann hat seine Frau verlassen. Seine Kinder hat er zu seiner Mutter aufs Dorf gebracht und in ihre Obhut gegeben ... Dann eines Nachts ... er war betrunken ... schlug er seine Frau, bis sie ohnmächtig wurde. Dann ... dann ... nahm er ihre drei Goldreife vom Arm ... und warf sie hinaus.«

Wie benommen wich ich weiter zurück, wandte aber meinen Blick nicht von ihr. Was hatte diese Geschichte, die sie erzählte, zu bedeuten?

Ich ließ mich in den Sessel fallen. Aufgeregt rieb sie ihre Hände. Als wollte sie einen ekligen Klebstoff entfernen, zupfte sie grob an ihren Fingern. Plötzlich glaubte ich, den Ring an ihrem Finger zu erkennen. Er sah aus wie der Rubinring meiner Großmutter. Aber das war nicht möglich. Diesen Ring hatte seinerzeit meine Mutter zur Hochzeit geschenkt bekommen, und als ich heiratete, gab meine Mutter ihn mir. Er musste noch in meiner Schmuckschatulle liegen. Warum steckte er am Finger dieser Person?

Plötzlich hob sie den Kopf und sah mich an. Auf ihrem Gesicht lag ein flehender Ausdruck.

»Kannst du dir das vorstellen? Kann man so herzlos sein? Also ... was war der Frau anderes geblieben als ihre Armreife? Nach so viel Erniedrigung? Er muss sie ja nicht lieben, das ist in Ordnung. Er kann eine andere lieben, auch das ist in Ordnung. Er kann sie schlagen, erniedrigen und verlassen. Er soll sie verlassen, in Ordnung. Aber warum nimmt er ihre Armreife weg? Darf man einen

Menschen so fertig machen, dass er sich nie wieder aufrichten kann, nie wieder ein neues Leben beginnen?«

Es kam mir vor, als würden wir einen Dialog zwischen Taubstummen führen. Beschrieb sie mir meinen Vater? Wäre ich ihr ins Wort gefallen, hätte sie mich vielleicht gar nicht gehört. Und ich konnte ihr nicht ins Wort fallen, denn ich war sprachlos.

»So hilflos fühlte ich mich, als er mich verließ. Ich hatte nichts, woran ich mich hätte festhalten können. Ich hatte niemanden mehr, denn er hat alle Menschen in meiner Nähe verscheucht. Alle hatten sich von mir abgewandt. Er war jeden Tag zum Set gekommen, mischte sich in alles ein, brach bei jeder Gelegenheit völlig unnötig Streit vom Zaun ... Es gab ohnehin zu wenig Geld, man versuchte, die Filme so schnell wie möglich abzudrehen ... Einmal machte er einen riesigen Aufstand, weil das Kleid, das ich anhatte, zu offenherzig war. Er zerschlug alle Scheinwerfer ...«

»Das glaube ich nicht«, sagte ich leise. »Mein Vater?«

Sie zog an ihrer Zigarette, stieß den Rauch aus. »Wenn du wüsstest, was er alles getan hat, wenn er betrunken war.«

»Ja, das weiß ich nicht«, sagte ich und nahm mich zusammen. »Ich habe ihn *nie* betrunken gesehen.«

»Das ist auch gut so.«

»Gut, aber wer hat ihn dazu getrieben? Mein Vater war ein Mann, der Erfolg im Beruf und eine glückliche Familie hatte und der immer sehr vernünftig war. Du hast sein Leben, unser aller Leben völlig durcheinandergebracht.«

Wie ein aufgewecktes Kind, das an das Märchen, das man ihm erzählt, nicht glaubt und sofort widerspricht, verzog sie den Mund und fragte: »War ich denn die erste Geliebte deines Vaters? Hast du das die ganzen Jahre geglaubt? Habe ich den *integren* Familienvater vielleicht verhext, um ihn zu verführen?« Sie stieß einen Laut aus, der sich eher wie ein Röcheln denn wie ein Lachen anhörte. Sie blickte mir fest in die Augen, als wollte sie mir drohen. Sie beugte sich ganz langsam nach vorne, stützte die Ellbogen auf den Knien ab und umfasste ihr Gesicht mit beiden Händen, die in diesem Moment weder eine Zigarette noch ein Whiskeyglas hielten.

»Meine einzige Schuld ist, dass er mich mehr geliebt hat als die anderen«, sagte sie klar und deutlich, betonte Silbe für Silbe. »Er hatte mir versprochen, mich bis zu seinem Tod zu lieben ... Das hat er eben nicht geschafft ... Oder *ich* habe es nicht geschafft.«

Aber du hast es geschafft, ihn in den Tod zu schicken ... Das sagte ich aber nicht. Was hätte es gebracht? Diese Frau hatte sich in die romantische Rolle des Opfers hineingesteigert. Sie stand vor mir und machte seit einer Stunde meinen Vater schlecht. Als ob ich nicht wüsste, dass sie meinen Vater zum Alkoholiker gemacht und ihn dann in diesen furchtbaren Unfall getrieben hatte. Die unerträglichen, schrecklichen Bilder des Unfalls von vor fünfzehn Jahren wurden vor meinem inneren Auge wieder lebendig ... Das Telefon, das im Morgengrauen klingelte ... Meine Mutter war nach Amerika gereist, um meinen Bruder zu besuchen ... Selim und ich nutzten ihre Abwesenheit und legten uns in ihr riesengroßes Bett ... Wie zwei Verrückte rasten wir ins Krankenhaus. Als wir dort ankamen, wurde er gerade operiert.

»Sind Sie seine Frau?«

»Seine Tochter. Seine Frau ... meine Mutter ist nicht hier.«

Ich spürte trotz all des Leids, des Durcheinanders und

der Hoffnungslosigkeit Genugtuung, dass nicht Leyla, sondern *ich* benachrichtigt worden war. Selims Vorschlag, meine Mutter telefonisch zu benachrichtigen, lehnte ich ab. Sie war nicht mehr *seine Frau*. Ich war die einzige Frau im Leben meines Vaters, deren Status sich nicht verändert hatte. Es war nicht nötig, dass außer mir noch jemand an seinem Bett wachte. Nach der Operation kam er sehr lange nicht zur Besinnung. Erst wenige Sekunden vor seinem Tod wurde er wach. Er öffnete die Augen und sah mich. Ich drückte ganz fest seine Hand, aber er konnte diesen Druck nicht erwidern, er hatte keine Kraft mehr. Er schaute nur sehr lange ... und sagte seine letzten Worte.

So habe ich erfahren, dass es Leyla war, die ihn in den Tod getrieben hatte.

Leyla hatte, während ich meinen Erinnerungen nachhing, sicher weitergeredet. Ich weiß nicht aus welchem Grund – vielleicht weil sie merkte, dass ich ihr nicht zuhörte oder weil sie ohnehin nur so vor sich hinplapperte –, aber sie hatte ihr Gesicht mit den Handflächen bedeckt, sodass nicht zu verstehen war, was sie sagte.

»... hätte ich es gewusst ... nicht die geringste ... nicht mal die kleinste Kleinigkeit ... wenn ich es nur glauben könnte ... die Hoffnung aufgeben ... das Schwerste ... alles ...«

Der Kopf meines Vaters war mit dem weißen Verband fast vollständig umwickelt gewesen, sodass nur Teile seine Gesichts zu sehen gewesen waren ... Seine Lippen bewegten sich kaum merklich.

»Fragt ... Le ... Ley ... sie soll gefragt ... Ley ... la ...«

Leyla hatte ihre Hände inzwischen aus dem Gesicht genommen, aber sie sprach immer noch vor sich hin. »Hätte er mich nur ganz aufgegeben ... wäre nur die geringste Liebe in seinem Herzen geblieben … Glaub mir, sogar das Unglück wäre erträglich gewesen.«

Plötzlich begriff ich, weshalb sie gekommen war. Sie hatte behauptet, sie hätte eine alte Freundin gesucht, der sie ihr Herz ausschütten könnte, hatte gelogen, ich hätte sie gerufen. Wollte sie mir weismachen, sie hätte mich geliebt – was nicht stimmt – und dann damit aufgehört? Sie hatte gejammert, dass er ihre goldenen Armreife gestohlen hätte, und war zwischen der Rolle des armen Opfers und der der Heldin einer großen Tragödie hin und her gependelt … Und all das hatte nur einem einzigen Ziel gedient: Leyla Hanım wollte sich ihr eigenes Unglück versüßen. Aber das würde ich nicht zulassen.

»Du hast ihn umgebracht. Du brauchst es gar nicht zu leugnen. Auf dem Sterbebett noch hat er dich beschuldigt.«

»Was!?«

»Wer weiß, was du alles getan, was du alles gesagt hast. Du hast ihn in den Wahnsinn getrieben. Aufgeregt und betrunken ist er ins Auto gestiegen und hat einen Unfall gebaut!«

»Unfall?« Sie war verblüfft. Sie blickte mir wie ein dummes Kind ins Gesicht. »Als der Unfall passierte, war ich gar nicht hier … Er hat mich fünf, sechs Monate zuvor verlassen. Ich habe damals in Adana in einem beschissenen Puff gesungen. Als ich von seinem Tod erfuhr, war er längst beerdigt.«

Und ich hatte Angst gehabt, dass sie zu seiner Beerdigung kommen würde.

Jetzt war ich an der Reihe, überrascht zu sein. »Was willst du damit sagen? Mein Vater war doch in jener Nacht damals aus deiner Wohnung gekommen?«

»Nein, ich war in Adana … Hat dein Vater zuletzt von mir … hat er meinen Namen gesagt?«

In ihren Augen leuchtete es, als würden sich gleich Blitze entladen, und mir schien, dass in ihr ein Gefühl Einzug hielt, das man fast als Glück bezeichnen könnte (oder das Auskosten des Unglücks).

*Fragt … Le … Ley … sie soll gefragt … Ley … la …*

Kann es sein, dass ich die letzten Worte meines Vaters falsch verstanden oder falsch interpretiert hatte?

Leyla stand auf. Sie schien plötzlich größer geworden zu sein. Wie ein Riese kam sie auf mich zu. Nicht nur ihr Gesicht, ihr ganzer Körper schien zu leuchten.

»Hatte er meinen Namen gesagt?«

Ich hätte wissen müssen, dass diese Frau sogar darüber glücklich wäre, dass er sie beschuldigt hatte. Dass er ihren Namen gesagt hatte, allein darüber freute sie sich, zumindest minderte das ihr Unglück. Nie im Leben hätte ich gedacht, ihr eine Lüge aufzutischen, die mir in diesem Moment wie eine plötzliche Eingebung einfiel, eine Lüge, deren Sinn ich nicht einmal begriff. Aber ich tat es:

»Er sagte, er sei an dem Tag, als er seine Familie verließ, gestorben.«

Leylas Gesicht verdunkelte sich. Das eben noch strahlende Licht erlosch ganz plötzlich und endgültig. Aus meinem tiefsten Inneren, irgendwo aus der Magengegend schien Applaus aufzusteigen. Doch noch bevor ich diesen Applaus auskosten konnte, hörte ich ein Flüstern: die erstaunlich klare Stimme meines Vaters.

*Man soll Leyla fragen.*

Leyla aber war verstört, bewegte sich fahrig und unentschlossen. Sie suchte wohl nach ihrer Tasche und nach ihren Zigaretten, sagte so etwas wie: »Wenn ich schon stehe, sollte ich am besten gehen.«

Glaubte sie wirklich, ich würde sie daran hindern, würde sagen, bitte, Leyla, bleib hier? Mein Vater ist sowieso tot, dann wollen wir zwei wenigstens wie Schwestern sein ... Hätte ich das etwa sagen sollen?

Sie sah mich wieder an, und ich konnte ihren Blick nicht einordnen: unentschlossen, unsicher oder beinahe flehend? Aber es war klar, dass sie eine Menge Erwartungen haben würde. Sie stand vor mir wie eine nachlässige Schülerin, die sich nicht vorbereitet hatte und jetzt nicht wusste, wie sie die Frage beantworten sollte, verlagerte ihr Gewicht von einem Fuß auf den anderen und versuchte Zeit zu gewinnen, um nicht gehen zu müssen.

»Einsamkeit zu ertragen ist so schwer ... Ich habe so viel versucht ... Ich habe versucht, mich wieder zu verlieben. Manchmal dachte ich, ich hätte es geschafft ... Aber es hat nie geklappt. Wo sollte ich jemanden wie ihn auch finden? Er hat Licht in mein Leben gebracht. Wer sonst könnte dieses Licht ... Ja, so war das ...«

Sie zuckte hoffnungslos die Schultern, machte aber keine Anstalten aufzubrechen.

»Er hat Licht in dein Leben gebracht, dabei aber deine goldenen Armreife gestohlen, ist es so?«

Sie tat so, als würde sie lächeln, senkte den Blick. »Die Goldreife waren jenes Licht ... Als er mich geliebt hat, hat er das mit solcher Intensität getan ... Was mir am meisten wehtut ... dass es so wenig war ... Damals erschien es mir viel ... Er fand, dass es zu viel für mich war ... Hätte er bloß nicht alles vernichtet, als er mich verließ ... hätte er dieses Licht nicht mitgenommen ...«

Ohne den Kopf zu heben, ohne mich noch eines Blickes zu würdigen, ging sie in Richtung Flur.

Ich war unentschlossen, ob ich ihr folgen sollte. Ich wollte nicht, dass sie dachte, ich würde sie verabschieden. Aber ich glaube, ich hatte Angst, sie würde es sich noch einmal überlegen oder sich irgendwo in der Wohnung verstecken. Ich sah ihr von meinem Platz aus nach.

Irgendwann rührte ich mich und tastete im Dunkeln nach meinem Whiskeyglas auf dem niedrigen Tisch. Ich glaubte zu hören, dass die Tür aufging, aber ich hörte sie nicht zufallen.

War sie am Ende gegangen? War ich sie losgeworden? Ich konnte mich kaum beruhigen und begann im Zimmer auf und ab zu gehen. Ich war für meine Lüge niemandem Rechenschaft schuldig. Es war ausgeschlossen, dass ich dabei ertappt würde. Ich wusste nicht genau, was die letzten Worte meines Vaters nach so vielen Jahren in Wahrheit in mir auslösten: Wut oder Verbitterung? Vielleicht war dieses Auf und Ab im Wohnzimmer nichts weiter als ein Versuch, meine angespannten Nerven zu beruhigen.

Der Rauch der Zigaretten, den sie stundenlang in die Luft geblasen hatte, lag schwer im Raum.

Ich wollte den Aschenbecher leeren und die Gläser spülen. Auf dem niedrigen Tisch aber stand nur mein Glas. Der Aschenbecher war leer. Ob sie die Kippen mit den Spuren ihres roten Lippenstifts mitgenommen hatte?

Ich suchte nach der Zeitung, die ich am Morgen zerknüllt in eine Ecke geworfen hatte.

Ich fand sie nicht.

## Sadik Yalsizuçanlar

# Der Liebeshändler

Als wir Kinder waren, noch bevor ich in die Schule ging, erhitzte meine Mutter in einem großen Kupferkessel Lauge, und sie wusch uns und die Wäsche zusammen in einem Waschtrog. Während sie die Wohnung sauber machte, summte sie immer ein Lied:

*Dem Händler, dem Händler*
*habe ich mein Geld gegeben, dem Händler,*
*erblinden mögest du, Händler,*
*dem Tratsch hast du mich ausgeliefert.*

Dem Händler, der meine Mutter dem Tratsch ausgeliefert hatte, begegnete ich erst Jahre später. Zwar hatte ich, wenn ich mit meinem Vater auf den Flohmarkt ging – damals war er von meiner Mutter noch nicht geschieden und hatte die junge Frau, die Gemeindeschwester beim örtlichen Gesundheitsamt war, noch nicht geheiratet –, Händler gesehen, die mit einem Teppich, einem Kelim oder Herrenanzügen über der Schulter herumliefen. Aber sie waren keine Liebeshändler. Ich gebe zu, sie konnten sehr eindrucksvoll reden, ihre Herzen quollen über und wenn sie ein paar Groschen verdienten, waren sie sehr dankbar. Zu den Gebetszeiten ließen sie ihre Waren bei einem befreundeten Ladenbesitzer und eilten in die Moschee. Die meisten waren verheiratet und hatten vier, fünf Kinder.

Ihr Geschrei kam mir so bizarr vor. Ein jeder von ihnen schrie in einer anderen, für ihn typischen Stimmlage. Man konnte und sollte gar nicht verstehen, was sie schrien. Wenn sie mit den Kunden verhandelten, dann war das eine spannende Angelegenheit und ich sah gerne zu. Was für ein zähes Feilschen! Sie gaben einander die Hand und schüttelten und schüttelten sie – zweieinhalb Lire, nein, zwei Lire dreißig Kurusch, nein, zum letzten Mal, zwei Lire fünfunddreißig Kurusch. Manchmal musste ein Schlichter dazwischengehen und ein Betrag genau in der Mitte wurde vereinbart. Man wünschte sich gegenseitig Glück, schloss wieder Frieden, das Geld wurde bezahlt und die Ware entgegengenommen. Der Händler strich sich mit dem Geld mehrmals über seinen Kinnbart und wünschte sich, mehr davon zu sehen.

Auf dem Markt gab es zwei Teestände. Den einen betrieb mein Onkel zusammen mit seinem Schwager. Sie kochten wunderbaren Tee. Nach einem abgeschlossenen Geschäft kamen die Händler zu ihnen, ließen sich auf die niedrigen Strohstuhle fallen und tranken einen Tee, um die Müdigkeit zu vertreiben, und drehten sich eine Zigarette.

Jahre waren vergangen, meine Eltern hatten sich schon längst getrennt. Mein Vater hatte sich bereits für seine Geliebte, die Gemeindeschwester, entschieden. Und weil die Frau uns Kinder nicht haben wollte, blieben wir bei meiner Mutter. Abgesehen davon hätte meine Mutter uns ohnehin nicht weggegeben. Wir waren vier Geschwister. Ich war der Jüngste und der einzige Junge. Deshalb investierte meine Mutter alles in mich. Die Mädchen würden ja schließlich heiraten, zu einem Fremden ins Haus ziehen, sie würden ihr nicht von Nutzen sein. So kam es auch tatsächlich. Meine Mutter und ich aber teilten ein Schicksal und lebten lange Zeit zusammen.

In dem Jahr, als ich mein Studium an der Universität begann, übernachtete ich manchmal bei Freunden und manchmal im Studentenwohnheim, was in mir eine unwiderstehliche Sehnsucht weckte. Auch für meine Mutter veränderte sich etwas, sie kleidete sich sorgfältiger, schminkte sich und trug Schmuck. Sie ging mittags aus dem Haus und kam immer erst nach Mitternacht zurück.

Ich weiß heute nicht mehr, wann alles angefangen hat, aber etwa zu dieser Zeit lernte ich den Liebeshändler kennen. Jede Menge Gerüchte über meine Mutter machten im Viertel die Runde, insbesondere die Familie meines Vaters tat sich hervor und zog über sie her. Der Tratsch begann nicht von heute auf morgen, und ich erinnere mich nicht mehr, wann ich das erste Gerücht gehört hatte. Schließlich erfuhr ich, dass meine Mutter einen »Freund« habe, besser gesagt, dass ein Mann namens Sedat, der aus Suşehir stammte, sie zu seiner Geliebten gemacht habe. Dem Gerede nach waren sie ineinander verliebt. Später hieß es, er benutze meine Mutter als Mätresse und verdiene durch sie auch sein Geld. Meine Mutter nehme all dies, diese schmutzigen Dinge, auf sich, weil sie krank sei, und sie tue alles, was er ihr sage.

Als ich meine gottesfürchtige, fromme Mutter zum ersten Mal Alkohol trinken sah, verschlug es mir die Sprache. Ich dachte, dass sie wohl all das, was Vater ihr angetan hatte, nicht verarbeiten konnte. Aber es war anders. Dieser Mann namens Sedat war ein richtiger Liebeshändler, ein Zuhälter. Als meine Mutter dahinterkam, war sie ihm schon längst verfallen.

Aber ich will nicht in die Einzelheiten gehen. Sedat verliebte sich nach kurzer Zeit in eines der Mädchen, mit denen er handelte, in Özlem Kargı. Allerdings musste er erfahren, dass seine Liebe nicht erwidert wurde. Das Mädchen tat zwar aus Angst alles, was er sagte, nahm jeden Auftrag, zu dem er sie schickte, an. Sie war auch mit ihm zusammen, aber sie liebte ihn nicht. Irgendwann erfuhr auch meine Mutter davon. Sie rastete völlig aus und versuchte mehrmals den Mann im Schlaf niederzustechen, aber es gelang ihr nicht. Sie wollte sich vergiften, aber auch das klappte nicht.

Als ich davon erfuhr, war ich im zweiten Jahr an der Universität. Misserfolge und Probleme stellten sich ein und ich gab das Studium entmutigt auf. Zusammen mit einem Freund begann ich in einem vornehmen Stadtteil in Istanbul eine Konfektionsfirma zu betreiben. Der Kontakt zu meiner Mutter reduzierte sich von da an immer mehr.

Ich will dich nicht vollquatschen. Aber so hat die Geschichte von Sedat eben begonnen

Dieser Liebeshändler hatte sich an einem verregneten Abend in Istanbul, als der Winter sich allmählich ankündigte, mit einer Gruppe von Freunden – alle seinesgleichen – in einer Bar vergnügt. Er war gut drei Jahre nach seinem Militärdienst aus Suşehir nach Istanbul gekommen. Eine riesige Stadt, hier gab es genug Arbeit, genug Geld, auch wenn es ganz schön mühsam war, es zu verdienen. Er hatte sich große Hoffnungen gemacht, als er in die Stadt gekommen war. Er war ein gut gebauter, gut aussehender junger Mann, er träumte sogar davon, einmal ein berühmter Schauspieler zu werden. Aber daraus wurde natürlich nichts, Istanbul wurde auch für Sedats Träume, wie für die Träume von Millionen, zum Friedhof. Zuerst arbeitete er in einem großen Hotel als Geschirrspüler, später als Kellnergehilfe, als Kellner und Rezeptionist, bis er sich eines Tages selbst fremd wurde. Dann kam er mit einem bekannten Zuhälter in Kontakt, arbeitete für ihn. Als der Mann alt war und sich aus dem Geschäft zurückzog, nahm Sedat dessen Platz ein. Mittlerweile arbeiteten acht Mädchen für ihn. Anfangs schämte er sich für das, was er tat, er hielt sich für etwas Besseres. »Das ist nichts, was ein rechtschaffener junger Mann tut«, sagte er sich. Aber die Zeit besiegte ihn. Eines Tages merkte er, dass er ebenso bekannt geworden war wie sein ehemaliger Boss. Und das Geschäft warf viel Geld ab, sehr viel, nur war es eben kein sauberes Geschäft ... Von allen Mädchen, die er auf die Straße schickte, kassierte er Prozente. Er besaß ein Auto, eine Eigentumswohnung und Geld wie Heu.

Eines Nachts bekam Sedat einen Anruf von einem seiner Mädchen, Sertap:

»Ich habe hier ein wunderschönes Mädchen, sie ist Studentin. Im ersten Jahr an der Universität. Sie ist bereit und möchte, dass wir für sie Kunden finden. Wenn es dich interessiert, kannst du gleich mit ihr sprechen.«

»Gib sie mir«, sagte Sedat. »Das geht klar.«

Zuerst redeten sie am Telefon miteinander, sie hieß Özlem. Dann trafen sie sich. Özlem war fest entschlossen. Offenbar hatte das Leben sie hart gemacht. »Ich studiere an der Universität, die finanzielle Situation meiner Familie ist katastrophal«, erzählte sie Sedat. »Ich brauche Geld, bis ich mit dem Studium fertig bin. Deshalb habe ich beschlossen, diese Arbeit zu machen. Nur für ein Jahr. Ich bitte Sie nur um eins. Schicken Sie mich nicht zu irgendwelchen zwielichtigen Kunden.«

Sedat hatte etwas ganz anderes im Sinn. Özlem war anders als die anderen Mädchen, und das beeindruckte ihn sehr. Dass sich daraus eine Liaison entwickeln würde, konnte meine Mutter nicht ahnen. Der Kerl holte meine Mutter manchmal zu sich nach Hause, ungefähr einmal die Woche kümmerte er sich um sie, dann schickte er sie zu Kunden.

Aber ich bin abgeschweift. Kurz und gut: Özlem wurde eines der Mädchen von Sedat. Manchmal redeten sie miteinander, schütteten einander das Herz aus. Sie verstanden sich gut. Es gab eine Gemeinsamkeit, die sie zusammenschweißte: Beide waren Verlierer in Istanbul. Sie waren mit bestimmten Absichten in diese Stadt gekommen, dann hatte das Leben einen ganz anderen Lauf genommen. Der eine war Zuhälter, die andere Nutte geworden.

Natürlich verliebte sich Sedat unsterblich in Özlem, er war verrückt nach ihr. Für Özlem aber war er nur ein guter Freund. Er verkaufte Özlem sehr teuer, dennoch schmerzte es ihn jedes Mal, wenn er sie zu einem Freier schickte. »Geh nicht, wir wollen zusammen sein und eine Familie gründen, lass uns mit dieser Arbeit aufhören«, hätte er am liebsten gefleht, aber er fand den Mut dazu nicht. Zu groß schien ihm der Unterschied zwischen ihnen zu sein. Özlem war ein gebildetes und sehr kluges Mädchen, sie betrachtete diese Arbeit als etwas Vorübergehendes. Sie hatte vor, eines Tages in ihr wirkliches Leben zurückzukehren. Für Sedat dagegen gab es eine solche Chance nicht. Wie also hätte er Özlem einen solchen Antrag machen können?

Es vergingen Monate. »Hör mit dieser Arbeit auf. Glaubst du, du findest einen besseren Mann als mich? Komm, lass uns zusammenleben«, sagte er manchmal wie im Scherz.

Aber Özlem antwortete jedes Mal: »Sedat, du bist sehr lustig, welch ein Glück, dass ich einen Zuhälter wie dich habe, aber …«

Was, aber? Nun ja, die Antwort darauf wurde erst viel später klar. Die Zeit verging schnell und Özlem hatte die Summe, die sie brauchte, bald zusammengespart. In genau einem Monat wollte sie sich von Sedat trennen. An Sedat und die anderen Mädchen richtete sie einen Wunsch: »Ich bitte euch, vergesst mich, wenn ich hier weg bin. Ich werde mir ein neues Leben einrichten. Ich habe euch sehr gern, aber ich werde euch nie wiedersehen.«

Zwei Wochen bevor Özlem gehen wollte, nahm Sedat seinen ganzen Mut zusammen und gestand ihr seine Liebe: »Özlem, du bist so anders. Ich bin in dich verliebt. Ich möchte mein ganzes Leben mit dir zusammen sein.«

Als Özlem diese Worte hörte, lachte sie nur: »Sedat, du bist so komisch. Wie kannst du dich in mich verlieben? Du bist ein Liebeshändler. Du verkaufst Frauen. Und ich gehe weg.«

Diese Worte schmerzten Sedat sehr. Und er vertraute seinen Kummer meiner Mutter an, erzählte ihr angeblich alles. Als sie die Wahrheit erfuhr, geriet sie vor Schmerz außer sich, trank eine ganze Flasche Rakı. Betrunken kam sie nach Hause. In Sedats Ohren aber hallten immer nur die Worte Özlems wider: »Wie kannst du dich in mich verlieben?!«

›Wieso nicht?‹, fragte er sich. ›Habe ich etwa kein Herz? Ich bin verliebt, wie verrückt verliebt!‹

Sedat hatte in Özlem etwas von sich selbst wiedergefunden. Seine Liebe war von einer Art, die kein Hindernis akzeptierte. Aus dem Kummer, der ihn plagte, fand er nicht heraus. Auch die Arbeit, die er immer schon widerwillig getan hatte, bereitete ihm einen tiefen Schmerz und so fühlte er sich wie vom Leben abgeschnitten. In der Apotheke kaufte er sich eine Packung Rattengift, erkundigte sich sogar noch nach der Wirksamkeit.

Er nahm sich ein kleines Hotelzimmer und bereitete alles vor. Stundenlang weinte er. Dann setzte er sich hin und schrieb einen Brief. Er schrieb darin sein Leben auf, gestand seine Sünden ein und seine Liebe, die der Grund für seinen Tod war. Und das ist der Abschiedsbrief, den Sedat hinterlassen hat:

»Wenn Ihr diesen Brief liest, werde ich lange tot sein. Sterben ist nicht so schwer, wie man glaubt. Wie Ihr seht, ist Sedat Yazıcı, der Sohn Mehmets, gestorben. Er ist gegangen. Wer weiß das schon? Oder wen interessiert das?! Was hatte er sich erhofft in dieser verlogenen Welt und was hat er bekommen? Angeblich hätte ich sehr berühmt werden können. Ich hätte sehr viel Geld verdienen und auch meine Familie retten können. Aber was war passiert? Ein riesengroßes Nichts! Ich habe viel Geld verdient, aber ich habe mich selbst geschämt, als ich es ausgab. Wie hätte ich es da meiner Familie geben sollen? Dann habe ich sie kennengelernt, Özlem. Sie ist so anders. So sehr anders, dass ich mich in sie verliebt habe. Aber wer glaubt einem Zuhälter, dass er sich verlieben kann? Auch sie hat mir nicht geglaubt. Sie dachte, ich hätte Spaß gemacht. Sie hat mich ausgelacht. Sie, die an der Universität studiert. Ich bin nur ein dummer Kerl mit niedrigem Schulabschluss. Und, was noch viel schlimmer war, ich habe sie verkauft. Wenn Ihr wüsstet, wie oft ich hätte hinausschreien wollen, dass ich sie liebe. Aber ich konnte nicht. Bei ihr hatte ich das erste Mal das Gefühl zu leben. Nachdem ich sie kennengelernt hatte, hatte mein Leben einen Sinn. Mein Herz lehrte mich, dass auch ich in einer gefühllosen, hartherzigen Welt plötzlich liebte. Aber der liebe Gott hat uns offenbar nicht füreinander geschaffen. Es war uns nicht gegeben, zusammenzukommen. Unsere Wege sollen sich niemals mehr kreuzen. Das habe ich begriffen. Und Özlem ist gegangen. Ich werde sie nie wieder sehen. Tagelang wartete ich auf einen Anruf von ihr. Ich gab die Hoffnung nicht auf. Ich wusste, dass sie nicht anrufen würde, aber ich wollte dennoch daran glauben. ›Ab jetzt führen wir beide ein getrenntes Leben, wir sehen uns nie wieder‹, hatte sie gesagt, bevor sie gegangen war. Aber jemand, der liebt, überhört einen solchen Satz. Wie oft hatte ich ihn gehört. ›Ohne dich kann ich nicht leben‹, heißt es in vielen Liedern, aber früher konnte ich mir das nicht vorstellen. Was ist, wenn du sagst, dass du ohne sie nicht leben kannst?! Dann sterbe ich ... Und ich kann ohne sie nicht leben. Wenn sie nicht bei mir ist, hat das Leben keinen Sinn. Deshalb hinterlasse ich Euch ein Gedicht, das ich geschrieben habe. Man möge dazu eine Melodie komponieren und man möge es hören wie alle anderen Liebeslieder. Ich verabschiede mich von euch allen! Auf Wiedersehen Özlem! Auf Wiedersehen Leben! Auf Wiedersehen Welt!«

Und das Gedicht ging so:

*Ich habe dich verkauft*
*Ja, ich bin ein Liebeshändler*
*Und du eine Hure.*
*Aber ich habe eine Seele,*
*Auch ich bin ein Geschöpf Gottes.*
*Es ist auch mein Recht zu lieben und geliebt zu werden,*
*Hand in Hand mit jemandem zu gehen und zu tanzen.*

*Ich wollte im siebten Himmel sein,*
*Aber du hast mich nicht verstanden.*
*Du hättest mich lieben können,*
*Wir hätten ein Heim haben können.*
*Ohne dich ist das Leben unerträglich, Özlem.*
*Diese verlogene Welt, die schenke ich dir*
*Auf Wiedersehen.*

Das Gedicht endete mit »Auf Wiedersehen«. Natürlich fanden die Hotelangestellten den Toten in seinem Zimmer. Die Polizei kam und befragte acht Personen, darunter auch meine Mutter. Als man mich von der Wache aus anrief, erlitt ich einen Schock. Manchmal hatte ich schon befürchtet, dass meine Mutter irgendwelche krummen Dinger drehte. Aber damit hatte ich nicht gerechnet. Ich ging sofort zur Wache. Dort erfuhr ich die Einzelheiten. Meine Mutter war am Ende, sie hatte keine Kraft mehr. Man hielt sie drei Tage fest, zeigte ihr seinen Abschiedsbrief und sein Gedicht.

»Ja«, sagte meinen Mutter, »das ist seine Schrift.«

Mir war nicht klar, wie es weitergehen würde, denn meine Mutter liebte ihn noch immer, trotz allem. Mit ihrer Erlaubnis zog ich aus der gemeinsamen Wohnung aus.

Heute sehen wir uns nur zu den Feiertagen. Sie bekommt eine Rente, hat ein knappes Auskommen. Natürlich hat sie mit ihrer Vergangenheit abgeschlossen. Sie hat alles zutiefst bereut, ist nach Mekka gepilgert. Sie verlässt das Haus kaum mehr, und wenn, dann nur, um in die Eyüp-Sultan-Moschee zu gehen.

Tomris Uyar

# Blaublut

Neulich, als ich mit dem täglichen Abstauben der Bücher fertig war, riss ich die Seiten, auf die ich den Tagesablauf all meiner Dienstjahre notiert hatte, aus meinem Tagebuch und warf sie weg. Wer weiß, wie viele Tage, wie viele Jahre, wie viel Abstauben.

Sie waren sowieso gleich: die Tage und das Abstauben.

Das Gefühl von Zeitlosigkeit ergab sich nicht zuletzt daraus, wie das Tagebuch geschrieben wurde. Obwohl ich mich nicht der alten osmanischen Schrift bedient hatte, hatte ich begonnen, von hinten nach vorne zu schreiben. So fielen die zwei, drei leeren Seiten am Anfang auf den zuletzt vergangenen Tag, also auf heute: auf den ersten Tag des Heftes.

Bevor ich versuchen werde, die Ereignisse auf jenen leer gebliebenen Seiten unterzubringen, muss ich zusammenfassen, was bislang geschehen ist:

Heute wurde der Staub der unteren Reihe der Bücherregale gewischt, und das heißt, dass wir heute den zehnten Tag haben – einen beliebigen zehnten Tag. Der einzige Unterschied zu den anderen zehnten Tagen ist, dass heute ein wirklicher Tag ist. Ansonsten ändert sich nämlich nichts. Die oberen Regalreihen werden jeweils an einem ersten Tag abgestaubt. Der Staub jedes einzelnen Buches wird abgetupft. Ein gewöhnlicher Mensch benötigt für das Abstauben eines Buches genau fünf Sekunden (ich habe es gestoppt). Der Bedienstete kann, wenn er will, das Reinigen der gesamten Bibliothek in vier Tagen erledigen. Was aber geschieht dann mit der restlichen Zeit? Hier hat niemand das Bedürfnis nach freier Zeit.

Den Regalen von oben nach unten folgend – man steigt die Leiter Stufe für Stufe herunter –, erreicht man am zehnten Tag die unterste Reihe. Dann steigt man wieder zum ersten Tag hinauf, das heißt zum obersten Regal.

Die Reinigung der Bücherschränke, die in die Nischen eingepasst sind, dauert sogar länger. Denn die dort ausgestellten Werke zählen zwar – auch wenn sie nicht so außergewöhnlich und von unschätzbarem Wert sind wie die Kalligrafien, die in den Magazinen gelagert werden, über deren Schlüssel ausschließlich die Bediensteten verfügen – nicht zu jenen, die man überall erhält, im Gegensatz zu den Büchern in den Lesesälen. Dennoch dürfen sie nicht an Leser gegeben werden, die nicht über die erforderliche Geisteshaltung verfügen, die man in einer Bibliothek an den Tag legen sollte, nicht an Leser, denen vielleicht die Selbstbeherrschung fehlt und die sich womöglich nicht unterstehen würden, ein Buch zu beschmutzen, zu stehlen oder sogar zu zerstören.

Das Abstauben der Werke in diesen Schränken nimmt jeweils acht Sekunden in Anspruch.

Das Magazin mit den Kalligrafien wird nach den Reinigungsrunden der Regalreihen erreicht. Man streicht über die marmorierten Einbände und bewundert die vergoldeten Ränder der Seiten. Im Magazin ist jede Sekunde mindestens einen Tag lang. Zeit ist in der Bibliothek eine Gewohnheit, eine Disposition, lichtlos und ungewiss.

Wenn Sie mich fragen würden, wann der Aufsichtsdienst in dieser Museumsbibliothek, oder wenn Sie so wollen, in diesem Bibliotheksmuseum, begonnen hat, könnte ich diese Frage, um ehrlich zu sein, nicht genau beantworten. Aber das Meer, das den Bediensteten mit all den neuen und alten, den toten und lebenden Meistern in diesem eiskalten, nassfeuchten und riesigen Raum gefangen hält, liegt schon von Anbeginn an gegenüber. Es beginnt im vorderen abgeteilten Bereich des Lesesaals am Fenster, das vom Boden, unmittelbar vom Parkett, bis zur Decke und von Wand zu Wand reicht. An Tagen, an denen es im Wetterbericht des Rundfunks heißt: »Der Wind weht aus unterschiedlichen Richtungen«, werden seine Wellen ans Ufer gepeitscht. In den Morgenstunden wirkt es wie ein dünner Streifen, kaum zu erspähen, und nachts ist seine verschwommene Gegenwart nur an seinen trüben Lichtern zu erahnen.

Meine Brille ist längst nicht mehr ausreichend stark. Seit Jahren habe ich sie nicht aufgesetzt. Sie hat dunkle Gläser und eine elegante Fassung, die eine Mutter – eine damals noch lebende, junge Mutter – für ihren gut aussehenden Sohn mit üppigem, seidig-schwarzem Haar passend fand. Es war immer klar, dass dieser Sohn, der gleichaltrige Mädchen schnell langweilig fand und die älteren Frauen, mit denen er ein Verhältnis hatte – wenn man es denn so nennen kann –, allzu aufdringlich, seine Zukunft, samt Haar und Augen, der Bibliothek opfern würde.

Dass das Meer entlang der Bibliotheksmauer eine einzige, unendliche und unvergängliche Dimension ist, ist an seinem Geruch und an seiner Feuchte erkennbar (auch wenn man nicht hinschaut). Richtiger wäre vielleicht, es ein Bild von einem Meer zu nennen.

Er setzte seine Lesebrille mit dem Metallrahmen auf und sah sich die Tage, die er gleich im vorderen abgeteilten Bereich in den Ofen werfen und verbrennen würde, nochmals an. Noch immer war unklar, ob der Bedienstete gewaltsam hier eingeschlossen worden war oder ob er sich freiwillig hatte einschließen lassen.

Anfangs hatte er kein Tagebuch geführt. Später irgendwann begann er, wichtige Tage schriftlich festzuhalten:

Feierlichkeiten zu Ehren der Spender, Vorträge der Redner, die die richtige Geisteshaltung, die man für die Bibliothek brauchte, erklärten, die ersten Tage, die mit den Nachmittagsprogrammen wie im Fluge vergangen waren. Die folgenden Tage, wenn das Parkett gebohnert, die Kristallgläser gespült, die Blumengebinde an Blumenhändler weiterverkauft wurden und der Bibliothek auf diese Weise zu einem zusätzlichen Einkommen verhalfen, wenn Torten und Kuchen, von der Feierlichkeiten des Vortages übrig geblieben, von der Putzfrau mit nach Hause genommen wurden. Das Lob von den Besuchern, die die Pflichtverliebtheit und Opferbereitschaft des Aufsichtsbeamten im ausliegenden Heft dankend würdigten. Tage, die mit dem Lesen der Glückwunschtelegramme, mit dem Foto kopieren neugewonnener Auszeichnungen vergangen waren.

Das Frieren begann etwa in der Mitte des Tagebuchs. Da das Budget der Bibliothek – wegen mangelnden Interesses – gekürzt wurde, musste die Putzfrau notgedrungen gehen. Die früheren Stammbesucher – Büchernarren mit niedrigem Einkommen – fanden, dass die Bibliothek, von der Stadtmitte weit entfernt, immer schwerer zu erreichen war, und blieben weg. Und da es immer weniger Besucher gab, war es nicht nötig, das Parkett zu bohnern. Wenigstens konnte der zum Schutz der Bücher den ganzen Tag brennende Gasofen ein Stück weit dem durch die rissige Holzverkleidung und durch das aufgequollene Holz pfeifenden, rauen Wind entgegenwirken. Wenn er die Fenster nicht öffnete, konnte der Bedienstete auch des Staubs Herr werden. Würde er seine Nase ans Blaue des vorderen Fensters halten und eine Luftblase hinauslassen, wie Zierfische im Aquarium (das war eine billige Metapher), dann könnte er die enge Gasse zwischen Meer und Fenster sehen.

Im hinteren Bereich, wohin er sich für die Nacht zurückzog, brannte ein elektrischer Ofen. Offenbar hatte er ein Bett dort, in dem er schlief, und da das aus Nussbaum geschnitzte drehbare Bücherregal am Fuße des Bettes stand, war dies wohl sein eigenes Zimmer. (Aus diesem Detail folgerte er, dass er sich seinerzeit aus eigenem Entschluss in diese feuchte Einsamkeit eingeschlossen hatte.) Vielleicht hatte er wegen seines Pflichtbewusstseins der Feuchtigkeit, die ihm bis ins Mark drang, den Schmerzen in seinen Gelenken und dem Rauschen der Bäume im finsteren Park, der hinter dem Gebäude lag, die Stirn geboten, seinen elektrischen Ofen eines Tages ins Magazin geschleppt und ihn dort aufgestellt.

Als er die vor Feuchtigkeit sich kräuselnden, vergilbten Seiten der Kalligrafien zum ersten Mal sah, wusste er sofort, dass ihm dieser Schatz sehr bald aus der Hand genommen und alles in eine ungewohnte Umgebung umgesiedelt und eingesperrt werden könnte.

Wir kommen nun zu den vorderen Seiten, den letzten Nächten, in denen er sich nur noch mit einer Wärmflasche begnügte. Es kam ihm so vor, als würde er sich mit der halb gefüllten roten Wärmflasche aus Plastik identifizieren. Als wäre es nicht genug gewesen, sein Leben lang den unter Verschluss gehaltenen Schatz vor den Augen der Menschen, vor ihren Blicken bewahrt zu haben, es reichten offenbar nicht einmal mehr seine Anstrengungen aus, um seine Schätze vor dem Altern und der Zeit zu schützen und das Verblassen ihrer Farben zu verhindern. Er begriff jetzt alles. Er traf Vorkehrungen, zum Beispiel nicht einzuschlafen. Er dachte sich dafür ein Sicherheitssystem aus, sagte sich jede Nacht in einer fremden Sprache laut vor, was er zu tun hatte: das Gas abdrehen, die Lichter löschen, die Aschenbecher leeren. Das Gas drehte er auf Französisch ab, die Lichter löschte er auf Englisch, doch seinem Körper entzog er einen ordentlichen türkischen Schlaf. Seine Sorgen sind an den scheußlichen, von Zigaretten stammenden Brandflecken auf dem Teppich in seinem Zimmer abzulesen. Wenn er nur einen Augenblick lang einnickte, könnte die Bibliothek für immer der Vergangenheit angehören.

Der Bedienstete, der sich von Anfang an für eine objektive, unpersönliche Erzählweise entschieden hatte, weil sich die Subjekte dieser erzählten Gegebenheiten immer mehr auflösten und ihre Zahl ständig abnahm, hat auf einer Seite ganz am Anfang des Tagebuches »Ich friere.« geschrieben. »Denn *ich* bin es, der friert. Als würde in diesem Augenblick ein entsetzlicher Regen über die Welt heruntergehen. Es darf keine neuen Sätze mehr geben. Für Absätze gibt es sowieso weder Platz noch Zeit.«

## Murat Gülsoy

# Versteck mich

Haben Sie jemals darüber nachgedacht, dass eines Tages jemand kommen und Ihnen alles, was Sie besitzen, wegnehmen könnte?

Unser Held, Ali Kapancı, hatte so wenig darüber nachgedacht, dass er nicht einmal wusste, was er alles besaß.

Es ist acht Uhr. Ali, völlig ahnungslos, was auf ihn zukommen würde, macht seine Morgengymnastik. Fünfzehn Minuten Fahrradfahren, dann folgen fünfzig Schritte auf dem Stepper, fünfzig Ruderschläge und drei Satz Gewichtheben. Vor einem Monat hat er seinen dreißigsten Geburtstag gefeiert, aus diesem Anlass einige seiner Ausgaben gekürzt und sich von dem Ersparten die Geräte gekauft. Der kleine Bauch, den er sich als Endzwanziger zugelegt und der sich wie eine träge Katze auf seinem Leib eingenistet hatte, entschlossen, mit ihm zusammen ein träges Leben zu führen, würde ihn wohl den Rest seines Lebens begleiten. Sein wichtigstes Ziel war also, die überflüssigen Pfunde loswerden.

Im Lauf der Zeit hat er sich ein gar nicht so schlechtes Leben eingerichtet. Vor fünf Jahren hatte er sich mit Unterstützung eines Freundes als Texter selbstständig gemacht und wenig später den Durchbruch geschafft, mehr noch, er konnte die meiste Arbeit zu Hause erledigen. Mit Ausnahme der Teamsitzungen konnte er seine Zeit frei einteilen. Er war sich bewusst, was für ein Privileg und was für ein Luxus das war. Deshalb hatte er sehr strenge Methoden der Selbstdisziplin entwickelt, um seine Zeit sinnvoll zu nutzen. Zu den Grundregeln gehörten das morgendliche Training und die tägliche Rasur. Außerdem galt es, die Wohnung immer ordentlich zu lüften und sauber zu halten – das waren nur einige Punkte auf einer langen Aufgabenliste. Seit er sich so diszipliniert verhielt, lief auch seine Beziehung mit Selda sehr viel besser. Seine Freundin war Kundenvertreterin in der Firma, für die er arbeitete – eine attraktive und gepflegte junge Frau. Sie hatte ihren Anteil daran, dass er sich so verhielt. Jedes Mal, wenn sie ihn zu Hause besuchte – und sie kam beinahe jeden Abend vorbei –, brachte sie etwas für ihn mit, mal eine Blume, mal ein kleines Geschenk. Sie hingegen bekam von Ali sehr viel mehr. Ali störte das nicht. Das heißt, es störte ihn nicht allzu sehr. Obwohl er eine gewisse Distanz zum Geld bewahrt hatte, musste er gelegentlich an die mahnenden Worte seines Vaters über die Beziehung zwischen Mann und Frau denken.

Neununddreißig, vierzig, einundvierzig, zweiundvierzig ... Gerade als Ali beim zweiundvierzigsten Schritt angelangt war, klopfte es an der Tür. Es musste schon etwas Besonderes geschehen sein, dass jemand um diese Uhrzeit klopfte. Vielleicht war es Selda. Vielleicht hatte sie in der Gegend zu tun und wollte mit ihm zusammen frühstücken ... Bevor er öffnete, warf er einen Blick in den großen Spiegel im Flur und betrachtete seinen schweißbedeckten Körper, der – wie er fand – bereits etwas muskulöser geworden war. Wenn er gewusst hätte, was auf ihn zukam, hätte er auch einen Blick auf seine adrett aufgeräumte Wohnung geworfen.

Kaum hatte er die Tür geöffnet, drang ein hünenhafter

Mann in den Flur. Schnell drückte dieser die Tür hinter sich zu und raunte: »Versteck mich!«

Ali kannte diesen Riesen im schwarzen Mantel, mit wirrem Haar und ungepflegtem Bart, der mindestens hundertzwanzig Kilo wog: Raci!

Wie ein Vampir, der ins Sonnenlicht geraten war, lief Raci ins Wohnzimmer und zog die Vorhänge eilig zu. Verblüfft nahm Ali die Dreckspuren auf dem Fußboden wahr, den er gestern erst glänzend gebohnert hatte. Raci hatte es sich indes längst in der Mitte des Dreisitzersofas bequem gemacht und hechelte wie ein verwundetes Tier, während er angestrengt versuchte, seine Schuhe auszuziehen.

»Was ist passiert, Raci? Geht es dir gut?«, fragte Ali, doch Raci brachte ihn mit einer Handbewegung zum Schweigen. Hastig begann er in großen Schlucken den Orangensaft aus der Flasche zu trinken, die Ali mit Klarsichtfolie verschlossen hatte, damit die Vitamine erhalten blieben. Er machte den Anschein, als hätte er seit Tagen nichts mehr getrunken.

Wir wissen natürlich nicht, was Ali in diesem Moment durch den Kopf ging, doch aus seinem Benehmen dürfen wir schließen, dass der Besuch ihn nicht gerade erfreute. Alis Gesicht verdüsterte sich. Nachdem Raci den Orangensaft in seinen Magen befördert hatte, zündete er sich eine Zigarette an und begann zu reden:

»Wie geht es dir, mein Freund? Du hast dich überhaupt nicht verändert. Ja, du bist sogar jünger geworden. Gut siehst du aus.«

»Du auch«, stotterte Ali nur.

»Mein lieber Ali«, fuhr Raci fort, »ich habe Schwierigkeiten. Kann ich eine Weile bei dir wohnen? Frag nicht, warum, es ist besser für dich.«

»Natürlich, natürlich, du kannst bleiben«, murmelte Ali verlegen.

Den ganzen Tag über unterhielten sie sich. Da Ali das Kapitel Raci längst ad acta gelegt hatte, hörte er seinem alten Freund nun staunend zu und fragte sich, ob er auch früher schon so gesprächig gewesen war. Raci erzählte fröhlich, als wäre er nicht der Mann, der am Morgen in aller Herrgottsfrühe hergekommen war und darum gebeten hatte, versteckt zu werden. Er erzählte absonderliche Geschichten, die ihm widerfahren waren, wie er bei einem Fußballspiel mit einer Schlägerei für Aufruhr gesorgt hatte, wie er einen Autosalon eröffnet und einem steinreichen Mann, der seiner Frau ein Auto schenken wollte, zwei Autos verkauft und wie er später mit diesem Mann ein ganz anderes Geschäft – in einer gewissen Dienstleistungsbranche – aufgebaut hatte ... Ali hörte mit offenem Mund zu und traute seinen Ohren kaum. Offenbar hatte Raci in den vergangenen Jahren ein Abenteuer nach dem anderen erlebt, während er selbst sich verkrochen und versucht hatte, ein einfaches Leben zu führen. Doch jetzt hatte sich das Blatt offenbar gewendet: Er selbst und seine Wohnung waren für Raci die letzte Zuflucht. Alis Lebensweise diente als Beweis, dass er im Recht war – zumindest im Augenblick. Allerdings gab es bei dieser Sache mit dem Verstecken einen Haken ... Aber das würde Ali noch rechtzeitig erfahren. Er ging davon aus, dass Raci höchstens ein paar Tage bei ihm bleiben würde.

Nachdem Raci Alis Biervorrat aufgebraucht hatte, begann er zu nörgeln wie ein Kind, das beschäftigt werden will. Er fragte nach Restaurants, die Lieferservice boten, nach einem Supermarkt und einem Lebensmittelgeschäft.

Ali schüttelte seine Befangenheit ab und beschloss, die Zügel wieder in die Hand zu nehmen. Sollte Raci eine Weile bleiben, mussten ein paar Regeln aufgestellt werden. Später würde Selda vorbeikommen. Daran musste er sie hindern. Er griff zum Telefonhörer. Raci war entsetzt, sprang auf und verfolgte das Gespräch mit. Ali hielt die Hand auf den Hörer und raunte ihm zu, dass dies ein privates Gespräch sei, aber Raci ließ sich überhaupt nicht beeindrucken. Weil er befürchtete, dass Ali sich verplappern könnte, blieb er stur neben ihm stehen.

Ali wusste nicht genau, was er zu Selda sagen sollte, aber als sie sich meldete, nahm er sich zusammen und sagte mit tiefer Stimme: »Ich bin's, meine Liebe, Ali. Mir geht es nicht so gut, ich bin erkältet. Nein, nein, du brauchst nicht vorbeizukommen, nicht dass du dich ansteckst. Ich komme gerade vom Arzt ... Ja, er hat mir etwas verschrieben ... ja, Antibiotikum ... auch Vitamine ... nein, wirklich, du brauchst nicht zu kommen, ich werde mich sowieso gleich hinlegen ... Du hattest Karten gekauft? Du kannst mir ja davon erzählen ... Küsschen ...«

Nach dem Telefonat war Raci beruhigt, er imitierte Ali sogar, wie dieser mit seiner Freundin gesprochen hat, brachte ihn zum Lachen. Raci war ein komischer Kerl.

Ja, er war wirklich ein sehr komischer Kerl. Sie tranken die ganze Nacht. Raci brachte Ali mit seinen Geschichten zum Lachen. Ali hatte einige Male versucht, die Rede auf das geheimnisvolle Ereignis zu bringen, das Raci zu ihm geführt hatte – er war ja überaus gespannt –, doch Raci gelang es immer wieder, Ali im Ungewissen zu lassen. Gegen Morgen war Ali am Ende seiner Kräfte und er wollte nur noch schlafen. Er gab Raci eine Decke, legte sich dann hin und schlief so gut wie schon lange nicht mehr.

Am nächsten Morgen wurde Ali vom Klingeln des Telefons geweckt. Erschrocken fuhr er hoch. Es war schon nach elf Uhr. Selda war am Apparat. Er sagte, es gehe ihm besser. Nachdem er den Hörer aufgelegt hatte, sah er sich um – und er traute seinen Augen nicht: Die Wohnung sah aus wie ein Schlachtfeld. Alles war verdreckt, CDs lagen verstreut herum, der Couchtisch war bedeckt mit Resten von Pizza, leeren Cola- und Bierdosen, Flaschen und Obstschalen. Und da sie vergessen hatten, das Fenster zu kippen, schlug ihm der Gestank voller Aschenbecher entgegen. (Hatte Ali nicht vor einem Monat aufgehört zu rauchen?) Raci schnarchte laut, und der Geruch, den sein Mund und seine Strümpfe verströmten, verwandelte das Wohnzimmer in einen widerwärtigen Raum. Ali wusste angesichts der Szenerie, die sich ihm bot, nicht, was er tun sollte, wie er diese Situation handhaben sollte. Siedend heiß fiel ihm plötzlich etwas Schreckliches ein: »Ich habe gestern nichts gearbeitet!« Er hatte den ganzen langen Tag vertrödelt, obwohl er einen Text abgeben musste. Die Arbeit war zwar nicht besonders schwierig, aber mit diesen Kopfschmerzen konnte er nicht klar denken. Mit Mühe gelang es ihm, die Wohnung sauber zu machen. Dann ging er hinaus auf die Straße. Irgendwie, so hoffte er, würde sich schon alles wieder einrenken.

Die nächsten Tage verliefen nicht wesentlich anders als der erste. Wie zwei Jugendliche, deren Eltern verreist waren, stellten sie die Wohnung auf den Kopf, amüsierten sich, betranken sich und schliefen ansonsten. Ali war es gelungen, Selda fernzuhalten. Um zu verhindern, dass sie zu ihm kam, ging er nach Feierabend in die Firma und sie aßen irgendwo etwas zusammen, bevor er schnell wieder nach Hause ging. Ali gönnte sich eine »Auszeit«, um mit dieser Situation fertig zu werden: Bis Raci gehen würde, wollte er auf das frühe Aufstehen und auf seine Morgengymnastik verzichten, auch auf die tägliche Rasur. Nur weil er Geld verdienen musste, setzte er sich zur Mittagsstunde an den Tisch, wenn Raci noch schlief, schrieb schnell die Texte und reichte sie ein. Irgendwie stellte er eine gewisse innere Ruhe her – bis ... ja, bis zu dem Abend, an dem er Selda nach Hause gefahren hatte und dann in seine Wohnung zurückgekehrt war.

Als er den Schlüssel ins Schloss steckte, hörte er laute Musik und Gelächter. Ali wusste sofort, dass Raci irgendeine Nummer drehte. Vielleicht hatte er sich eine Prostituierte in die Wohnung bestellt. Verärgert trat Ali ein. Er war wütend und entschlossen, Krach zu schlagen. Im Wohnzimmer aber saßen, wie er feststellen musste, nur Raci und der Hausmeister, Ihsan Efendi. Raci hatte den Tisch gedeckt und stieß fröhlich mit dem Hausmeister an. Sprachlos blieb Ali in der Tür stehen. Ihsan Efendi ahnte, dass gleich ein Sturm losbrechen würde, und verzog sich. Raci aber tat, als wäre an dieser Situation nichts Ungewöhnliches, und schenkte ihm ein weiteres Glas Rakı ein. »Willst du Eis in deinen Rakı? Nein. Okay, gut.«

Ali brachte noch immer kein Wort heraus. Seit er in dieses Haus gezogen war, hatte er zu allen Nachbarn und auch zum Hausmeister Ihsan Efendi eine sehr distanzierte Beziehung gepflegt. Seine Einkäufe erledigte er selbst und brauchte deshalb auch zum Hausmeister nicht besonders freundlich zu sein. Ein Trinkgelage in seinem Wohnzimmer, das war völlig indiskutabel. Nicht, weil er sich von Menschen aus anderen Schichten abschotten wollte. Durch Raci wurde ihm in diesem Augenblick vielmehr seine eigene freiheitlich-demokratische Gesinnung aus der Studienzeit wieder bewusst. Er musste das Problem unter einem anderen Gesichtspunkt ansprechen. Raci trällerte ein Lied und tat gelangweilt, wie ein Bildschirmschoner am Computer, der sich die Zeit vertreibt, bis wieder jemand zu arbeiten beginnt. Er stellte auch keine Fragen.

Schließlich fand Ali den Einstieg. Darüber war er so erfreut, dass seine Wut schon fast zu verfliegen drohte. »Ich dachte, du wolltest nicht, dass dich jemand hier sieht?!« Er wartete auf eine Antwort. Er dachte, er hätte Raci ertappt, doch plötzlich schoss ihm ein anderer Gedanke durch den Kopf. Raci steckte gar nicht in Schwierigkeiten! Er war auch vor niemandem auf der Flucht. Er hatte sich lediglich nicht zu helfen gewusst und war deshalb zu ihm gekommen – so war das! Aber wie hatte er Ali gefunden? Er verkniff sich die Frage. Na gut, er stand im Telefonbuch – und Raci hat die Wohnung einfach als kostenloses Hotel betrachtet. Das war alles. Eine weitere Geschichte, die Raci beim nächsten Mal irgendwo anders erzählen konnte. Sie waren nie wirklich gute Freunde gewesen ... Aber wegen der alten Zeiten ... Je länger Raci schwieg, umso mehr glänzten Alis Augen. Er wollte dieses Glücksgefühl, die Oberhand gewonnen zu haben, auskosten, die süßen Minuten des Sieges genießen.

»Wie leichtsinnig, mein Freund. Du wirst dich selbst, aber auch mich gefährden ...«

Raci schien der spöttische Unterton nicht zu kränken, er lächelte vielmehr wie ein Vater, ein wenig traurig, weil sein Sohn so begriffsstutzig war.

»Lieber Ali, du verstehst gar nichts. Hältst du alle anderen für blöd? Außer uns sind alle blöd, was? Nein, Ali, so ist es nicht. Diese Wände sind dünner, als du denkst.

Glaubst du allen Ernstes, niemand hätte bemerkt, dass ich seit zehn Tagen hier wohne? Da irrst du dich gewaltig, mein Freund. Natürlich wissen alle Nachbarn, dass du einen Gast hast, und sind ziemlich neugierig.«

Das war der Beweis dafür, dass sein Heim den letzten Rest an Intimität eingebüßt hatte, und Alis Ärger kehrte mit aller Wucht zurück. Seine Lippen spannten sich vor Wut an, als er knurrte: »Dann lad doch die Nachbarn gleich alle zum Tee ein!«

Mit einer Handbewegung gab Raci zu verstehen, dass er es leid war, dauernd falsch verstanden zu werden.

»Natürlich nicht«, seufzte er. »Ich habe etwas viel Besseres getan. Gegen den unnötigen Tratsch wird er uns ab sofort wie ein Löwe verteidigen. Was glaubst du, wer den Informationsfluss in diesem Haus lenkt? Natürlich Ihsan Efendi, wenn er jeden Tag alle Wohnungen abklappert.«

Alis Ärger wurde dadurch nicht weniger. Er trank seinen Rakı in einem Zug aus und verzog sich in sein Zimmer. Er knallte die Tür hinter sich zu und war sicher, Raci am nächsten Morgen nicht mehr zu erblicken. Diese Geste war unhöflicher, als ihn explizit hinauszuwerfen. Ihm war nach Weinen zumute, wie einem Kind, dem Unrecht getan worden war. Wer war dieser Raci überhaupt?! Mit welchem Recht störte er seine Ordnung und fiel ihm zur Last? Und zu allem Überfluss richtete er ein Trinkgelage aus, während Ali nicht zu Hause war. Er musste sich beruhigen, das war ihm klar. Wer den Schaden hat ... Letztendlich war es Raci, der in Schwierigkeiten steckte. Vielleicht waren die nicht so groß, wie er angedeutet hatte – und dieser Gedanke beruhigte ihn ungemein, das müssen wir zugeben, denn einem Verbrecher Unterschlupf zu gewähren, wäre keine Bagatelle –, aber es war dennoch offensichtlich, dass Raci ein Problem hatte. Warum sonst sollte jemand bei einem Freund, den er seit Jahren nicht mehr gesehen hatte, um Asyl bitten? Und auch er selbst hatte nicht gerade vorbildlich gehandelt. Anstatt fröhlich mit ihm anzustoßen, brach er einen Streit vom Zaun und bestrafte sich selbst damit, vor dem Computer zu sitzen. Wofür? Für nichts! Er beschloss, hinüberzugehen und sich bei Raci zu entschuldigen.

Ja, das war ihr erster Streit. Und damit begann eine neue Phase. In den darauf folgenden Tagen geschah kaum etwas Erwähnenswertes. Die einzige Neuigkeit war, dass Raci Ihsan Efendi seine Einkäufe erledigen ließ (Pornohefte, die er sich von Ali nicht bringen lassen wollte, womöglich weil er sich schämte, Alkohol, Zeitschriften und Wettscheine vom Pferderennen). Ali störte sich nicht daran. Schließlich amüsierte er sich so gut wie schon seit Jahren nicht mehr und er kehrte bedenkenlos zu Gewohnheiten zurück, die er längst abgelegt hatte, wie eine Bauchtänzerin bewegte er sich zu Zigeunermusik, sah Fußballspiele an, las die Witze aus den Pornoheften vor und lachte laut, trank eiskaltes Bier zu scharf eingelegten Gurken ... Er lief mit einem Ziegenbärtchen herum und wusch sich nicht, bis er stank ... strich sich genüsslich über seinen immer dicker werdenden Bauch ...

Ali war nicht wiederzuerkennen!

Jeder weiß, dass der Mensch sich ändern kann. Besonders, wenn ihn die Änderung zufrieden stellt. Aber es gab jemanden, der nicht zufrieden war: Selda, die die Veränderung besorgt verfolgte.

Seit über zwei Wochen ließ Ali sie nicht in seine Wohnung. Und das, obwohl sie zusammenziehen wollten.

Alles hatte an dem Tag begonnen, als Ali Grippe hatte. Da war sie sich sicher. Sie war auch sicher, dass die Grippe nichts weiter als eine Ausrede war. Es war sonnenklar, dass irgendetwas am Laufen war. Selda wollte noch ein paar Tage abwarten, um herauszufinden, worum es ging. Aber sie kam nicht dahinter. Sie sah nur, dass Ali sich einen Bart wachsen ließ und ständig nach Alkohol roch. Zudem war ihr in der Firma zu Ohren gekommen, dass Ali seine Arbeit schleifen ließ.

Selda drückte beharrlich auf die Klingel.

Ali spähte, bevor er die Tür aufmachte, durch den Spion, vor dem er das freundliche Gesicht Ihsan Efendis erwartete. Stattdessen sah er Selda, die sehr entschlossen wirkte. Er bekam Panik. Flüsternd berichtete er Raci und erwartete von ihm Anweisungen, was zu tun sei.

Selda, die inzwischen gemerkt hatte, dass sie beobachtet wurde, rief:

»Ali, mein Lieber, mach auf, ich bin es.«

Raci machte eine Handbewegung. Die Wahrheit würde ans Licht kommen. In seinem vom Alkohol vernebelten Kopf jagte ein dummer Spruch den nächsten. Er öffnete die Tür. Zuerst versuchte er, Selda zu erklären, dass er Besuch habe und sie deshalb nicht empfangen könne – er trug nur eine Unterhose –, doch Selda zog die Augenbrauen hoch und zischte: »Entweder du lässt mich auf der Stelle herein oder du siehst mich nie wieder!«

Ali hatte keine Wahl und ließ sie herein. Als sich Selda in der Wohnung umsah, war ihr zuerst nach Lachen zumute. Sie hatte erwartet, ein ordinäres Frauenzimmer anzutreffen, stattdessen erwischte sie Ali mit einem höchst merkwürdigen Mann. (Konnte man das überhaupt »erwischen« nennen? Auch wenn Ali seit einiger Zeit auf der Flucht vor ihr war?) Raci ahnte nicht, wie komisch die Situation war, streckte seine Hand aus und stellte sich vor. Während Selda das Chaos in der Wohnung begutachtete, benahmen sich die beiden Männer wie zwei auf frischer Tat ertappte Jungen. Die kurz zuvor gelieferten Lahmacuns dampften noch und erfüllten das Zimmer mit einem leckeren Geruch. Raci unterbrach das Schweigen:

»Möchten Sie? Bevor es kalt wird …«

Selda hatte sich so sehr auf eine anstößige Szene eingestellt, dass sie jetzt, da sich ihr Verdacht in nichts auflöste, sehr erleichtert war. Warum nicht, dachte sie.

Einige Stunden später hatte Raci alle seine Geschichten zum Besten gegeben und wickelte Selda bereits um den kleinen Finger. Er erzählte von seinen Abenteuern mit Filmsternchen, Models und Sängerinnen, gab deren Schwächen und wohl gehütete Geheimnisse preis und sorgte zugleich dafür, dass Seldas Glas keine Sekunde leer blieb. Kurz: Er hatte den direkten Weg in ihr Herz gefunden.

Ab jetzt waren sie zu dritt. Selda gesellte sich beinahe jeden Abend zu ihnen. Sie war vom ersten Tag an überzeugt, dass Raci ein guter Mensch war. Ali war erleichtert – immerhin war ein Problem gelöst. Dennoch gibt es zwei Begebenheiten, die vor dem Ende dieser Geschichte erzählt werden müssen. Diese zwei Vorfälle werden uns genügend Anhaltspunkte liefern und verstehen helfen, in welcher seelischen Verfassung Ali sich in dieser Zeit befand.

Der erste Vorfall begann damit, dass ein altes Schreibheft von Ali auftauchte. Als er eines Morgens aufstand, sah er Raci im Wohnzimmer lesen. Er blätterte in einem Comicheft, wie es schien, und wirkte überaus vergnügt.

Zuerst realisierte Ali nicht, dass es sich um sein Schreibheft handelte. Wie auch?! Es war Jahre her, dass er es zum letzten Mal aufgeschlagen und Gedichte hineingeschrieben hatte. Es hatte weit hinten in irgendeiner Schublade gelegen, dem Vergessen ausgeliefert.

»WAS MACHST DU DA?!«

Ali bekam einen Wutanfall. Wäre er weniger gutmütig, er hätte Raci in diesem Augenblick umgebracht. Er packte ihn und entriss ihm das Heft so aggressiv, dass dieser Hüne von einem Mann wie ein Kind aus dem Sessel fiel und sich dabei seinen Arm an der scharfen Ecke des Glastisches verletzte. Das Tablett mit dem Frühstück, das Raci sorgfältig vorbereitet und auf dem Tisch abgestellt hatte, fiel ebenfalls zu Boden. Orangensaft ergoss sich über den Teppich.

Die ganze Situation war damit noch schlimmer geworden. In diesem Augenblick begriff Ali, dass nichts mehr wie früher sein würde, nie mehr. In ihm war etwas zu Bruch gegangen. Zuerst war dieser Dieb in seine Wohnung eingedrungen und hatte sein Leben in Beschlag genommen. Dann hatte er die Tür zum intimsten, hintersten Winkel seiner Seele aufgebrochen und seine sensibelste Fähigkeit, zart wie Schmetterlingsflügel, in den Dreck gezogen.

Dabei hatte er alles, was in seinem alten Heft geschrieben stand, längst vergessen – und das war auch besser so. Er hatte seine Gedichte damals einigen Redaktionen zugeschickt, als er aber keine Antwort bekommen hatte, hatte er es dabei belassen. Es war nicht nötig, die Gedichte zu veröffentlichen, und so gut waren sie offenbar nicht. So einfach war das. Eine Weile schrieb er noch weiter, dann, als er zu arbeiten begonnen hatte, verspürte er kein

Bedürfnis mehr, Gedichte zu verfassen. So hatte er sie in der Schublade einfach vergessen. Jetzt waren sie urplötzlich wieder aufgetaucht. Wie ein Geist, der aus seinem Grab aufersteht. Die Verse kamen ihm nach so langer Zeit noch schlechter vor … Er legte das Schreibheft an seinen Platz zurück und glaubte, die Sache wäre damit erledigt.

»Raci, tut mir leid, ich habe die Nerven verloren. Ich mag es nicht, wenn man in meinen Sachen wühlt.«

Raci machte große Augen und antwortete unschuldig:

»Glaub mir, ich hatte keine bösen Absichten, Ali. Ich hatte nach einem Stück Papier gesucht. Ich wollte etwas schreiben. Selda findet, dass ich meine Geschichten aufschreiben soll. Und ich dachte, in meiner freien Zeit …«

Diese unerwartete Antwort kränkte Ali einmal mehr. Das Auftauchen seines Heftes wurde wie eine Nebensächlichkeit gehandhabt, und dass Selda Raci zum Schreiben ermutigt hatte (zumal er selbst keine Gedichte schreiben konnte!), erschütterte Ali. Wenn das alles so einfach war, warum gelang es ihm dann nicht auch? Warum machte er aus allem ein unüberwindbares Hindernis?

»Schon gut. Jetzt hast du sie eben gelesen. Ich habe sie irgendwann als kleiner Junge aufs Papier gekritzelt.«

Ali hat wieder einmal klein beigegeben.

»Es sind sehr schöne Gedichte, Ali, wirklich. Ich stelle fest, dass ich dich gar nicht richtig kenne.«

Ali konnte den Worten kaum Glauben schenken. Doch sein Gesicht leuchtete wie das eines Kindes, das nach langem Weinen vom Vater getröstet wird. Trotzdem wollte er das Thema nicht weiter ausbreiten – vielleicht war er einfach noch nicht dazu bereit.

Die Nächte vergingen im selben Rhythmus. Die beiden anderen hatten nicht bemerkt, dass Ali von Tag zu Tag stiller wurde. Er wurde jeden Tag schneller betrunken und musste sich immer früher hinlegen. Seine Arbeit vernachlässigte er immer mehr. Als er merkte, dass er einen Auftrag ordentlich und schnell erledigen musste, weil er sonst keine weiteren Aufträge mehr bekommen würde, war es schon fast zu spät. Mit einer unermesslichen Überwindung erzählte er Selda und Raci davon.

»Leute, heute Abend müsst ihr mich entschuldigen. Ich muss dringend arbeiten. Wenn ich nicht rechtzeitig fertig werde, wird man mich in hohem Bogen hinauswerfen!«, mutmaßte er, aber es gelang ihm nicht, auf seine Ankündigung Taten folgen zu lassen. Zwar zog er sich ins Arbeitszimmer zurück, aber die Stimmen aus dem Nebenzimmer waren zu verführerisch. Die blitzblanke weiße Seite auf dem Computerbildschirm schaute ihn herausfordernd an, er aber lauschte hinüber ins andere Zimmer. Die Vertrautheit Seldas und Racis war ihm seit einigen Tagen schon ein Dorn im Auge. Er war es gewohnt, Selda in strenger Kleidung und diszipliniert wie eine Schuldirektorin zu sehen. Jetzt aber betrank sie sich und tanzte, den Pullover um die Hüften gewickelt, einen Bauchtanz, lachte über anzügliche Witze. All das rief bei Ali großen Ekel hervor. War das die Selda, die er kannte, liebte und zu heiraten gedachte? Auf keinen Fall. Das Schlimmste aber war, dass er bei der Erinnerung an die frühere Selda keine Liebe mehr empfand. Lediglich der Geruch langweiliger bewölkter Wintertage stieg ihm in die Nase. Als er sich bei dem Gedanken ertappte, ob er wirklich in Selda verliebt gewesen war, gab er auf. Er beschloss, eine Pause einzulegen und zu den anderen hinüberzugehen. Sonst würden Hass und Abscheu noch die Vorherrschaft übernehmen.

Er ließ seinen Computer an, weil er so gewährleisten wollte, später an die Arbeit zurückzukehren. Dann gesellte er sich zu den anderen, als wäre nichts, und begann mit ihnen zu trinken. Als er ziemlich betrunken war und ins Bett gehen wollte, sah er aus den Augenwinkeln zu Selda und Raci hinüber. Sie schienen auch ihn aufmerksam zu beobachten.

»Er ist wohl eingenickt.«

War es Selda, die das sagte? Ein Komplott? Sein Geist war noch wach, aber sein Körper hatte sich längst in einen schweren Klumpen verwandelt. Er glaubte, das Gesagte zu verstehen – wenn auch undeutlich, wie im Traum – und verfolgte dumpf, wie sich die Worte in Gedanken verwandelten.

»Er ist eingenickt.«

Diese Worte hallten in seinem Kopf wider. Das war ein Urteil über ihn. Eingenickt! Zudem drohte ihm das Schlimmste. Er war dabei einzuschlafen. Er verlor die Beherrschung über seinen Körper, über seine Organe. Er war eingenickt! Er. Es gab ihn mittlerweile nur noch in der dritten Person. Er! Der andere. Man sprach über ihn. Freude und Leid: Das Gefühl der Ausgrenzung und Befreiung. Verbannung und Freiheit. Verbannung in die Freiheit. Er war zu müde, seine Gedanken miteinander zu verknüpfen. Und der Film riss. Tiefe Dunkelheit.

Als er am nächsten Morgen mit Kopfschmerzen in seinem Bett aufwachte, fluchte er, wie alle Trinker. Er schleppte sich ins Bad und hielt seinen Kopf unter den Wasserhahn. Eine ganze Weile verharrte er so. Wenn es ihm möglich gewesen wäre, hätte er am liebsten seinen

Schädel geöffnet und auch sein Hirn mit Seife gewaschen. Als die Schmerzen ein wenig nachließen, hob er den Kopf und blickte in den Spiegel, um sein unglückliches Gesicht zu betrachten. Es wartete eine Überraschung auf ihn: die Seite eines Computerausdrucks. Er begann sofort zu lesen. Er traute seinen Augen nicht. Es waren die Entwürfe, die er gestern Abend schreiben wollte, richtiger, von denen er keine einzige Zeile zu schreiben geschafft hatte. Drei Entwürfe. Während er nicht in der Lage war, eine einzige Version zu verfassen, hatten Raci und Selda (Selda!) mit links drei geschrieben (Raci!). Und wie aus Jux hatten sie (Raci und Selda!) sie auf den Spiegel geklebt und eine Notiz hinzugefügt: »Lieber Ali, wir können zwar nicht so gut schreiben wie du, aber wir haben aufgeschrieben, was uns so einfiel. Vielleicht nützt es dir was.«

Sollte er sich ärgern oder freuen? Er wusste es nicht. Er las die Texte im Computer noch einmal, korrigierte kleine Fehler und schickte sie der Firma zu. Die Texte waren gut. Wirklich gut. Er hätte es nicht besser gekonnt, schon gar nicht in einer halben Stunde.

Was danach passiert ist? Nachdem Ali seinen Job an Raci hatte abtreten müssen, lebte er noch eine Zeit lang in der Wohnung. Inzwischen hatte das Leben einen eigenen Rhythmus entwickelt, nur er hielt nicht mit. Die Tage gingen dahin, man trank und amüsierte sich, doch er selbst … Die Dinge schienen sich an ihm vorbei zu ereignen. Ohne ihn zu berühren oder ihn zu involvieren. Er schien sich wie in einem Traum zu befinden. Er überließ sich dem Fluss der Zeit wie eine Figur, die nicht weiß, wie ihr geschieht. Manchmal hielt er sein Gesicht in die Sonne, die mittags durch das Fenster fiel, manchmal schlummerte er stundenlang, ohne irgendetwas zu denken, manchmal notierte er einige Verszeilen in sein Heft (wann war dieses Heft aus der Schublade genommen worden?), und manchmal verlor er sich in einem alten Film. Seine Augen scannten die Symbole auf dem Bildschirm und schickten sie zum Gehirn. Aber weil von den vier Motoren in seinem Kopf nur noch einer arbeitete, wurden die eingehenden Informationen sehr schwach empfangen und flüsternd an die einschlägigen Stellen weitergeleitet. So setzte das Bewusstsein eines schlafenden Mannes das tägliche Leben fort. Leise. Als hätte es Angst, ihn zu wecken.

Wir wissen nicht, wann dieser Schlaf welche Entschlüsse heranreifen ließ. Unser Wissen ist darauf begrenzt, was wir mit eigenen Augen sahen. Jetzt, am Ende der Geschichte, ist es sieben Uhr morgens. Racis Schnarchen erschüttert das ganze Haus. Ali dagegen zieht sich gerade an. Er wirkt gut gelaunt. Er pfeift sogar leise vor sich hin. Das wirkt auf alle, die den Rest seiner Geschichte nicht kennen, völlig normal. Aber wir denken, dass sich Ali in einer Art wahnhafter Freude befindet. Wir spüren, dass dieses fröhliche Aufstehen kein gutes Zeichen ist. Es ist die wahnhafte Freude eines Mannes, der sich vollkommen verändert hat …

Was ist nun los? Er packt einen kleinen Koffer. Doch im letzten Moment verzichtet er darauf. Er nimmt das braune Heft, das er als letztes hineingepackt hatte, heraus und steckt es in seine Manteltasche, dann geht er auf die Tür zu. Anders als im Film, dreht er sich nicht um, blickt nicht zurück. Er geht hinaus und zieht leise die Tür hinter sich zu. Er lässt alles zurück … Aber er läuft langsam, wie ein schwer beladenes Schiff … Langsam, als wäre er ein Schiff mit Schlagseite, macht er sich auf und davon.

Doch obwohl er rennt, kommt er kaum vorwärts. Obwohl die Wohnung bereits ein gutes Stück hinter ihm liegt, kann er sich von dort nicht entfernen. Er hat den Eindruck, dass das, was er zurückgelassen hat, ihm nachläuft. Er glaubt, dass das Leben, das er hinter sich lässt, ihn wie ein Schatten bis in die Hölle verfolgt. Obwohl die verlassenen Leben wie leere Muscheln sind, wird sich sicher jemand finden, der sich darin einnistet. Am schwierigsten ist nicht das Weggehen, sondern diese schlichte Wahrheit zu akzeptieren.

Am Ende verschwand er ganz aus unseren Augen. Wohin er gegangen ist? Hätten Sie eine Kamera gehabt und hätten wir Ali verfolgen können, wäre das letzte Bild von ihm folgendes: Außer Atem drückt er auf eine Klingel. Ein Mann, der wie sein früheres Ich aussieht, öffnet die Tür. Als Ali hereinstürzt, hören wir ihn die Worte flüstern: »Versteck mich!«

Yekta Kopan

# Die Hexe im Apfelbaum

»Mannomann, wo bleibt denn der Auberginensalat?«

Hab ein wenig Geduld, explodier nicht gleich, hätte ich am liebsten gesagt, aber ich schwieg – wie immer. Diesen Fatih habe ich sowieso noch nie gemocht. Schon am ersten Tag, als wir uns kennengelernt hatten, tat er nichts anderes, als sich selbst in den Himmel zu loben: In Sachen Kino war er Experte, als Koch unübertroffen, Galeristen wetteiferten um eine Ausstellung seiner Tuschezeichnungen und den ganzen Sommer lang hatte er sich nur dem Surfen gewidmet. Da wurde ganz schön dick aufgetragen!

Es war der letzte Tag unserer ersten Woche an der Uni. Zümrüt und ich liefen desorientiert wie Enten in der Gegend herum, klapperten alle Mensen ab und versuchten zu jedem, den wir kennenlernten, freundlich zu sein. Ich wollte eigentlich nicht gleich Freundschaft schließen. Aber Zümrüt lag daran, in der neuen Umgebung nicht borniert zu wirken und behauptete, wir müssten jede Menge Freundschaftssignale aussenden.

»Was sollen wir denn noch tun?«, fragte ich gelangweilt. »Jedem, den wir treffen ›Hallo, Erdbewohner, wir sind Freunde‹ sagen?«

Zümrüt lachte, aber letztlich taten wir genau das. Während des ganzen Studiums hat das liebe, süße Erdenmädchen Zümrüt ihren armen außerirdischen Freund – mich – mit Menschen bekannt gemacht.

Die Familie Zümrüts und meine Familie hatten im selben Haus auf derselben Etage in gegenüberliegenden Wohnungen gewohnt. Dass wir die Aufnahmeprüfung an dieselbe Universität geschafft hatten, freute am meisten unsere Mütter. Ach, wie wunderbar, wir würden wie Geschwister, Hand in Hand, zur Schule gehen. Die Idee, »Hand in Hand in die Schule« zu gehen, durfte nicht in Frage gestellt werden, aber die Mütter hatten in einem Punkt tatsächlich Recht: Wir waren wie Geschwister.

Wir kannten uns seit unserem neunten Lebensjahr. Damals hatte ich dieses Mädchen mit den Sommersprossen gehasst. Sie störte meine Spiele mit den anderen Jungen, und sie wusste alles besser. Wenn sich unsere Familien gegenseitig besuchten, zwang sie mich, mit ihr Mann und Frau zu spielen. Was aber am schlimmsten war, ich konnte sie noch so ärgern, sie weinte nicht wie andere Mädchen. Während der Schulzeit versuchte ich, ihr so fern wie möglich zu bleiben, denn ihre Besserwisserei hatte unerträgliche Maße angenommen: Männer, allen voran ich, waren dumm, nur sie allein war klug, meinte sie. Unter Zümrüts abschätzigen Blicken wurden ganz normale Spiele eines Jungen meines Alters automatisch zum Beweis der eigenen Dummheit. Eines Tages, als wir Bockspringen spielten, setzte sie sich auf die Mauer und schaute uns zu, als würde sie »Was seid ihr blöd« sagen. Diesen Blick werde ich nie vergessen.

Mir widerfuhr damals einer der peinlichsten Augenblicke meines Lebens: Auf dem Rückweg von der Schule öffnete sich vor unserem Haus meine Schultasche, eine Menge Zeitschriften fielen auf den Boden. So ein

Missgeschick! Die ganz speziellen Hefte, die ich von einem Freund ausgeliehen und tagelang unter meinem Bett versteckt hatte, lagen vor Zümrüt auf dem Boden. Und als wäre es nicht schon peinlich genug gewesen, dass sie heraus gefallen waren, eines davon öffnete sich auch noch genau in der Mitte und machte meine Chancen zu leugnen gänzlich zunichte. Zümrüt blickte auf die Brüste der auf dem Boden liegenden nackten Frau und sagte:

»Davon also verstehst du etwas«.

Ich konnte meine Tränen nur mit Mühe unterdrücken.

Zwei Jahre nach dieser Katastrophe merkte ich, dass Zümrüts Brüste größer wurden. Inzwischen fand ich ihre Sommersprossen auch nicht mehr so hässlich. Das Mädchen, das ich jahrelang gehasst hatte, begann in meinen Augen ganz anders zu wirken. Oft spähte ich durch den Spion. Wenn ich hörte, dass die Tür der Nachbarswohnung aufging und Zümrüt herauskam, dann rannte ich ihr nach. Ich beeilte mich, die Haustür vor ihr zu erreichen, um sie ihr aufzuhalten. Dabei berührte ich ihren Rücken, als wollte ich sagen: »Geh du nur vor.« Ich weiß nicht, ob sie gemerkt hat, dass ich das nur tat, um den Verschluss ihres BHs zu spüren. Und an einem heißen Sommertag, als ich bemerkte, dass sie unter ihrem T-Shirt keinen BH trug, konnte ich des Zitterns meiner Knie nicht Herr werden. Als Gymnasiast lief ich ihr zwei Jahre lang nach, sie aber interessierte sich für einen Jungen aus der Abschlussklasse. Er war mindestens zehn Zentimeter größer als ich, trug seine Krawatte ganz locker, hatte blaue Augen und rasierte sich. Ich begann Zümrüt wieder zu hassen. Gleichzeitig hielt ich es auch nicht aus, sie nicht zu sehen. In jenem Sommer schlug ich ihr vor, mit mir ins Kino zu gehen. Ich erinnere mich heute nicht mehr, welchen Film wir gesehen haben, auch nicht, wieso ich mich getraut hatte, ihre Hand zu halten. Bis zum Ende des Films saßen wir Hand in Hand da. Ich habe nicht einmal mehr das Brennen der Pickel, die ich am Morgen ausgedrückt hatte, um mich fürs Kino schön zu machen, gespürt. Auf dem Nachhauseweg versuchte ich meinen Arm um ihre Schulter zu legen, aber weil sie größer war, umarmte ich sie irgendwo zwischen Taille und Rücken. Am nächsten Tag machten sich die anderen Jungen im Viertel über mich lustig, und weil ich ihren Spott nicht ertrug, griff ich sie heftig an – dabei brach ein Stück meines Schneidezahns ab. (Er ist bis heute noch nicht gerichtet.) Dann dachte ich tage- und nächtelang darüber nach, wie ich ihr meine Liebe gestehen könnte. Am besten wäre es, ihr einen Brief zu schreiben, aber ich hatte Angst, dass er in fremde Hände geraten könnte. Ich sollte ihr besser direkt sagen: »Zümrüt, ich will nicht, dass du dich mit diesen Menschen triffst, denn ich ...« Nein, das wäre viel zu plump. Zwar wollte ich wirklich nicht, dass sie zu bestimmten Menschen Kontakt hatte, aber das musste ich regeln, wenn sie meine Geliebte geworden war. »Zümrüt, was im Kino passiert ist, was bedeutet das für dich?« Aber ein solcher unpräziser Satz hätte das Gespräch in eine völlig unerwünschte Richtung bringen können. Ich musste deutlicher werden. »Zümrüt, ich liebe dich ...« Ja, das war der richtige Satz. Aber ich konnte ihn nicht aussprechen. Nach ein, zwei Monaten begann ich sowieso mit einem anderen Mädchen auszugehen. Während ich wieder einmal darüber nachdachte, was ich sagen sollte, kam das Mädchen zu mir und sagte: »Ich will mit dir zusammen sein.« Außerdem erlaubte sie mir, sie zu küssen, wann ich wollte, ja, sogar noch mehr. Und Zümrüt hasste dieses Mädchen. (Sie hasst sie bis heute.) Da verstand ich, dass auch Zümrüt mich liebte. Aber der Zauber war vorbei.

Wir sprachen nie über unsere Liebesgeschichten miteinander, über unsere Trennungen allerdings schon. Als sie sich voriges Jahr scheiden lassen wollte, war ich der Erste, den sie anrief. Zümrüt war eben meine geistige Schwester und meine unerreichbare Liebe – und das ist sie bis heute.

Endlich wurde der Auberginensalat serviert. Fatih wird jetzt hoffentlich mit dem Prahlen aufhören. Ein rücksichtsloser Typ, er schaufelt die Hälfte des Salats, genau wie die anderen Vorspeisen auch, auf seinen Teller. Ich verstehe nicht, warum er so viele Vorschusslorbeeren bekommt. Wenn es nach mir ginge, wäre er längst weg von unserem Tisch – und auch aus unserem Leben. Aber leider erlauben das unsere Freunde nicht, allen voran der ›Große Häuptling‹. Denn »Wir sind eine Handvoll enger Freunde, wir müssen zusammenhalten und uns gegenseitig unterstützen, wir dürfen niemals mit einem anderen unter dem Apfelbaum sitzen.«

Solche Dinge gab meistens der Große Häuptling von sich. Diesen Satz hatte allerdings Ersoy zuerst gesagt, er ist ein Zitat aus einem amerikanischen Film. Eine Gruppe von jungen Frauen und Männern erleben sorglose Tage voller Spaß und Sinnlichkeit, als sie plötzlich mit der Wirklichkeit des Zweiten Weltkrieges konfrontiert werden. Während die jungen Frauen ihre Geliebten an der Bushaltestelle am Rande des Ortes unter einem Apfelbaum verabschieden, singen die Männer ein Lied: »Triff dich bloß nicht mit einem anderen, unter dem Apfelbaum …« Wir sangen dieses Lied auch, wenn einer von uns in die Ferne ziehen musste. Zwar haben wir viele Volkslieder, die das Gefühl des Fernseins, des Weggehens und der Fremde viel schöner ausdrücken, aber in unserer Gruppe hörte sie außer mir niemand. Und ich fragte nie, warum wir dieses amerikanische Lied sangen und nicht etwa das Volkslied »Die Karawane der Freunde zog hinaus«. Ich hatte allerdings während all der Jahre unserer Freundschaft überhaupt nur sehr wenig gesagt. Manchmal dauerte meine Schweigsamkeit so lange, dass der Große Häuptling spöttelte: »Bringt Diogenes sein Fass« oder »Die Badezeit von Archimedes ist angebrochen«. Viel schlimmer aber war es, wenn auch die anderen begannen, »geistreich« sein zu wollen. »Wenn du schon so tief getaucht bist, hol mir bitte ein paar Austern. Und tauch bloß nicht zu schnell auf, sonst kriegst du die Taucherkrankheit.« Inzwischen bin ich nicht mehr so schweigsam, sodass meine Freunde mich nicht länger aufziehen – oder sie sind reifer geworden. (Ob sie wieder damit anfangen, wenn ich längere Zeit schweige?)

Der Große Häuptling ist noch nicht eingetroffen. Ersoy hatte ihm diesen Spitznamen gegeben. Na ja, Ersoy … An der Universität, im zweiten Jahrgang, begann sich der Große Häuptling für Indianer zu interessieren. Alles, was ihm in die Hände fiel, ob historische oder wissenschaftliche Werke, Fotoalben, Legenden, Märchen und Romane, sammelte er, um auf diese Weise zum Experten zu werden. Wir haben nie erfahren, was der Grund für dieses Interesse an Indianern war. Aber im Zuge seiner Leidenschaft lernten wir den Unterschied zwischen Navajos und Irokesen kennen, wussten bald wie Indianer von den Weißen zur Anpassung gezwungen wurden, welche Bedeutung unterschiedliche Speerspitzen hatten und erfuhren sogar, wie man manche Namen in der Sprache der Athabascan-Indianer las und aussprach. Welch ein Unsinn! Ich habe mich für solche Hobbys, die nach ein, zwei Jahren uninteressant werden, noch niemals engagiert. Aber manche Menschen in meiner Umgebung lassen sich blenden, insbesondere dann, wenn es von ihren Bekannten heißt: »XY kennt sich in dieser Frage bestens aus.« Sie werden dann zu weltfremden Begriffsjägern und opfern diesem Steckenpferd ihre gesamte Zeit. Wüsste ich, dass der Große Häuptling konsequent wäre, die Sache bis zum bitteren Ende verfolgen und für die Indianer etwas tun würde, dann würde ich ihn unterstützen. Die Haare, die er sich damals hüftlang wachsen lassen wollte, sind seit zwei Jahren weg, sein Schädel ist kahl rasiert. Von seinem Interesse ist nichts als der Spitzname geblieben, den ihm Ersoy gegeben hatte: der Große Häuptling.

Zümrüt organisiert seit unserem Abschluss fast jedes Jahr ein Treffen in einem Restaurant. In den vergangenen Jahren kam die eine oder andere Ehefrau, der Freund oder die Freundin dazu, aber diejenigen, die unter dem Apfelbaum mit keinem anderen sitzen sollten, waren immer dieselben: Zümrüt und ich, unsere Freundinnen Emel und Seda sowie unsere Freunde Fatih, Ersoy, Tekin und der Große Häuptling. Zwar mussten wir den einen oder anderen Termin wegen Reisen oder Krankheiten verschieben, aber das hinderte uns nicht daran, uns immer wieder zu treffen. Mit diesen mehrstündigen Dinners erwiesen wir der Zeit an der Universität unseren Respekt.

Dabei waren jene Zeiten ganz anders als unser späteres Leben. Zümrüt und ich lernten als Erste Emel kennen.

Dann machten wir mit Fatih und Tekin Bekanntschaft und schließlich lernten wir den Großen Häuptling kennen, der uns mit seiner Ausstrahlung in seinen Bann zog. Wir alle waren gute Studenten. Was uns zusammengeführt hatte, war, dass wir »aus gutem Hause« stammten. Vielleicht unterschieden sich unsere finanzielle Situation, unsere Herkunft und unser Lebensstil ein wenig, aber wir hatten eine Gemeinsamkeit: Die Fähigkeit, uns politisch neutral zu verhalten, ein harmloses Umfeld zu suchen und uns zu fügen – die wichtigste Eigenschaft von Kindern aus gutem Hause –, und wir hielten uns haargenau an Vorschriften.

Wir hatten uns früher auch schon in diesem Fischrestaurant getroffen. Die Vorspeisen sind hier besonders gut und die Preise relativ günstig. Zu später Stunde werden Ud und Kanun gespielt, die Musiker gehen mit ihren Instrumenten von Tisch zu Tisch und singen den Gästen zwei, drei Lieder. Zwar hat keiner von uns zu Hause eine Platte von Münir Nureddin, aber wenn wir in einem solchen Ambiente sind, dann lassen wir das Lied ›Ich möchte in Kalamış einen süßen Augenblick erhaschen‹ nicht aus.

Ich habe nicht vor, heute Abend über all das zu sinnieren. Wir haben am frühen Abend, bei lauem Wetter zu trinken begonnen, und ich sehe Zümrüt seit ihrer Scheidung zum ersten Mal lachen. Sie ist immer noch sehr schön. Emel hat, seit sie Mutter geworden ist, kaum noch das Haus verlassen – heute aber hat sie das Kind in die Obhut ihres Mannes gegeben und sich davongestohlen. Tekin scheint sein Alkoholproblem im Griff zu haben – er schafft es sogar, bei solch einer Gelegenheit nicht zu trinken. Seda wird bald in der Pariser Filiale einer internationalen Bank ihre neue Stelle antreten. Sie blickt dauernd auf ihr Handy, es ist offensichtlich, dass sie einen neuen Freund hat und auf seinen Anruf wartet. Ersoy ist nicht mehr so ein unausstehlicher Besserwisser wie früher, aber man weiß trotzdem nicht, wie er sich benimmt, wenn er einen doppelten Rakı heruntergekippt hat. Fatih sitzt ziemlich weit von mir entfernt. Es wäre besser gewesen, wenn er gar nicht gekommen wäre. Der Große Häuptling hat ein Buch geschrieben. Es liegt zwar noch nicht in den Buchhandlungen, aber wir sind privilegiert und bekommen jetzt schon ein signiertes Exemplar von ihm.

Wie war es dazu gekommen, dass uns der Große Häuptling alle in seinen Bann ziehen konnte? Vielleicht sollte ich die Frage lieber anders stellen: Wie haben sich unter seinem Einfluss unser Verhalten und unser Leben verändert? Auf die erste Frage gäbe es beliebig viele Antworten. Er ist ein beeindruckender Redner, ist in vielen Dingen sehr bewandert, er wirkt bescheiden und anständig, hat ein fröhliches Naturell, benimmt sich nie daneben und erhebt keinen Führungsanspruch. Größere Gruppen haben immer einen Anführer. Das erleichtert jede Problemlösung, sorgt für schnelle Entscheidungen und, wichtiger noch, dafür, dass die Gruppe zusammenbleibt. Das ist oft von der Einflusskraft einer einzigen Person abhängig. Es war schon eigenartig: Hätte es in unserem Leben den Großen Häuptling nicht gegeben, hätte ich nicht so gedacht und wäre überzeugt gewesen, dass die Rollen unter den Menschen gleich verteilt sein müssten. Daraus aber ergibt sich auch die Antwort auf die zweite Frage. Seine Existenz veranlasst dazu, sich zumindest zu fragen: Hätte ich Antworten gefunden, wenn es ihn nicht gegeben hätte?

»Wo bleibt denn dieser Kerl?«

»Er wollte zuerst noch beim Verlag vorbeigehen und die Bücher abholen.«

»Er hätte die Bücher auch später abholen können, ruf ihn doch auf dem Handy an und sag ihm, dass wir uns unter den Tisch trinken, wenn er nicht bald auftaucht.«

»Fatih, mach keinen Quatsch, wir sind doch hier, um sein Buch zu feiern. Wie soll man ihm da sagen, lass die Bücher, lass uns lieber trinken. Du solltest einfach langsamer trinken …«

»Emel, was macht denn dein kleiner Schreihals? Seid gut zu dem Mädchen, passt auf meine künftige Schwiegertochter bloß gut auf. Ich werde für meinen Sohn um ihre Hand anhalten. Eine Wiegenhochzeit … Hahaha …«

Außer dem Großen Häuptling und Tekin sind wir alle Bankangestellte. Das heißt, wenn wir Emel nicht mitzählen, die nach der Geburt ihrer Tochter zu Hause geblieben ist. Tekin konnte sich an eine regelmäßige Arbeitszeit im Büro nicht gewöhnen. Obwohl er sicher gut Karriere hätte machen können. Schließlich begann er im Familienbetrieb zu arbeiten. Von Arbeiten kann man allerdings kaum sprechen. Er wird noch immer von seinen Eltern versorgt, und um ihm die Demütigung zu ersparen, haben sie ihm eine verantwortungsvolle Position in der Firma gegeben. Meistens aber geht er nicht einmal hin. Zweimal war er im Krankenhaus, wegen einer gewissen »Behandlung«. Besser gesagt, wir haben nur von diesen zwei Gelegenheiten erfahren. Der Große Häuptling hingegen hat zu Studienzeiten als Lektor in einem Verlag angefangen. Literatur war seine große und einzige Leidenschaft. Wir alle haben gelesen, aber er war der Ansicht, wir orientierten uns lediglich an den Bestsellerlisten. Wenn das Gespräch auf literarische Themen kam, konnte ich nicht anders, als mich zu fragen: Okay, warum nur ist er mit uns zusammen? Warum geht er nicht zu Menschen, mit denen er seine Leidenschaft für die Literatur teilen kann? Er hat zwar auch die Mitglieder des Literaturkreises an der Uni kritisiert, sich aber darüber hinaus mit ihnen zu treffen, kam ihm nicht in den Sinn. Mit uns dagegen suchte er den Kontakt nicht nur in der Uni, sondern auch im Privaten. Wir gingen abends zusammen aus und machten zusammen Urlaub. Manchmal erzählte er ganz aufgeregt von dem Buch, das er zuletzt gelesen hatte und betonte, dass wir *das* unbedingt lesen müssten. Einmal zwang ich mich dazu und versuchte das Buch, das er empfohlen hatte, zu lesen. Aber nach weniger als einem Viertel warf ich das Buch in die Ecke, es war mir zu langweilig. Für mich endet Literatur bei Abenteuer- und Agentenromanen. Etwas anderes zu lesen, fällt mir extrem schwer. Schon als Kind mochte ich nicht lesen. Wir wussten schon damals an der Uni, dass der Häuptling Bücher schrieb, aber wir nahmen das nicht besonders ernst. Ich glaube, für uns war Schreiben eine Art Jugendhobby. Vielleicht aber dachte nur ich so. Als sein erstes Buch erschienen war, fragte ich ihn:

»Sag mal, Häuptling, du hast dich immer mit Literatur und solchen Dingen beschäftigt, und alles getan, damit auch wir zu lesen beginnen. Nur wenn es nicht geht, dann geht es eben nicht. Aber warum warst du so viele Jahre mit uns zusammen? Warum hast du dir nicht Freunde gesucht, die deine Interessen besser verstehen?«

Er drückte meine Schulter ein wenig und sagte:

»Red keinen Unsinn. In den Büchern folge ich den Spuren einer fiktionalen Welt, aber mit euch erfahre ich, wie man das Leben genießt.«

Er hat schon immer gerne große Worte benutzt. Nun, seine Erklärung stellte mich zwar nicht zufrieden, aber ich fragte ihn auch nicht mehr danach.

Sedas Handy klingelte. »Einen Moment, Liebster, ich höre dich nicht«, sagte sie und entfernte sich vom Tisch.

»Sie hat bestimmt einen neuen Freund ...«

»Was geht das euch an, ist ja ihr Privatleben!«

»Gibt es denn das noch? Sie kommt bald ins Buch der Rekorde. So oft wechselt man nicht einmal die Schuhe.«

»Bitte keinen Tratsch! Das gehört sich nicht. Und außerdem, aus euch spricht nur der Neid.«

Alle Männer der Gruppe – und ich kann mich da nicht ausnehmen – waren seinerzeit hinter Seda her. Das Merkwürdige war nur, dass dieses aufreizende Mädchen keinen von uns auch nur angeschaut hat. Eines Tages, als ich darüber mit Zümrüt sprach, sagte sie: »Sie tut das einzig Richtige. Sie will unter ihren Freunden weder Gejagte noch Jägerin sein.« Ich liebe diese Interpretationen von Zümrüt. In einem einzigen Augenblick analysiert sie das Thema und zieht gleichzeitig einen Schlussstrich.

Die vergangenen Jahre haben unser aller Aussehen verändert. Manche von uns bekamen weiße Haare, manche nahmen zu. Wir sind inzwischen mittleren Alters und halten das für natürlich. Nur Seda sieht immer noch aus wie eine Studentin. Sie wird wohl mit jeder neuen Liebe jünger. Vielleicht hält die Liebe die Menschen jung.

Es kommt noch eine Flasche Rakı. Der Große Häuptling hätte längst da sein müssen. Zümrüt blickt immer wieder auf ihre Uhr. Offensichtlich ist auch sie beunruhigt. Eine kühle Abendbrise weht durch die Fenster herein. Die

Stadt ist, wie immer, glitzernd hell erleuchtet. Auf Yachten, die nah am Fischrestaurant vorbeifahren, wird Bauchtanz getanzt, die Menschen amüsieren sich ausgelassen. Manche von ihnen winken den Gästen an jenen Tischen zu, von denen lautes Lachen kommt. Ein Miteinander, das vielleicht nirgendwo sonst auf der Welt zu finden ist. Während ich darüber nachdenke, wie viele dieser Lichter von glücklichen und wie viele von unglücklichen Menschen in ihren Wohnungen künden, reißt mich die Stimme Tekins aus der Versenkung.

»Okay, wir rufen ihn nicht an und stören ihn nicht, aber wir sterben vor Hunger. Wenigstens sollten wir uns unseren Fisch bestellen ...«

»Ja, bestellen wir unseren Fisch. Oder sagen wir lieber dem Chef Bescheid, dass er ihn zurücklegt. Sonst ist er aus und wir bekommen nichts mehr ab ...«

»Haben all die warmen und kalten Vorspeisen euren Hunger nicht gestillt?«

»Hör mal, Mädchen, es geht nicht um den Hunger. Ich sage nur, wenn wir uns keinen Fisch reservieren lassen, bleibt nichts mehr übrig ...«

»Außerdem, wenn man sich so sehr verspätet, dann ruft man doch an und sagt Bescheid. Ich finde auch, dass wir den Fisch jetzt bestellen. Wir können ja für den Häuptling einen reservieren lassen.«

»Herr Ober!«

Fatih gibt die Bestellungen auf. Wir können uns aber nicht einigen, ob wir eine große gemeinsame Platte bestellen oder jeder einen Teller für sich. Ich sehe Emel an. Sie ist mit allem einverstanden. Sie ist, wie immer, sehr fröhlich, sehr gesprächig und genauso durchschaubar. In ihrem

Blick aber liegt etwas, was mich stört. Vielleicht kann ich einiger Ereignisse der letzten Zeit wegen nicht mehr so unparteiisch sein. Weil ich zu der betrogenen Zümrüt halte, die sich wegen einer anderen Frau scheiden lassen musste, kann ich nicht anders, als in Emel eine untreue Ehefrau zu sehen. Seit der Universität war ihr einziger Traum, sich einen reichen, beruflich sehr erfolgreichen Mann zu angeln. Über Jahre hinweg hatte sie eine Beziehung mit ihrem verheirateten Chef in der Bank, bis er sich tatsächlich scheiden ließ. Wäre sie nicht schwanger geworden und hätte sie den Mann nicht so unter Druck gesetzt, hätte er sie bestimmt abgewimmelt. (Das ist meine ganz persönliche Meinung.) Etwa zur gleichen Zeit hatte Zümrüt erfahren, dass ihr Mann ein Verhältnis mit der Zahnärztin hatte, mit der sie als Ehepaar befreundet waren. Sie beschloss, sich scheiden zu lassen. Emel heiratete und Zümrüt ließ sich scheiden. Und jetzt sitzen beide am selben Tisch und lächeln dieselben Menschen an. Ich bin bedrückt. Sollen sie den Fisch bestellen, den sie mögen, eine Fischplatte für alle. Ich habe keinen Appetit mehr.

»Wann geht es los? Wann fährst du nach Paris?«

»Das wird sicher noch drei Monate dauern. Nächsten Monat fange ich an, meine Zelte hier abzubrechen. Dann muss ich eine Wohnung suchen und mich um einiges kümmern. Ich habe eine Menge Arbeit vor mir ...«

»Komm unbedingt vorbei, bevor du gehst. Ruf mich auf jeden Fall ein paar Tage vorher an, ich kann dir für Paris einige wichtige Informationen zusammenstellen. Ich kann dir auch die Adressen einiger Feinkostläden aufschreiben. So viele gute Käsesorten wie dort hast du dein Leben lang noch nicht gesehen.«

»Oh, das ist sehr gut …«

»Schick mir zur Erinnerung eine E-Mail und du kannst dich darauf verlassen.«

Wie erstaunlich! Wie kam es, dass Fatih sich nicht in die kunstvolle Rede von Ersoy eingemischt hat? Dabei ist er der Oberbesserwisser in unserer Gruppe. Nun ja, Ersoy ist auch nicht ohne … Alle drei, vier Monate wechselt er sein Hobby. Mal ist es die Botanik, mal die Seefahrt, dann wiederum die Musik oder die Mode, für Ersoy ist das alles eine kurze Unterbrechung wert. Natürlich ist es dabei unmöglich, kein Besserwisser zu sein. Die beiden Besserwisser unterscheiden sich im Wesentlichen darin, dass Ersoy wenigstens ein, zwei Bücher zu seinem Thema liest und sich darum bemüht, während Fatih nur lügt. Gäbe es nicht die Anführerschaft des Großen Häuptlings und die Bemühungen Zümrüts um unser Zusammenkommen, hätte ich nach der Uni zu keinem aus der Gruppe den Kontakt aufrechterhalten. Mit den Freunden beim Militär hatte ich mir auch vorgenommen, in Kontakt zu bleiben, aber kaum war ich entlassen, vergaß ich sie sofort. Und rein äußerlich gab es für mich zwischen den beiden Cliquen keinen Unterscheid.

Die Fischplatte wird serviert und am Tisch wird es still. Von den hinteren Tischen rufen die Leute: »Klassik, Klassik!« Der Udspieler zieht kräftig an seiner Zigarette und beginnt ein altes Lied zu singen:

*Ein Feuer bin ich, ich brenne*
*ohne Asche, ohne Rauch*
*Wenn du nicht da bist, bin ich ohne Raum*
*Und ohne Zeit …*

Ich sehe, dass Zümrüt telefoniert und vom Tisch aufsteht. Fatih stürzt sich auf die Fischplatte wie ein Internatsjunge, der glaubt, je schneller er äße, umso mehr könne er bekommen. Ersoy erzählt Seda eine offenbar unendliche Geschichte. Emel hält die Gabel wie ein Chirurg, ganz vornehm. Tekin stochert vorsichtig in seinem Fisch herum, es ist klar, dass er sich bei der Tafel lediglich für den Rakı interessiert. Plötzlich scheint eine Hand, von der ich nicht weiß, wem sie gehört, mein Herz zusammenzupressen. Habe ich zu viel getrunken, bin ich deshalb so bedrückt? Oder ist es das Übliche, dass ich nicht weiß, wo ich bin und ein unangenehmes Gefühl von mir Besitz ergreift?

»Liebe Freunde, hört ihr mal einen Augenblick zu? Der Häuptling hat angerufen und entschuldigt sich bei jedem Einzelnen von uns.«

»Was, kommt er nicht? Das war klar ... Er ist jetzt ein großer Schriftsteller, warum soll er sich mit Eseln wie uns abgeben?«

»Man vergisst sie alle ... Die alten Freunde, die alten Freunde ...«, singt jemand.

»Hört mal einen Moment zu, ich will euch die Situation erklären. Er wollte die Bücher im Verlag abholen. Aber es gab eine Reihe von Widrigkeiten. Die Bücher waren zu spät aus der Druckerei gekommen. Und dann haben der Verleger, der Lektor und einige Schriftstellerkollegen für den Häuptling auch noch eine kleine Feier vorbereitet. Er konnte sie nicht so einfach stehen lassen. Erst sagte er, wir sollen auf ihn warten, er käme später, dann aber gab er sein Vorhaben auf, da er ohnehin schon viel zu spät dran war. Er wird das bald wiedergutmachen. Heute Abend aber wollte er uns wenigstens seine Bücher schicken, um uns versöhnlich zu stimmen. Ein Kurier bringt die Bücher gleich vorbei.«

»Das ist ja ziemlich unverschämt. Also wirklich. Und was das Schlimmste ist, ich habe heute Abend seinetwegen ein wichtiges Treffen abgesagt.«

»Na, wir werden doch unserem langjährigen Freund wegen dieses kleinen Zwischenfalls nicht böse sein, oder? Er klang sehr enttäuscht und hat für uns alle ein Buch mit Autogramm in eine Kiste gepackt und geschickt. Was hätte er denn sonst noch tun sollen?«

»Ober! Bringen Sie uns bitte die Rechnung ...«

Ich war froh, wieder zu Hause zu sein. Mir war furchtbar schwindelig, ich hatte sehr viel getrunken. Während wir darüber diskutiert hatten, ob die Rechnung zu hoch war und wer wie viel bezahlen müsste, war ein Motorradkurier gekommen und hatte die Bücher gebracht. Als er nachts um eins das Restaurant betrat, sahen alle Leute zu uns herüber. Zümrüt öffnete das Paket und verteilte Umschläge mit unseren Namen in der vertrauten Handschrift unseres Großen Häuptlings. Manche machten den Umschlag sofort auf und begannen über den Titel und über das Cover zu diskutieren. Als sie die Widmung gelesen hatten, waren sie ganz ergriffen.

*Wir wollen uns so bald wie möglich wiedersehen, besucht uns auch mal, habe ich mich von dir schon verabschiedet, fahr vorsichtig* – mit diesen Worten war der Abend zu Ende gegangen.

Ich hatte mich gerade hingelegt, als das Telefon klingelte.

»Hallo?«

»Hallo, hier ist Zümrüt. Hast du schon geschlafen?«

»Ich war gerade dabei ...«

»Entschuldige, aber ich musste sofort anrufen. Als ich nach Hause gekommen bin, habe ich das Buch durchgeblättert. Ich bin ziemlich aufgeregt. Jede Erzählung hat der Häuptling einem aus unserer Gruppe gewidmet.«

»Ach, wie schön.«

»Nein, eben nicht. Wem auch immer er die Erzählung gewidmet hat, über den hat er sie auch geschrieben.«

»Was meinst du?«

»Zum Beispiel ist die erste Erzählung mir gewidmet und darin erzählt er von meiner Scheidung. Lediglich die Namen hat er geändert. Offenbar war das kein Zufall, dass er heute nicht zu unserem Treffen gekommen ist. Und ich habe mich noch in seinem Namen bei allen entschuldigt. Ich bin wie vor den Kopf gestoßen. Wie konnte er das nur tun?«

»Warte mal, ich habe noch nicht verstanden …«

»Da gibt es doch nichts zu verstehen. Er hat über unser aller Privatleben geschrieben und es in seinem Buch veröffentlicht. Darüber, wie mein Mann mich betrogen hat, über Tekins Alkoholproblem …«

»Was hat er über mich geschrieben?«

»… darüber, dass Ersoy noch immer keine reife Persönlichkeit ist …«

»Was hat er über mich geschrieben?«

»Ich weiß es nicht. Ich habe noch nicht alle Erzählungen gelesen. Als ich die Geschichte über mich las, dachte ich, das sei ein Angriff auf mich. Und als ich dann die Kapitel über Tekin und Ersoy sah, habe ich dich angerufen, ohne noch weiter zu lesen. Mach dir einen starken Kaffee und lies das Buch. Im Moment mag ich gar nicht lange reden, ich zittere vor Empörung. Ich rufe dich später noch mal an …«

Ich will alles vergessen und schlafen. Aber die Empörung und die Aufregung in Zümrüts Stimme haben auch mich aufgewühlt. Ich verzichte auf Kaffee und beginne, im Buch zu blättern. Zuerst lese ich seine Widmung an mich: *Danke, dass du mir beigebracht hast, dass es auch bezaubernd sein kann, schweigsam durchs Leben zu gehen. Mit Liebe ...*

Die Erzählungen sind Zümrüt, Tekin, Ersoy, Seda ... gewidmet. Schnell lese ich die Texte durch. Mit jedem Satz geraten meine Gedanken mehr und mehr durcheinander. Die Namen in den Geschichten sind geändert, aber vor meinem inneren Auge werden die Gesichter der wirklichen Helden sichtbar. Bekannte Ereignisse sind nun in vertrauten Worten in einem Buch beschrieben. Ich frage mich, warum der Große Häuptling so etwas getan hat. Warum schreibt ein Mensch über das Leben seiner Freunde? Haben Schriftsteller dieses Recht? Gab es auch andere Schriftsteller, die so etwas getan haben? Ich würde gerne wissen, warum er das getan hat, warum er das ausgerechnet jetzt getan hat? Hat er sich vielleicht jahrelang Notizen über uns gemacht, in seinem Heft, das er immer bei sich trug? Da er uns wortwörtlich zitieren konnte, wird es wohl so gewesen sein. Vielleicht war das Heft voll, vielleicht hatte er den Eindruck, von uns nicht weiter profitieren zu können, vielleicht sind *wir* auch am Ende.

Ich bin sehr gespannt auf meine Erzählung, aber wie ein Kind, das das beste Stück des Essens für den Schluss aufhebt, beschließe ich, zuerst den Text zu lesen, der Zümrüt gewidmet ist. Die Heldin der Erzählung, Selma, arbeitet bei einer Versicherung. Ihr Mann betrügt sie mit einer Freundin der Familie, mit einer Anwältin (also keine Zahnärztin). Die meisten Details der Liebschaft und der Scheidung sind wie im wirklichen Leben. Aber über den Kuhhandel während der Scheidung hat er kein Wort geschrieben. Außerdem hat der Große Häuptling Selma als eine viel stärkere und entschlossenere Frau gezeichnet, als Zümrüt in Wirklichkeit ist. Ich kann meine Gedanken nicht sortieren. Warum hat Zümrüt diese Geschichte so erzürnt? Wer Zümrüt nicht kennt, kann unmöglich verstehen, dass es sich um eine Episode aus ihrem Leben handelt (und selbst einige, die sie kennen, wissen nichts von ihrer Beziehung mit dem Großen Häuptling). Wer sie kennt, weiß ohnehin viel besser, wie sich alles abgespielt hat. Vielleicht hat Zümrüt den Eindruck gewonnen, es gäbe eine heimliche Abmachung zwischen Autor und Leser (die Abmachung nämlich, dass dem jeweiligen Protagonisten die Geschichte gewidmet ist), die mir gänzlich entgangen wäre. Vielleicht hat sie sich deshalb so aufgeregt. Ich muss über meine dummen Gedanken selbst lachen. Ich glaube, ich bin immer noch betrunken. Um ein wenig frische Luft hereinzulassen, öffne ich ein Fenster. Die Lichter im Haus gegenüber sind alle schon erloschen. Gedankenverloren singe ich ein Lied:

*Mein Leben lang, bei jedem Schritt, habe ich nach dir gesucht, / Glaub mir, ich habe dich nirgends gefunden, außer in meinem Herzen …*

Dieses Lied stammt ganz bestimmt aus einem Film. Wer wohl die Hauptrolle gespielt hatte? Türkan Şoray oder Filiz Akın? Als ich mich dem Traum von einem glücklichen Liebespaar hingebe, das einen von Bäumen gesäumten Weg entlanggeht, verstehe ich plötzlich den Grund für

Zümrüts Aufregung: Zümrüt konnte die Last, eine betrogene Frau zu sein, ertragen, davon aber schwarz auf weiß zu lesen, war zu viel für sie. Sie ärgerte sich nicht über den Großen Häuptling, sondern über die Macht der Erzählung, ihre bösen Erinnerungen wachzurufen.

Plötzlich spüre ich eine innere Erregung. Ich kann zum Abschluss des Essens kommen, zu der Erzählung also, die mir gewidmet ist. Im Augenblick, als ich den ersten Satz lese, überwältigt mich ein eigenartiges Gefühl, ein Frieren und Brennen gleichzeitig. Was hatte ihn veranlasst, einen solchen ersten Satz zu schreiben? Was stand noch alles über mich in seinem Heft? Ich spüre den Drang in mir, den letzten Satz zu lesen. Gerade als ich weiterblättere, klingelt das Telefon.

»Hast du sie gelesen?«

»Ich wollte gerade die Geschichte über mich lesen.«

»Ich habe sie schon gelesen. Wie willst du das erklären?«

»Was meinst du? Ich habe sie ja noch nicht gelesen. Also ... Ich glaube, ich habe sehr viel getrunken, ich kann mich nicht konzentrieren ...«

»Ist die ›sonnig lächelnde Person‹ diejenige, die ich im Verdacht habe?«

»Ist das ein Verhör, Zümrüt? Du kannst mit einer noch so teilnahmslosen Stimme fragen, du kannst noch so bohren, ich werde dir nichts beichten.«

»Werd so schnell wie möglich nüchtern und erklär mir das. Ich habe schon den Großen Häuptling angerufen, ihn aber nicht erreicht.«

»Warum machst du so eine große Sache daraus?«

»Was redest du? Hast du die dritte Seite deiner Erzählung gelesen? Hast du ihm diese Dinge über uns erzählt?«

Über *uns*? *Uns*? Ich schaue mir die dritte Seite an, vertiefe mich in den Text. Durch das offene Fenster weht eine erquickende Brise …

»Du weißt doch, dass ich nicht gerne rede. Erst recht nicht über mich selbst. Ich habe dem Großen Häuptling nichts erzählt.«

Ich schweige plötzlich. Soll ich fortfahren? Ich tue es: »Er muss etwas gespürt haben. Es ist wohl unmöglich, nichts zu merken, wenn man genau hinsieht.«

»Wenn dem so wäre, hätte ich es auch gespürt. Lüg mich nicht an. Wenn ich daran denke, dass ihr euch getroffen habt und über mich geredet …«

»Du weißt, dass ich dich nie belügen würde, Zümrüt. Ich habe mit niemandem über dich geredet. Beruhige dich endlich.«

Über dich habe ich sogar mit mir selbst viel zu wenig geredet. Manchmal wollte ich dich fragen, ob du dich an den Titel des Films erinnern kannst, den wir an jenem Sommertag zusammen gesehen hatten. Aber an einem anderen Sommertag habe ich eine Antwort auf diese ungestellte Frage bekommen: Du konntest dich nicht einmal erinnern, dass wir zusammen im Kino gewesen waren.

»Wie auch immer. Es hat keinen Sinn, sich am Telefon zu streiten. Den eigentlichen Krach gibt es morgen. Wir werden sehen, was die anderen denken. Und wir wollen sehen, was der Große Häuptling dazu sagt.«

»Ich weiß es nicht, aber er hat sicher eine Erklärung. Vielleicht hatte er gar keine bösen Absichten, sondern wollte die Ereignisse, die uns widerfahren sind, verewigen.«

»Red keinen Unsinn. Es fehlt nur noch, dass wir morgen einen Blumenstrauß bestellen und ihm gratulieren.«

»Mach aus einer Mücke keinen Elefanten. Leg dich jetzt am besten hin und schlaf. Morgen sehen wir weiter.«

Eigentlich will ich ihr sagen, dass es sich um nichts weiter als um ein Buch handelt. Zwischen den Zeilen steckt mehr, aber auch weniger, als wir in Wirklichkeit erleben. Zümrüt redet weiter, aber ich höre sie nicht. Mich hat die Erzählung, die der Häuptling mir gewidmet hat, in ihren Bann geschlagen. Wie schön! Ich trete aus meinem Leben heraus und lese über eine ganz andere Welt: Um also zu verstehen, dass die »sonnig lächelnde Person« nicht meine unerreichbare Liebe ist, sondern dass meine Liebe selbst unmöglich ist, muss ich darüber *lesen*.

»Ich glaube nicht, dass ich schlafen kann ... Wie auch immer, es hat sowieso keinen Sinn, sich darüber am Telefon zu unterhalten. Ruf mich morgen an ...«

Die Nacht zieht sich in die Länge. Ich höre geradezu, wie sich Zümrüt eine Zigarette anzündet. Ich denke an die anderen. Wird unsere Freundschaft, die so lange Zeit überdauert hat, fortbestehen? Was tun Indianerstämme, die keinen Häuptling haben? Ich erinnere mich plötzlich daran, dass ich als Kind am meisten das Märchen ›Schneewittchen und die sieben Zwerge‹ hasste. Dieses Märchen, das die meisten Kinder immer wieder gerne hören, ohne seiner überdrüssig zu werden, war für mich ein Albtraum. Ich liebte die Zwerge so sehr, dass ich nicht akzeptieren konnte, dass die Prinzessin sie wegen eines Prinzen verließ.

»Das ist auch so ein Märchen, Zümrüt. Der Große Häuptling hat uns sieben Zwergen wegen einer Prinzessin, der Literatur, einfach den Rücken gekehrt.«

Langes Schweigen. Während ich warte, lese ich den letzten Satz meiner Erzählung. Es stört mich nicht mehr, dass Schneewittchen die Welt der Zwerge, die fröhlich und verschlafen ist, verlassen hat. Die schmerzliche Frage kommt mir ganz leise über die Lippen:

»Was glaubst du, wer in diesem Märchen die böse Hexe ist?«

## Yiğit Değer Bengi

# Nun, die Jägerin

*Das Nun* des Seins …*
*Dessen Sein folge Seiner Großzügigkeit und Fruchtbarkeit, denn alles würdevolle Werden entstammt Seinem Sein.*

Ibn Arabi: *Die Wissenschaft der Buchstaben*

Die jungen Jäger des Stammes Luvi hatten sich ihre Waffen umgebunden und liefen frohgemut ins breite Tal hinunter. Von der Letzten Jagd, bei der die Atmosphäre eines Festes geherrscht hatte, waren die jungen Stammesmitglieder begeistert, denn sie konnten sich dort die stärksten und schönsten Jäger und Jägerinnen als Gatten und Gattinnen aussuchen.

Für das Mädchen Nun, das zu den begabtesten Jägerinnen des Stammes gehörte, war die Lage allerdings ganz anders. Nun war vom Stamm zur Herrin der Wanderschaft bestimmt worden und um diese Ehre hochzuhalten, wurden bessere Ergebnisse erwartet als das, was die Letzte Jagd beschert hatte. Da sie aber eine ganze Reihe von Verehrern hatte, die ihr folgten, war es ihr nicht mehr möglich, sich wilden Ochsen still und lautlos zu nähern.

* Der Buchstabe Nun ist bei dem islamischen Philosophen und Mystiker Ibn Arabi das Zeichen, durch das jegliche Prophezeiung möglich ist.

Ihre wohlgeformten Beine, ihr fester Bauch, ihre straffen Brüste und ihr seidiges, rötliches Haar zogen zwar das Interesse aller Männer des Stammes auf sich, aber sich ihr zu nähern, das wagte keiner. Nun war nämlich zugleich eine der kräftigsten Kriegerinnen des Stammes Luvi.

Schon nach kurzer Zeit nahm auf der Letzten Jagd die Zahl der Freier ab und das Feld blieb denen überlassen, die tatsächlich um des Jagens willen gekommen waren. Die Reihen lichteten sich. Einige entschlossene junge Bewunderer ließen von Nun nicht ab, allen voran der gut aussehende Jäger Alu. Stundenlang war sie in federnden Sprüngen über die Felsen gelaufen, jetzt begann sie plötzlich zu rennen, schnell wie der Wind. Die Mehrzahl ihrer Bewunderer blieb nach Atem ringend und die Hände auf den Knien abgestützt zurück. Nur Alu, einer der besten Jäger des Stammes, konnte mit ihr Schritt halten.

Nun blickte hinter sich und lachte herzlich. Mit seinen breiten Schultern und seiner bronzefarben glänzenden Haut war Alu wirklich sehr anziehend. Wäre sie sich ihrer Aufgabe, Herrin der Wanderschaft zu sein, nicht bewusst gewesen, hätte sie es längst aufgegeben zu flitzen wie ein wilder Hirsch und sich in die starken Arme des jungen Mannes geworfen.

Sie waren beide bewaffnet mit Steinaxt und Lanze, die mit einer Schwarzsteinspitze versehen war. Der laue Wind streichelte, während sie rannten, ihr Gesicht, und der Duft der Frühlingsblumen füllte ihre Herzen mit Liebe. An einer silbern plätschernden Quelle angekommen, die einem steilen Felsen entsprang, merkten sie beide plötzlich, wie sehr ihnen die Beine wehtaten. Nun verlangsamte ihren Schritt, ohne sich umzuschauen, und blieb schließlich stehen. Als sie sich herunterbeugte, um aus der Quelle zu trinken, bot sie Alu die ganze Schönheit ihrer Hüften dar. Alu näherte sich mit großer Zurückhaltung, kam ihr so nah, wie es ihm seine Schüchternheit erlaubte, dann begann auch er, nicht weit von Nun entfernt, aus der Quelle zu trinken. Ab und zu warfen sie sich verstohlene Blicke zu, aber sie taten beide so, als wären sie aus einem einzigen Grunde dort, nämlich um Wasser zu trinken.

Gerade hatte Alu all seinen Mut zusammengenommen und beschlossen, sich an die Seite von Nun zu begeben, als die Herrin der Wanderschaft mit ihren scharfen Jägerohren ein Geräusch vernahm und aufschrak. Der junge Mann sah Nun an und blieb wie erstarrt stehen. Eine Zeit lang verweilten sie so, dann vernahm auch er das Geräusch. Mit ihrer giftgetränkten Lanze sah Nun aus wie eine angriffsbereite Klapperschlange, während ihr der Felsen, aus dem die Quelle entsprang, als Schutzschild diente.

Unmittelbar an der Stelle, an der sich der Felsen teilte und das Wasser hervorquoll, tauchte ein Sprung Rehe auf. Alu versteckte sich an der Seite Nuns und verfolgte die Szene mit angehaltenem Atem. Die Rehe stellten ihre sensiblen Ohren auf, lauschten in alle Richtungen und erkundeten die Gegend, dann gaben sie den wacklig gehenden Kitzen den Weg frei. Die Kitze mit riesengroßen Augen und rosaroten Mäulern begannen, sich an dem Wasser zu laben. In der brütenden Hitze Anatoliens suchten sie die Abkühlung. Nun zwinkerte Alu zu und schlich sich mit der Hinterlist einer Raubkatze an die Rehe heran. Gleichzeitig machte sie Alu den Hof, bewegte sich betörend und achtete darauf, sich ihm stets von ihrer besten Seite zu zeigen. Und wirklich, ihre makellose Haut, auf der die Sonnenstrahlen glitzerten, ihre Haare, in denen der Wind sein lautloses Lied spielte, ihre sich bei jedem

Schritt wiegenden Hüften und ihre kräftigen Muskeln zogen Alus Aufmerksamkeit auf sich.

Normalerweise hätte sie so etwas nicht getan, doch die Lust, Alu zu erobern, ließ sie für einen Augenblick unaufmerksam werden, und sie trat auf einen trockenen Ast auf dem Boden. Der Ast brach entzwei, die Rehe schreckten auf, entdeckten das Mädchen und rannten davon. Wütend über den eigenen Fehler sprang Nun wie ein Panther auf und schleuderte ihre Lanze blitzschnell einem der Böcke hinterher. Leichtfüßig wie ein Fuchs lief sie in dieselbe Richtung. Nuns Waffe hatte das Tier getroffen, ihm war aber, da sie achtlos geworfen worden war, keine tödliche Wunde zugefügt. Das verletzte Tier rannte um sein Leben, und Alu und Nun rannten ihm nach.

Nun griff nach ihrer Lanze auf dem Boden. Der Bock, verletzt wie er war, büßte immer mehr von seinen göttlichen Gaben, seiner Schnelligkeit und seiner Wendigkeit, ein. Sein Sprung war längst verschwunden, er aber konnte seine Verfolgerin nicht abhängen. Die kräftigen Muskeln der jungen Frau spannten sich bei jedem Schritt, ihre Haare wehten wild. Wie eine Löwin verfolgte sie ihr verletztes Opfer bis auf den Gipfel des Berges hinauf.

Als das müde Tier kaum noch in der Lage war weiterzulaufen, schloss sich der Abstand zwischen den beiden und die Lanze verließ die gelenkige Hand Nuns noch einmal, genauso unerbittlich wie zuvor – und brachte dem Tier den Tod.

Zufrieden begab sich Nun an die Seite des erlegten Wilds und setzte sich auf den Boden. Während sich ihr Atem beruhigte und sie sich erholte, blickte sie sich um, hielt nach dem kräftigen Körper Alus Ausschau.

Alu war zunächst hinter dem Mädchen hergelaufen,

aber es war unmöglich, Nun einzuholen, die fast so schnell lief wie der Bock. Alus stämmiger Körper dagegen war für kurze, schnelle Strecken nicht geeignet. Eine Weile folgte er ihr, dann aber entschied er sich, sie aus der Ferne zu beobachten. Er sah, wie das vom Mädchen verletzte Tier den steilen Berg hinauflief. Er vertraute auf die Fähigkeiten Nuns. Gleich erlegt sie das Tier mit einer einzigen Lanze, dachte er, als sich ein riesiger Schatten über ihn legte. Ein Schauder lief über seinen Rücken. Noch bevor er sich richtig wundern konnte, ließ der Schrei eines Greifvogels das Blut in seinen Adern stocken. Ein riesiger Adler kreiste über seinem Kopf. Sein Körper war doppelt so groß wie Alu, seine Flügel so breit wie die Flöße, die man den Fluss Magar hinunterfahren ließ. Mit seinen pechschwarzen Federn und seinen zusammengekniffenen Augen wirkte er wie eine fürchterliche Bestie.

Gerade flog der Adler mit ausgestreckten Krallen im Sturzflug auf ihn zu, da nahm Alu seinen ganzen Mut zusammen und schleuderte ihm seine Lanze mit der Schwarzsteinspitze entgegen. Die Lanze verfehlte ihr Ziel und fiel zu Boden. Alu warf sich zur Seite – die Krallen des Adlers griffen in den Boden und der Vogel erhob sich wieder in die Lüfte. Alu rollte den Hang hinunter, in seiner Hand die Axt mit dem Knochengriff. Dann sprang er auf. Sein Blick folgte der Bestie, doch der Adler wendete einen alten Greifvogeltrick an. Die Sonne im Rücken, begab er sich in einen erbarmungslosen Sturzflug auf Alu. Alu, von der Sonne geblendet, schwang hoffnungslos seine Axt, aber die kräftigen Krallen ergriffen den nackten Körper des jungen Mannes, verwundeten ihn und rissen ihn mit in die Höhe. Alu schrie vor Schmerz und ließ die Steinaxt fallen. Der Adler flog auf den Felsen zu, aus dem die Quelle entsprang. Der junge Mann versuchte sich zu wehren, dann aber wurde er ohnmächtig.

Der Adler ließ Alu aus zwei Mann Höhe in sein Nest fallen. Von der Wucht des Aufpralls kam Alu wieder zur Besinnung und fand sich zu seinem Schreck zwischen aufgesperrten Schnäbeln wieder. Die vier Jungen des Adlers, die so groß wie Hunde waren, machten sich daran, auf Alu einzuhacken. Trotz seiner gebrochenen Knochen und vielen Wunden begann der Jäger wild zu zappeln, entschlossen, sich gegen den sicheren Tod zu wehren. Er trat, schlug und biss die Jungen. So bestialisch sie sich auch gaben, sie waren doch zarte Lebewesen, die erst kürzlich geschlüpft waren, und so gelang es ihnen nicht, mit einer solch kriegerischen Mahlzeit fertig zu werden. Sie waren Babys, die von der Mutter Nahrung erhofften.

Als der riesige Adler wieder über dem Nest kreiste, sah und begriff er schnell, was geschehen war. Um die Mahlzeit, die er seinen Jungen gebracht hatte, mundgerecht zu zerteilen, setzte er zu einem neuen Angriff an. Dagegen würde sich Alu, der sich in einer gotterbärmlichen Lage befand, nicht wehren können. Der Adler war schon knapp über dem Nest, als ein hoher Pfeifton und gleich darauf ein lauter Knall ihn erschreckten. Und schon wand sich das riesige Tier unter dem Schmerz, den die tief in seinen Körper eingedrungene Lanze verursachte. Federn flogen durch die Luft. Er stürzte, bäumte sich noch einmal auf und flog taumelnd davon. Er verlor das Gleichgewicht, schlug auf dem Felsen auf, rollte den Hang hinunter, fiel schließlich ins seichte Wasser des Bachs, wo er liegen blieb.

Mit einem eleganten, federnden Sprung war Nun bei dem Nest und reichte Alu die Hand.

Auf Nun gestützt lief Alu zum Lager zurück. Als einige der Stammesmitglieder sie am Eingang des Tals entdeckten, rannten sie ihnen entgegen, umringten sie und fragten, was passiert sei. Nun ging zu den Kräuterfrauen, um ihnen Alu zu überlassen. Die Heilige Frau Innas empfing sie:

»Was ist passiert?«

»Ein riesiger Vogel hat geglaubt, Alu wäre die richtige Speise für seine Jungen.«

Nach dieser kurzen Erklärung ging Nun zu ihrem Zelt. Einige der jungen Männer und einige der Stammesältesten kamen zu ihr. Der alte Mann Ibru sprach mit ironischer Stimme:

»Während Alu versucht hat, dich zu beschützen, wurde er selbst verletzt, nicht wahr, erhabene Herrin der Wanderschaft?«

Nun wandte sich um und blickte seelenruhig in die Augen des Alten. Der Mann, der seinen ausgetrockneten Körper auf einen dicken Ast stützen musste, konnte sein Zittern, während er sprach, nicht verbergen.

Die alten Männer des Stammes Luvi waren ständig damit beschäftigt, sich Macht und Anerkennung zu verschaffen, und sie versuchten, die jungen Männer dafür einzuspannen. Wer auch immer Herr der Wanderschaft war, bestimmte darüber, wohin der Stamm zog, wo und wie lange er blieb. Er konnte sich den Ehepartner und die besten Waffen aussuchen, vor allem aber das Beste vom Wild.

Die Sprecher der Jagd, die an der Herrschaft ebenfalls beteiligt waren, wurden vom Herrn der Wanderschaft ausgesucht. Doch nach den Regeln der Tradition hatten Männer nach einem bestimmten Alter kein Mitspracherecht mehr. Denn die alten Männer jagten nicht, waren keine Krieger und auch keine Heiler. Hätte es die Gesetze nicht gegeben, die Luv, der bedeutendste Herr der Wanderschaft, seinerzeit erlassen hatte und die gegenseitiges Blutvergießen und das Verlassen der Alten und Sterbenden verboten, die alten Männer würden nur noch als eine Last für den Stamm betrachtet. Deshalb waren sie ständig darum bemüht zu beweisen, dass sie sehr wohl noch wichtig waren.

Aber Nun hielt, außer der Heiligen Frau Innas, niemanden für wichtig, erst recht nicht die alten Männer. Deshalb würdigte sie Ibru keiner Antwort und betrat ihr Zelt.

Ibru sah ihr unzufrieden nach, dann sprach er zu den anderen Männern:

»Meine Brüder, der Himmlische Vater will, dass der Herr der Wanderschaft aus den Reihen der Männer gewählt wird. Er sprach gestern im Traum zu mir: ›Respektiert eure Alten‹, sagte er. ›Seid gehorsam gegenüber den Menschen, die euch großgezogen und ernährt haben‹, sagte er weiter. Seht, wegen der Schwäche der Jägerin Nun hätten wir beinahe unseren mutigsten Krieger verloren. Sie wäre fast der Grund für seinen Tod gewesen.«

Die Stammesmitglieder verehrten sowohl den Himmlischen Vater als auch Mutter Erde. Männer und Frauen standen in ihrem Glauben in Konkurrenz zueinander. Und die gesunden jungen Menschen wie Nun achteten die Alten nicht allzu sehr. Sie liebten Nun und waren von ihr begeistert.

Ein Mann ergriff das Wort und scherzte:

»Du bist ganz schön alt geworden, Ibru, dass du nicht mehr von Mädchen träumst, sondern vom Himmlischen Vater Ratschläge anhörst!«

Auf dem Platz hallte das Lachen der Menschen wider und Ibru zwang sich, selbst über den Scherz zu lachen. Eines Tages …, schwor er sich innerlich und kehrte zum Rat der Männer zurück.

Für den Stamm war die Zeit der Wanderschaft gekommen, deshalb mehrten sich Opfergaben und zeremonielle Feuer. Allerdings waren die alten Männer nicht bereit, den Rat, der sich unter dem Zeichen eines Ochsenhauptes versammelt hatte, aufzulösen.

Inzwischen hatte die Heilige Frau Innas den Krieger Alu, den man in ihr Zelt gelegt hatte, zuerst mit Wasser, dann mit Heilkräutern gereinigt. Sie zündete ein kleines Feuer an und räucherte den Raum aus. Nachdem sie einige Mädchen vertrieben hatte, die gekommen waren, um Alus schönen Körper zu sehen, verdeckte sie den Eingang ihres Zeltes.

Alus Wunden waren nicht zu unterschätzen. Der junge Mann war nicht bei Bewusstsein und redete wirr. Die Heilige Frau setzte sich auf die andere Seite des Feuers und schloss die Augen. Der dunkle Rauch erfüllte das ganze Zelt. Als Alu mit Mühe die Augen öffnete, sah er, dass durch eine Öffnung vor Innas eine Schlange – vielleicht unbemerkt – ins Zelt glitt. Dann noch eine und noch eine. Die Schlangen wandten sich direkt ihm zu. Alu erstarrte vor Angst.

»Bleib ruhig, mein Sohn, lass die Töchter der Erde ihre Arbeit tun.«

Innas Stimme klang so beruhigend, dass Alu, dem die alten Männer, seit er denken konnte, Angst vor Schlangen gemacht hatten, den Tieren doch erlaubte, sich um seinen Körper zu winden. Die Schlangen krochen über seinen Körper, als würden sie ihn streicheln, über seine

Wunden schienen sie geradezu zu tanzen. Unter den lindernden und liebkosenden Berührungen der kalten Schlangen verlor Alu das Bewusstsein und glitt in eine heilende Besinnungslosigkeit.

Bei den ersten Lichtstrahlen des Morgens erteilte Nun dem Stamm den Befehl zum Aufbruch, packte auch ihre eigenen Habseligkeiten. Die Zelte, die Gerätschaften und alles übrige Gepäck wurden entweder auf Rinder gepackt oder auf die Rücken der Stammesmitglieder. Während des Frühjahrs hatten sie reichlich Beute gemacht. Aber ihr Bedarf an Geräten, Werkzeugen, Gemüse und Getreide sowie Waffen wuchs. Von ihrem Rastplatz wollten sie nach Çatalhöyük ziehen, das in einer Entfernung lag, die ein Mann ohne Lasten in einer Woche zurücklegen konnte, und dort das Jagdfleisch gegen Dinge, die sie benötigten, tauschen.

Die Bewohner von Çatalhöyük warteten das ganze Jahr auf das Fleisch, das die Jäger vorbeibrachten, und kümmerten sich rechtzeitig um ihre Tauschwaren. In ihren Häusern aus Lehm und Holz stellten sie Waffen und Geräte her, in den breiten Tälern bauten sie Getreide an und auf den grünen Wiesen ließen sie Schafe weiden. Aber das Fleisch der Schafe war nicht so gut wie das der wilden Rinder oder der Rehe.

Der Stamm Luvi erreichte Çatalhöyük erst nach zehn Tagen – die schweren Lasten und die Alten hielten sie auf. Jedes Mal, wenn sie zu den gelben Getreidefelder kamen, vorbei an den sonnengetrockneten Lehmhäusern, merkten sie, dass die Stadt wieder gewachsen war und sich wieder einmal verändert hatte.

Die Bewohner von Çatalhöyük empfingen die Jäger mit Freude, aber auch mit einer gewissen Vorsicht. Wenn der befreundete Stamm der Luvi in die Stadt kam, liefen die Bewohner auf die Straße und begrüßten die Jäger und die Krieger, die ihnen mit ihren Lanzen in der Hand nicht ganz geheuer waren.

Der Herrscher von Çatalhöyük begrüßte Nun als Erste, obwohl an ihrer Seite viele Männer waren. Man erkundigte sich gegenseitig nach dem Lauf der Dinge, dann wurde den Ankömmlingen ein Platz zugewiesen, wo sie ihre Zelte aufschlagen konnten. Man kam sich auf dem Markt und in den Wirtshäusern, den *hans,* näher.

Insbesondere für die alten Männer war Çatalhöyük sehr wichtig. In den Städten und Dörfern wurde das Wort der Alten wie das Wort Gottes respektiert. Die Weitergabe des Wissens, religiöse Zeremonien, Gesetzestexte und ähnlich Wichtiges war ihnen vorbehalten. In den Städten hatten die alten Männer das Gefühl, nützlich zu sein.

Innas, die ihre Einkäufe erledigt hatte, ohne auf die alten Männer zu achten, die sich in der Stadt in intensive Gespräche vertieften, verkündete auf ihrem Rückweg die gute Nachricht, dass Alu auf dem Weg der Besserung war. Der junge Mann, der sich als viel robuster erwies, als Innas es angenommen hatte, war für das Fest am Abend sogar wieder auf den Beinen.

In der Nacht wurden für die Mitglieder des Stammes Luvi Stiere geschlachtet und die besten Weine aufgetragen. Die anmutigsten Tänzerinnen boten ihre Künste dar. Nach der langen Jagd und der langen Wanderung war für die Mitglieder des Stammes die Unterhaltung in Çatalhöyük eine große Abwechslung. Hier begann die Werbung um die bei der Jagd auserwählten Partner, hier wurden auch nebensächliche Fragen erörtert und Jagdgeschichten zum Besten gegeben. Die Stammesmitglieder saßen meist bis zum frühen Morgen gesellig um ein großes Feuer herum und kamen sich näher.

Aber früher oder später kam es jedes Mal zu einem heftigen Streit zwischen den alten Männern und den Frauen. Aus unerfindlichen Gründen neigten die Männer dazu, sich nach dem Essen und Trinken, nach intensiven Gesprächen und der Befriedigung ihrer Wünsche religiösen Dingen zuzuwenden.

Ibru begann, wie immer vom Alkohol ermutigt, mit seiner Predigt. Er sprach gerade von dem Geist und dem Himmlischen Vater, als ein junger Mann ihm ins Wort fiel und wissen wollte, warum der Himmlische Vater immer nur mit den alten Männern spreche. Ibru hörte ihm mit liebevoller Miene zu, dann hob er salbungsvoll zu sprechen an:

»Die Existenz des Menschen ist nicht auf seinen Körper zu begrenzen, das wisst ihr. Der Körper stirbt, aber die Seele lebt ewig. Wie ein Adler fliegt die Seele zum Himmlischen Vater. Deshalb ist man ihm näher, wenn man älter wird. Und deshalb spricht der Große Himmlische Vater durch die Alten.«

Eine der alten Frauen widersprach verärgert:

»Wie kann es sein, dass die Seelen der Verstorbenen Flügel bekommen und zum Himmel fliegen? Alle Tiere kehren zum Essen, Schlafen und Sterben immer an die gleiche Stelle zurück. Werden die Menschen nicht aus der Gebärmutter ihrer Mütter geboren? Also kehren wir, wenn wir sterben, zu unserer Mutter Erde zurück. Wieso sollten wir irgendwohin fliegen, wo wir noch nie waren?«

Ibru war auf alle Fragen vorbereitet.

»Aber unsere Seelen kommen aus dem Himmel. Schau dir nur all die Tiere an. Sind sie uns ähnlich? Anders als all die Geschöpfe, die auf der Erde herumkriechen, sind wir vom Himmel gekommen und werden dorthin zurückkehren. Auch das Feuer würde, ließe man es nur, zum Himmel steigen. Zumindest sein Rauch steigt immer zum Himmel. Auch das Feuer, das in uns brennt, ist himmlischen Ursprungs. Ihr wisst ja auch, dass das Feuer vom Himmel fällt. Und was passt besser zu euch? Unter der Erde zu leben wie die Schlangen oder wie die Adler im Himmel?«

Obwohl Ibrus Worte eine weitere Diskussion entfachten, kam das Geschwätz über die Adler und den Himmel bei den jungen Männern immer gut an. Die Heilige Frau nahm an den Gesprächen nie teil. Sie ging schlafen, sobald sie mit Essen und Trinken fertig war. An diesem Abend aber gab es auch zwei junge Leute, die sich an der Diskussion nicht beteiligten.

Alu war zu Nun gegangen und hatte sich zu ihr gesetzt. Das rote Licht des Feuers tanzte glitzernd auf dem gesunden Körper der jungen Frau. Nuns Gesicht wurde heiß und errötete, als Alu zu ihr kam, und sie wandte sich ab, um ihn nicht merken zu lassen, dass sie sich für ihn interessierte. Doch der Mut des jungen Mannes, den es ohnehin Überwindung gekostet hatte, sich der Herrin der Wanderschaft zu nähern, verflog angesichts dieses kühlen Empfangs.

»Ich schulde dir mein Leben, vielen Dank«, begann er schüchtern.

Ohne ihn anzublicken, antwortete Nun:

»Kein Problem.«

»Es ist nur so, dass ich nicht wüsste, ob ich unter die Erde oder in den Himmel käme, wenn ich sterbe. Das ist das eigentliche Problem.«

Jetzt lächelte Nun Alu liebevoll an.

»Ich denke, du wärst nirgendwo anders gelandet als im Magen der Vögel.«

Sie lachten. Alu war verrückt nach den schneeweißen Zähnen und dem warmen Lachen der jungen Frau. Er rutschte näher. Während sich ihre nackten Schultern berührten, legte der junge Mann seine wohlgeformte Hand auf Nuns Schenkel. Nun zögerte einen Augenblick, ob sie ihren Widerstand aufgeben sollte, schnurrte wie eine Katze und legte ihren Kopf an die Schulter des Mannes. Dann aber nahm sie sich sofort wieder zusammen. Nun wollte vor den alten Männern und Ibru keine Schwäche zeigen, außerdem wollte sie als Herrin der Wanderschaft nicht schwanger werden. Sie stieß Alus Hand weg und mit einer Bewegung ihrer Hüfte entfernte sie sich von dem jungen Mann.

Alu war völlig verwirrt. Eine Weile blieb er wie erstarrt sitzen. Erst die Aufforderung zum Tanz, die der Sprecher der Jagd kundtat, befreite Alu aus dieser misslichen Lage. Seine Freunde bestanden darauf, dass er mit ihnen tanzte, sie riefen laut und klatschten in die Hände, um ihn zu ermutigen. Schließlich packte ihn einer am Arm und zog ihn auf die Füße. Aber niemand wagte es, auch Nun zum Tanzen zu drängen.

Alu tanzte mit den anderen um das Feuer herum. Die vom Schweiß glänzenden nackten Körper bewegten sich im Kreis zu dem harten Rhythmus der mit Ziegenleder bespannten Trommel, die der junge Umi spielte. Die Tänze, die Jagd- und Liebesszenen darstellten, waren bei der Jugend sehr beliebt. Nun konnte nicht anders, als ihren Blick Alus dynamischen Bewegungen, seinen regen Muskeln und der im Feuer kupfern glänzenden Haut folgen zu lassen.

Nicht nur die Tänzer, auch die Zuschauer ließen sich vom aufreizenden Rhythmus der Musik mitreißen. Die Paare zogen sich einzeln oder gemeinsam mit anderen in ihre Zelte zurück. Als Nun das junge Mädchen entdeckte, das mit Alu zu tanzen begann, war für sie der Spaß vorbei. Bedrückt ging die Herrin der Wanderschaft in ihr Zelt und legte sich schlafen.

Am nächsten Tag rief Ibru die Heilige Frau, die Sprecher der Jagd und die Herrin der Wanderschaft zu einer Unterredung zusammen.

Vor den Frauen lag ein Stück Leder, auf dem ein dreieckiges Zeichen zu sehen war, die alten Männer hatten unter ihrem Symbol, dem Ochsenkopf, Platz genommen.

Ibru sprach wieder in aller Ausführlichkeit vom Himmlischen Vater. Die Herren der Wanderschaft dürften nur von den Männern gewählt werden und Männer sein, die Frauen sollten sich darum kümmern, Kinder zu kriegen und großzuziehen, um so den edlen Stamm, den Luv gegründet hatte, zu vergrößern und zu stärken. Sooft er nur konnte, sagte er, der Himmlische Vater sei sehr erbost darüber, dass die alten Männer nicht respektiert würden.

Während die Heilige Frau Innas ihm wortlos zuhörte, entgegnete eine andere alte Frau, all das sei wohl eine Erfindung der alten Männer, deren Potenz nachgelassen habe und deren Arm keine Lanze mehr halten könne.

»Wir haben uns das alles schon oft genug angehört! Warum hast du eigentlich die Stammesversammlung einberufen, Ibru? Hast du etwas Neues zu sagen?«, fragte sie schließlich.

»Gefällt uns die mächtige Stadt Çatalhöyük nicht?«,

hob Ibru selbstsicher an. »Hier gibt es Schwarzstein, Kupfer, Wein, Kleidung und Gemüse. Die Stadt verfügt über alles, was man zum Leben braucht. Um all das zu haben, muss man lediglich sesshaft werden. Auf der Wanderschaft ist das alles nicht zu machen. Wenn wir ein glücklicher und mächtiger Stamm sein wollen, müssen wir uns, wie die glücklichen Menschen aus Çatalhöyük, einen Platz suchen, wo wir uns niederlassen können.«

Die Frauen protestierten. Manche der Männer hielten zu den Frauen, einige der Frauen hielten zu den alten Männern, und einige Stammesmitglieder begriffen nicht, worum es ging. Dennoch sprachen sie sich dafür aus, sich einen Platz wie Çatalhöyük zu suchen und sich dort niederzulassen. Am lautesten tönten die Männer, die sich bei der Jagd nicht gerade hervortaten. Hitzig wurde der Streit weitergeführt, während Nun ihren Gedanken nachhing, die in weite Ferne schweiften. Dann aber zog ihre Aufmerksamkeit eine Gestalt auf sich, die von dem Felsenplateau heraneilte, auf dem sich der Stamm niedergelassen hatte. Der junge Mann mit sonnengebräunten, glänzenden Schultern kam näher. Nun stand auf und kniff die Augen zusammen, um zu sehen, wer es war. Als sie Alu erkannte, begann ihr Herz aufgeregt zu klopfen. Alu trug einen toten Löwen auf den Schultern.

Als Alu das Stammesgebiet betrat, brach Jubel los. Der Rat vergaß sein Anliegen, alle umringten Alu. Die Kinder drängten sich vor und wollten den Löwen sehen, die jungen Mädchen musterten den gut gebauten Jäger mit koketten Blicken, die alten Männer und die anderen Jäger kamen herbei, um Alu zu beglückwünschen.

Auch der Rat der Frauen gratulierte. Der junge Mann hatte wirklich eine große Heldentat vollbracht, denn zuletzt hatte es der Heilige Jäger Kumra geschafft, ganz allein einen ausgewachsenen Löwen zu erlegen. Auch Nun näherte sich, um Alu zu gratulieren. Der junge Mann legte sein freundlichstes Lächeln auf, als er die Herrin der Wanderschaft erblickte, doch in der jubelnden, fröhlichen Menge wurden sie auseinandergedrängt. Nun versuchte noch einige Male, in Alus Nähe zu gelangen, aber die aufgeregten jungen Mädchen verteidigten ihre Plätze vehement, so dass die Herrin der Wanderschaft schließlich aufgab und sich zurückzog.

Auch Alu war es unmöglich gewesen, in Nuns Nähe zu gelangen. Mindestens fünfzig Mal musste Alu den hochmütigen alten Männern seine Geschichte erzählen. Als wollte er betonen, dass es die Aufgabe der alten Männer sei, die Stammesgeschichte weiterzuerzählen und die Traditionen zu pflegen, gab Ibru immer wieder zu verstehen, dass Alu das Recht erlangt hätte, zum Herrn der Wanderschaft gewählt zu werden, und dabei schielte er zu Innas, der Heiligen Frau, hinüber.

Am Abend aßen sie zusammen am Feuer und unterhielten sich. Besonders die Männer waren bester Laune. Sie prahlten mit dem Erfolg Alus. Niemand zweifelte daran, dass er ihr Anführer sein sollte. Auch einige Frauen fanden nichts dabei, dass der entzückende und starke Alu Herr der Wanderschaft werden sollte.

Als wäre Alu bereits Herr der Wanderschaft, fragten die alten Männer, allen voran Ibru, was er davon halte, auf die Wanderschaft zu verzichten und stattdessen sesshaft zu werden und ein Dorf zu gründen. Ohne seine Antwort abzuwarten, malten sie aus, wie schön und bequem es wäre, in einem Dorf zu leben. Sie fanden, die Jungen müssten nicht nur an die Gegenwart, sondern auch an ihre Zukunft denken. Ein Dorf, das bedeutete, ein warmes Heim zu haben, ein weiches Bett und genügend Fleisch, ohne dafür auf die Jagd gehen zu müssen. Alu, der sich von dem Gedanken, Held seines Stammes zu sein, betören ließ, erklärte lachend, dass er die Idee von einer Dorfgründung befürwortete.

Die Heilige Frau Innas erhob sich von ihrem Platz, der im Dunkeln lag, und ging bedächtig zum Feuer. Sie bat die Leute um Ruhe, aber niemand beachtete sie. Da wiederholte sie ihre Bitte einige Male, aber nichts geschah. Sie griff in ihren Sack, nahm eine Handvoll Staub heraus und streute ihn ins Feuer. Sofort loderte eine mannshohe blaue Säule auf. Schlagartig waren die Leute ruhig. Eine furchtsame Stille beherrschte den Platz. Mit zitternder, angsteinflößender Stimme begann Innas:

»Mitglieder des Stammes Luvi! Früher hatte unser Stamm Angst vor wilden Tieren, deshalb wagten sich die Menschen nicht in die Wildnis hinaus, sie aßen Aas, wie die Schakale, das rohe Fleisch von verstorbenen Tieren. Der Jäger Luv und seine Genossen kämpften mit Äxten und Lanzen aus Holz gegen die wilden Tiere. Das hat uns vor dem Tod gerettet und uns das Leben geschenkt. Seitdem sind sechs Menschenleben und so viele Winter, wie ich sie an den Fingern meiner Hände nicht zählen kann, vergangen. Damals wie heute ist aller Boden unserer Mutter Erde für uns gleichwertig. Wir dürfen uns nicht einen bestimmten Ort aussuchen und uns dort niederlassen, das hat uns Luv gelehrt. Würden wir tun, was ihr vorschlagt, würden wir wieder, wie die Schakale, zu Aasfressern werden. Es könnte sogar der Tag kommen, an dem wir uns gegenseitig fressen. Der Jäger Luv hatte nach der ersten Wanderung verboten, dass sich die Menschen gegenseitig umbringen. Aber wenn wir uns niederlassen, wird genau das geschehen.«

Die Mitglieder des Stammes machten besorgte Gesichter. Nur die alten Männer verzogen keine Miene. Sie lachten spöttisch.

Doppelzüngig sprach Ibru, der sich erhoben hatte:

»Alte Innas. Es ist unsere wichtigste Aufgabe, den Seelen unserer Ahnen im Himmel, allen voran Luv, sowie dem Himmlischen Vater Respekt und Ehre zu erweisen. Warum willst du uns als Aasfresser hinstellen? Das Einzige, was wir wollen, ist, dass unsere Leute im Alter ein bequemes Leben haben und wir alle ein besseres Leben führen, ohne große Anstrengungen auf uns zu nehmen. Unsere Vorfahren sind gewandert, aber wir können uns niederlassen. Früher gab es keine Lanzenspitzen aus Schwarzstein. Sollen wir sie deshalb auch nicht benutzen? Sollen die wilden Tiere kommen und uns töten? Am Fortschritt ist nichts auszusetzen, meine ich.«

Die Atmosphäre wurde immer angespannter und Nun beschlich ein unbehagliches Gefühl. Während Innas sprach, nickte sie zustimmend.

»Ibru!«, fuhr Innas fort. »Wenn die Zeit der Alten gekommen ist, sollen sie lieber zu Mutter Erde zurückkehren, als den Jungen zur Last zu fallen. Und die Jungen sollten auf die Jagd gehen, statt sich ein bequemes Leben einzurichten. Wenn sich die Menschen wie die Ratten vermehren, wie das früher der Fall war, kommt der Hunger zu ihnen und sie bringen sich gegenseitig um. Fortschritt ist nur eine Heuchelei: Essen, ohne zu jagen, Liebe, ohne zu lieben, und Regieren, ohne dafür geeignet zu sein. Würde das Glied der Männer auch im Alter funktionieren, würde kein Volk auf die Wanderschaft verzichten und sich niederzulassen wünschen, kein Volk würde die Hoffnung auf bestellte Felder setzen. Das ist meine Meinung.«

Mit ihren harten Worten erntete Innas unzufriedene Rufe der Stammesmitglieder. Beinahe alle Männer und ein Teil der Frauen waren gegen Innas. Ibru brachte die jungen Menschen mit einer Handbewegung zum Schweigen.

»Du denkst nicht an die Menschen. Wird das Glied der Jugend, das heute wie eine Lanze ist, nicht morgen schon krumm sein? Die glänzenden Augen werden matt, die Körper, stark wie ein Löwe, gebeugt sein!«

Während er so sprach, zeigte er auf die schönsten Menschen des Stammes und die Augen der jungen Leute weiteten sich vor Staunen und vor Angst, und sie stimmten ihm zu.

»Ich will für unsere Menschen einen Platz haben, an dem wir immer leben können. Aber eigentlich reden wir hier ganz umsonst. Denn nur der Herr der Wanderschaft entscheidet darüber, ob wir weiterwandern oder uns niederlassen. Und es ist höchste Zeit, dass wir uns einen neuen Herrn wählen. Ich schlage vor, dass der beste Jäger unseres Stammes, Alu, unser Herr der Wanderschaft wird.«

Als Nun diese Worte hörte, schwankten ihre Gefühle zwischen Wut und Befremden, und sie wartete, was Innas dazu sagen würde. Aber die Mitglieder des Stammes stritten sich inzwischen heftig. Manche unterstützten munter Alu, manche taten ihre Meinung lauthals kund und manche brachen eine Lanze für Nun. Es herrschte ein wildes Durcheinander und während das Geschrei kein Ende nahm, rief Ibru Alu zu sich. Als schließlich Ruhe herrschte, fragte er:

»Sag, Jäger Alu, sollen wir die sinnlose Wanderschaft durch Täler und über Höhen, über Berge und durch Wüsten fortsetzen? Oder sollen wir uns wie die glücklichen Menschen von Çatalhöyük niederlassen und uns ein bequemes und glückliches Leben in schönen Häusern einrichten? Was meinst du?«

Der staunende junge Mann blickte zu Innas, dann zu Nun. Während er sprach, schaute er der jungen Frau ins Gesicht:

»Ich schließe mich Ibru an. Errichten wir ein großes Dorf, bestellen wir unsere Felder, halten uns eine Schafherde und vermehren uns im Winter wie die Ratten«, sagte er in albernem Tonfall. Alle lachten über diesen liebenswürdigen Jungen, und auch Nun, die sich bislang zurückgehalten hatte, entfuhr ein kleines Lachen.

Die strengen Worte Innas sorgten wieder für Ruhe:

»Nun ist die Herrin der Wanderschaft. Und nur wenn sie auf diesen Posten verzichtet, kann ein neuer Herr gewählt werden. Bis dahin werden wir gehen, wohin sie uns befiehlt, und ihr auf Schritt und Tritt folgen.«

Ibru war mit seiner Antwort sofort zur Stelle: »Wer der kräftigste Jäger des Stammes ist, der hat das Recht, Herr der Wanderschaft zu sein. Ist das eine wie das andere nicht in einer Person vereint, kommt Unglück über uns.«

Innas antwortete nicht, Nun aber stand wütend auf und schrie:

»Wer sagt denn, dass es sich nicht um dieselbe Person handelt?«

Die Stimme der jungen Frau hallte wie eine Ohrfeige wider, aber der dickfellige Ibru blieb auch diesmal eine Antwort nicht schuldig:

»Brauchen wir einen anderen Zeugen als unseren

Himmlischen Vater? Können unsere schwachen Augen die Wahrheit besser erkennen als seine? Wie auch Kamru, schickte er Alu einen Löwen, damit er ihn tötete. Hat er damit nicht seine Anerkennung ausgedrückt?«

Ibrus Worte versetzten Alu in Staunen, doch sie schmeichelten ihm auch. Aber der junge Mann hatte immer noch Angst, Nun ins Gesicht zu blicken.

Die junge Frau stemmte ihre Hände in die Hüften und zischte:

»Ich erwarte nicht, dass deine greisen Augen die Wahrheit erkennen, Ibru! Wenn jeder, der einen Löwen tötet, Herr der Wanderschaft sein könnte, dann würde unser Stamm kein Reh erlegen. Wenn ihr euch von Löwenfleisch ernähren wollt, dann nur zu!«

Alus Gesichtsausdruck veränderte sich mit einem Schlag. Er war schwer enttäuscht. Innas ergriff wieder das Wort:

»Wir streiten umsonst. In Luvis Stamm geschieht das, was die Herrin der Wanderschaft sagt. Wenn sie uns heute befiehlt, weiterzuziehen, dann tun wir das. Wenn sie sagt, wir lassen uns nieder, dann können wir darüber reden.«

Die Heilige Frau drehte sich um und ging davon. Aber Ibrus Worte ließen sie erstarren.

»Und wenn die Herrin der Wanderschaft herausgefordert wird?«

Die Stammesmitglieder schwiegen.

»Zwei Menschenleben lang hat es niemand gewagt, den Herrn der Wanderschaft herauszufordern. Und du bist dafür viel zu alt, Ibru!«, wies Innas ihn zurecht.

»Das kann sein. Wie ihr wisst, verbieten die Traditionen des Stammes Luvi das Blutvergießen, aber wenn ein Jäger der Meinung ist, der Stärkere zu sein, kann er den

Herrn der Wanderschaft zum Kampf herausfordern. Und wenn der Herr der Wanderschaft nicht freiwillig auf seinen Posten verzichtet, dann kämpfen sie auf Leben und Tod. Außerdem bin nicht ich derjenige, der zum Kampf herausfordert.«

Nun standen die Haare zu Berge und wie alle Mitglieder des Stammes heftete sie ihren Blick auf Alu.

Alu war vollkommen überrascht und blieb wie erstarrt stehen. Er sah mal zu Ibru, mal zu Nun hinüber. Dann sagte er unentschlossen: »Ich fordere sie heraus ... Ich glaube daran, ein besserer Herr der Wanderschaft für unseren Stamm zu sein.«

Kein Laut war zu hören. Innas sah Nun streng an.

»Ich nehme deine Herausforderung an, Jäger Alu«, antwortete Nun und stampfte mit dem Fuß auf.

Innas warf Nun einen zustimmenden Blick zu, während Ibru Alu fröhlich an der Schulter packte und ihn zum Rat der Männer brachte.

Am nächsten Tag bereiteten die Frauen Nun, die Männer Alu auf den Kampf vor. Sie sollten von ihren Begleittruppen an die beiden Enden des Tals gebracht werden, in die Nähe des Kampfortes, und am Ende des Tages würden alle erfahren, wie der Kampf ausgegangen war.

Die Frauen zogen Nun eine Weste aus Schlangenleder an und setzten sie unter das Schlangentotem. Sie rieben ihre Schultern, ihre Hände und ihre Brust mit Heilkräutern ein, massierten und lockerten ihre Muskeln. Noch einmal erklärte Innas, dass es mit dem Stamm zu Ende ginge, wenn er sich niederließe, und wenn Nun besiegt würde, würde mit Sicherheit genau das passieren.

Die Männer hingegen zogen dem erlegten Löwen das Fell ab und legten es Alu um. Sie gaben ihm etwas zu trinken, von dem sie behaupteten, es sei Adlerblut, aber Alu übergab sich und erbrach mehr Flüssigkeit, als er getrunken hatte. Da begnügten sie sich damit, ihn mit Adlerfedern zu schmücken.

Ibru trat vor Alu und hielt eine lange Rede:

»Wenn du gewinnst, Alu, dann wirst du, ganz gleich, ob du der ewigen Qual der Wanderschaft ein Ende setzt oder nicht, wie Luv oder Kamru zu unseren Ahnen gehören, an die sich unser Stamm bis in alle Zeiten erinnern wird. Hab außerdem keine Angst, mein Sohn, auch wenn du verlieren solltest, weiß der Himmlische Vater, dass du den Alten immer Respekt entgegengebracht hast, und er wird deine Seele an den verdienten Ort, nämlich in den Himmel, rufen.«

Mit dem ersten Licht des nächsten Tages brachen die beiden Kontrahenten in Begleitung ihrer Truppen, die auf ihren hirschlederbezogenen Instrumenten trommelten, auf. Alus Truppe näherte sich der vereinbarten Stelle aus dem Norden, Nuns Truppe kam aus dem Süden. Beide Kämpfer wurden geschmückt, mit Steinaxt und Lanze ausgestattet, ihnen wurden unzählige Amulette umgehängt. So erreichten sie das Tal. Innas und Ibru sangen Loblieder auf ihre Kämpfer, dann ließen die Begleiter ihre Schützlinge zurück und verschwanden im Grün des Tals.

Beide Truppen, die auf den Rastplatz zurückkehrten, waren den ganzen Tag über sehr aufgeregt und sprachen miteinander kein einziges Wort. Das Warten nahm kein Ende. Männer und Frauen sprachen einander Mut zu und trösteten sich. So schien die Zeit schneller zu vergehen und sie beruhigten sich ein wenig.

Bis zum Einbruch der Dunkelheit zu warten, dazu hatte niemand die Geduld. Der erste Vorschlag kam von Ibru.

Die Kämpfer seien doch in einem Wald, sie müssten längst aufeinandergetroffen sein und sich mitten im Kampf befinden. Der Kampf sei vielleicht sogar schon entschieden. Aller Wahrscheinlichkeit nach würde der Sieger schon darauf warten, dass man ihn fand. Bestimmt würde er schon seine Wunden versorgen. Also warum auf die Dunkelheit warten, man sollte sich gleich auf den Weg machen und den Sieger suchen!

Innas zeigte ihre Aufregung zwar nicht, aber auch sie war auf den Ausgang des Kampfes sehr gespannt. Sie fand den Gedanken schlüssig, und so rannten alle wild durcheinander in das Tal. Sie erreichten den Wald viel schneller als am Morgen, als sie sich streng an die alte Zeremonie gehalten hatten.

Sie bahnten sich ihren Weg durch das Dickicht, zwischen den Bäumen hindurch, sprangen über Baumstämme und liefen ein Stück im Bach. Warum nur waren die beiden so tief in den Wald hineingegangen? Die Spannung wurde immer größer. Sie suchten den ganzen Wald ab, beide Seiten des Baches bis hinauf zu den Anhöhen. Ibru, der vor Aufregung zitterte, wusste nicht, was er tun sollte, und wandte sich an Innas. Auch die alte Frau wusste sich keinen Rat und sah sich verwirrt um, schnupperte die Luft. Plötzlich verschwand das Staunen aus ihrem Gesicht und sie lief hinter einer Anhöhe ins Unterholz. Alle folgten ihr wortlos. Schließlich blieb die alte Frau stehen und zeigte auf ihren Fund.

Zwischen grünen Kräutern und bunten Blumen schliefen die beiden Kämpfer. Ihre schweißgebadeten Körper waren ineinander verschlungen. Alu und Nun schienen ihr Problem gelöst zu haben.

## Erendiz Atasü

# Zwei Welten

Sie glich der orangenfarbenen Abendsonne – oder einem reifen, rosigen Pfirsich. Sie war sicher schon über fünfzig und noch immer eine sehr schöne Frau. Sie erzählte mir von ihrer Jugend. Sie sprach viel, aber ich hörte ihr kaum zu. Meine Gedanken glitten ohne Hast dahin wie die von der Abendsonne liebkoste Steppe im Fenster des Zuges. Erinnerungen und Träume stiegen in mir auf und entglitten mir wieder. Ihre Stimme erreichte mich wie aus weiter Ferne.

Ich betrachtete ihr rotes Haar und ihre honigfarbenen Augen, ihr für die Reise mit besonderer Sorgfalt aufgetragenes, rosafarbenes Make-up, das aussehen sollte, als wäre sie nicht geschminkt. Wer weiß, wie viel Zeit es in Anspruch nahm, sich so zu schminken?

Sie saß mir im Zugrestaurant gegenüber und war die erste Frau aus einer großbürgerlichen Familie, der ich in meinem Leben je begegnet war ...

Von ihr hörte ich zum ersten Mal, dass die Fünfzigerjahre schön gewesen seien.

»Es war die schönste Zeit der Türkei«, schwärmte sie. »Aber woher sollen Sie die Bälle in Ankara von damals kennen ... Damals waren Sie noch ein Kind. Ach, welch ein Reichtum, welch ein Luxus das war ... Die Abendkleider waren aus üppig drapiertem Satin, mit einem großen Ausschnitt, der die Schultern frei ließ ...«

Wer weiß, wie schön ihre Schultern waren, vor dreißig Jahren …

»Sie kennen sicher Christian Dior … Wir trugen damals seine Kleider. Ja, nach dem Krieg wurde die Welt neu erschaffen … Rumba, Samba, Cha-Cha-Cha, Tango … Wir trugen nicht zweimal dasselbe Kleid. Artisten und Stripteasetänzerinnen aus Europa traten auf. Ah, wie wir unsere Männer doch beneideten. Es gab die herrlichsten Liebesaffären. Ach Gott, wenn Sie wüssten …«

Sie zwinkerte mir kokett zu.

»Die Tänze waren aufgeladen mit sehnsüchtiger Liebe.«

Ein schöner Satz, dachte ich mir.

»Sie kennen die Tänze von damals nicht! Woher sollten Sie auch …«

Es gefiel mir, dass sie mich wie ein Kind behandelte. Sonst bürdeten mir alle nur Verantwortung auf. Ich begann, sie zu mögen.

»Das stimmt, ich kenne sie nicht«, sagte ich. »Meine Generation hatte kaum Zeit dazu … zum Tanzen, meine ich.«

»Schade, sehr schade. Wissen Sie, es gab das Orchester Xavier Cugat. Oder den Sänger Dario Moreno … Ihn kennen Sie auch nicht?«

Natürlich, so war die Generation meiner Eltern: Sie tanzten auf den Bällen zu Ehren der Republik Walzer. Du gütiger Himmel! Kannst du die alten Provinzkemalisten zwischen all den Bildern der Vergangenheit erkennen? Wie sie zu Ehren der Heimat, ohne ein Wort der Klage, ihre Füße in enge, drückende Schuhe gepresst und in den ungewohnten Fracks schweißgebadet Walzer tanzen? Aus Sicht der Achtzigerjahre wirken sie nur noch lächerlich …

(Findest du nicht, dass es rührend ist, wie sie sogar das

Vergnügen ernst nahmen? Genau wie ihr ... Aber die Parallelen siehst du nicht! Oder?)

»Lateinamerikanische Musik war damals groß in Mode. Urlaub zu machen kam ebenfalls in diesen Jahren auf. Alles hat uns die Demokratische Partei gebracht. Mit dem Strick hat man es ihnen gedankt, undankbares Volk! Aber was erwartet man denn auch von ...«

Wenn ich sie ernst genommen hätte, hätte mich dieser letzte Satz geärgert. Aber ich amüsierte mich nur darüber. Sie war wie ein kleines Kind, das ein viel zu großes Spielzeug wollte.

(Die Geschichte ist ein sehr gefährliches Spielzeug ... Hättest du dich von dem typischen Hochmut deiner Generation befreit, würdest du gleich erkennen, dass deine Freundlichkeit ihr gegenüber lediglich Ausdruck eines unstillbaren Minderwertigkeitsgefühls der Unterschicht ist.)

»Wo war ich stehen geblieben? Im Sommer bräunten wir uns an den Stränden, damit wir auch im Winter gut aussahen ... Die tief ausgeschnittenen Abendkleider sehen auf gebräunter Haut sehr viel besser aus.«

Woher hattet ihr nur in den Fünfzigerjahren die gut geheizten Ballsäle? Ja, es stimmt, damals war ich noch ein Kind. Die Fünfzigerjahre kommen mir wie ein kalter, grauer Korridor vor, der ins Frühjahr meiner Jugendjahre, in die Sechziger, führt. In meiner Erinnerung kommen kniehoher Schnee und kalte Schulgebäude vor, Koksgestank. Nur in Ofennähe konnte man sich ein wenig aufwärmen ...

Meine Kindheitseindrücke stehen in krassem Widerspruch zu den politischen Ansichten meiner Eltern und meiner späteren Freunde ...

(Selbstverständlich – oder etwa nicht?)

Für uns sind die Fünfzigerjahre eine dunkle Phase gewesen, die Zeit, als die Türkei ihre Unabhängigkeit zu verlieren begann, als der allgemeine Verfall der Kultur begann, und das Ungeheuer der Slumbildung uns zu überrollen begann ... Wer die Fünfziger schön nennt, den weise ich in seine Schranken! Aber nein, sie nicht! Sie habe ich lieb gewonnen. Sie amüsiert mich.

»Ach ja, die lateinamerikanischen Tänze tanzte ich mit meinem Mann sehr gerne und auch sehr gut ... Der Mann, der Sie zum Zug begleitet hat. Er ist Ihr Mann, nicht wahr?«

»Ja, er ist mein Partner.«

»Ach, ich wusste es ... Er ist Ihr Mann! Sie sind sicher jung verheiratet. Das habe ich gleich gemerkt.«

»Noch nicht sehr lange.«

»Nur Jungverheiratete umarmen sich so leidenschaftlich.«

Ich mag nicht über mein Privatleben reden. Kehren wir lieber zu den Fünfzigern zurück.

»Haben Sie Kinder?«

»Ja.«

»Ach, wie süß. Wie viele?«

»Eins.«

»Wunderbar! Gebären Sie bloß keine weiteren Kinder. Geburten machen eine schlechte Figur. Zu unserer Zeit gab es nur grobe Präservative. Jetzt steht uns von allem das Feinste zur Verfügung. Auch die Präservative sind fein geworden. Sogar die haben Sex-Appeal.«

Sie lachte.

»Zu meiner Zeit sagte man Sex-Appeal. Kennen Sie das Wort?«

(Sex-Appeal – in den Fünfzigern entdeckt der Westen die Geschlechtlichkeit neu.)

»Junge oder Mädchen?«

»Ein Mädchen.«

»Das ist schön. Ich habe eine Tochter und einen Sohn. Eins müssen Sie noch gebären. Aber zwei Kinder reichen. Stillen Sie nicht allzu lange, das macht die Brust nur hässlich. Spritzen Sie viel kaltes Wasser an die Brüste, das hält sie elastisch. Wie alt ist sie?«

»Wie alt ist wer?«

»Na, Ihre Tochter! Wer sonst?«

»Eins.«

»Ach, wie schön es ist, jung verheiratet zu sein. Wissen Sie, ich habe schon Enkelkinder.«

»Ach, wirklich?«

»Ja. Täuschen Sie sich nicht durch mein junges Aussehen. Sie leben nicht hier. Mein Sohn ist Dozent in Amerika, an einer Universität. Meine Tochter lebt in Saudi-Arabien, mein Schwiegersohn ist nämlich Außenhandelskaufmann. Zufall eben ... Sie hat keinen guten Ort erwischt. Und was macht Ihr Mann?«

»Mein Mann ist Arzt.«

»Ich nehme an, Sie arbeiten nicht und erziehen das Kind ...«

»Nein, ich übe den gleichen Beruf aus wie Ihr Sohn.«

»Wie bitte?«

»Ich bin Dozentin an einer Universität.«

»Sie? Das kann ich aber wirklich nicht glauben. So jung und so schön ... Ach, ich möchte Ihnen einen Rat geben. Ihre Haut ist makellos, aber ... wie alt sind Sie? Dreißig, vielleicht auch ein paar Jahre mehr. Sehen Sie? Ich wusste es. Mit fünfunddreißig braucht die Haut Pflege. Gurken, Petersilie ...«

Die Fünfzigerjahre beherrschen meine Gedanken ... Koksberge, die man vor den Häusern im weißen Schnee aufgehäuft hat ... Kleine Jungs, die Kohle schleppen, die Füße in den löchrigen Strümpfen fast nackt, ihre Schuhe zerschlissen. Sie stöhnen unter der Last der Körbe ... Ich erinnere mich an meinen Großvater in einem Dorf am Schwarzen Meer ... An meinen Großvater, der Schuster war und dessen Gesicht von Jahr zu Jahr trauriger wurde, seit es die Schuhfabriken gab und die Arbeit immer weniger wurde. An die Menschenmassen, die das hintere Unterdeck der nach Istanbul fahrenden Schiffe füllten, die den Platz mit den Arbeitern und den Schafen teilten. Lindenblüte? Wo kommt das denn jetzt her?

»... eine der besten Erfrischungen liefern die frisch aufgebrühten Lindenblüten. Die Linde kennen Sie bestimmt.«

»Das ist ja mein Fachgebiet: medizinische Pflanzen.«

»Wo war ich stehen geblieben? Ach ja, die frischen Blüten des Lindenbaums. Die Blätter kann man auch verwenden, natürlich. Brühen Sie sie mit heißem Wasser auf. Wenn der Sud rosarot geworden ist, seihen Sie ihn ab. Lassen ihn etwas erkalten. Er kann auch leicht lauwarm verwendet werden. Tupfen Sie Ihr Gesicht mit einem getränkten Wattebausch ab.«

»Ich habe keine Zeit für so etwas«, erwiderte ich und spürte Ärger in mir hochsteigen. »Morgens komme ich gerade noch rechtzeitig zur Uni!«

»Wirklich? Wieso reisen Sie eigentlich alleine?«

»Ich bin beruflich unterwegs.«

»Ich mag Izmir schrecklich gern ... Ich reise auch alleine; weil mein Mann sehr beschäftigt ist ... Ich habe mich gelangweilt. Langweilen Sie sich auch?«

»Nein, ganz im Gegenteil.«

»In Izmir war es vor dreißig Jahren so lustig ... Bestimmt steigen Sie am Kordon in einem Hotel ab ...«

»Ich glaube kaum. Die Universität hat mir ein Zimmer im Gästehaus reserviert.«

»Der Kordon war früher wie ein Schmuckstück. Aber jetzt ist dieser ekelhafte Gestank da ...«

»Das Ergebnis verfehlter Industrialisierung.«

»Was sagten Sie? Ja, ja, nachts glänzte er wie ein Diamant im Samtetui.«

Der Vergleich war nicht schlecht.

»Lieben Sie Schmuck?«

»Ich trage kaum welchen.«

»Das sollten Sie aber! Ihnen steht Schmuck. Sie haben einen sehr hübschen Hals.«

Ich will keinen Schmuck. Ich will nur ein wenig Ruhe, ein wenig Liebe, ein wenig verwöhnt werden, ein wenig Zeit zum Bücherlesen. Die Fünfzigerjahre kommen mir wieder in den Sinn. Wie ich, auf dem Weg in die Sechziger, in den Sommerferien mit meinen Eltern die Bücher, das Lesen entdeckte. Die Lehrerin Feride aus dem Roman ›Der Zaunkönig‹, vornehm und dennoch gefühlvoll! ... Die Figur Rabia aus dem Roman ›Sineklibakkal‹, ihre honigfarbenen Augen, gläubig und ernsthaft. Die gezierte Handan und die mondäne Züleyha aus dem Roman ›Alte Krankheit‹. Sie waren die Geschwister meiner einsamen Kindheit ...

Dann, die weiß gebundenen, ernst wirkenden Bücherreihen, die in den Vierzigerjahren im Auftrag des Erziehungsministeriums übersetzten Klassiker der Weltliteratur, die in den Fünfzigern vom Kultusministerium allmählich verbannt wurden und aus den Bücherregalen verschwanden. Sie waren Freunde der letzten Jahre meiner Kindheit und der ersten Jahren meiner Jugend ... Die junge Julia, die auf dem Balkon in Verona auf ihren Romeo wartet, Maria Stuart, die ihrer Zukunft beraubt dahinschreitet, in flammender Kleidung, auf ihren Henker zu, der ihren Kopf abschlagen wird ... Rebellisch bis zum Schluss und unbesiegbar ... Lady Macbeth windet sich in der Pein ihres Gewissens. Eugenie Grandet wartet hoffnungslos und in sich gekehrt, traurig und vergebens in ihrem Haus in einer Provinzstadt. Die kesse Natascha kann sich zwischen Pierre und dem Prinzen Andrej nicht entscheiden. Madame Bovary nimmt sich in der öden Provinzstadt das Leben. Sonja begeht aus Leidenschaft eine »Sünde«. Nora schließt die Tür hinter sich und bricht in die Freiheit auf ... Und mir bleibt lediglich meine Jungmädchenhaftigkeit: staunend, traurig und hoffnungsvoll.

»Wenn ich nur lernen könnte, mich nicht zu langweilen. Bei Ihnen, da sieht man, dass Ihnen alles Spaß macht. Ja, wirklich. Was haben Sie in Izmir vor?«

Ich werde mich erholen. Vom Weinen meines Babys, von all den schriftlichen Analysen, der Bewirtung der Freunde meines Mannes, von den Nachrichten über die manchmal tödlich endenden Anschläge auf Genossen ... Ich habe es satt, ständig mit der Angst zu leben, ermordet zu werden. In Ankara werden Leute umgebracht, wissen Sie das ... Es sind politische Morde. Izmir ist ruhiger, dort werde ich meinen Nerven einige Tage Ruhe gönnen.

»Ein Arbeitsbesuch«, sagte ich dann. »Hoffentlich ist in Izmir die politische Lage etwas ruhiger. In Ankara erreicht der Terror jetzt den Höhepunkt, Sie merken das sicher auch.«

»Ach ja, wie schrecklich, nicht wahr? Mein Mann schickt mich deshalb nach Izmir. Meine Liebe, ich sagte Ihnen ja, das ist ein undankbares Volk. Man hat die Leute aufgehängt, und dann kommt es eben so. Ich habe meinen Bruder nicht benachrichtigt über mein Kommen, er wird morgen früh staunen, wenn ich vor der Tür stehe.«

Sie freute sich wie ein Kind – wie ein naives Kind.

»Nein, meine Teure, nein, aus diesem Volk wird nie etwas werden! Schauen Sie nur auf diesen fruchtbaren Boden, auf dieses paradiesische Land ...«

Ihre Kindlichkeit war plötzlich verschwunden. (Sie wiederholte die Sätze ihres Mannes.) Sie zeigte mit der Hand auf die Landschaft.

»Dieser fruchtbare Boden wird zurückgelassen, los geht es in die Stadt. Nach Ankara, nach Istanbul. Das geht nicht, meine Teure, es fehlt an Arbeit, es fehlt an Macht, an Geld! Was bringt das? Natürlich wird dann gemordet.«

Nein, in Izmir wird nicht gemordet. Die Stadt ist dort in einer Hand, in »unserer« Hand. Dort ist es ruhig – das hoffe ich. Was aber, wenn es nicht so ist?

Vor dem Fenster zog die Landschaft vorbei, eingehüllt in den Frühling und in die untergehende Sonne. Was hatte ich in diesem absurden Zug, der von einer mordenden Stadt zur anderen eilte, in diesem sinnlosen Gespräch zu suchen? Ich fühlte mich nicht wohl. Mein Bewusstsein schien gespalten zu sein, ein Reisender, der den anderen Reisenden beobachtet, sich an ihn erinnert. Ich mochte diesen Raum und diese Zeit nicht.

Ich hätte am Anfang des Jahrhunderts in Wien leben sollen. Ich wünschte mir, Patientin von Freud gewesen zu sein … Ich hätte auf den Opernbällen, auf den Bällen der Offiziere des Kaisers mit einem jungen Leutnant getanzt. Mich berauscht gedreht, zu einem Walzer von Strauß. Ich wäre in den Leutnant verliebt gewesen, mein Verlobter wäre im Ersten Weltkrieg gefallen, ich hätte geweint … Oder in den Zwanzigerjahren in Paris. Ich hätte Bilder gemalt. In dem Café unten im Haus hätte sich Hemingway mit seiner Frau gestritten und sie mit einer anderen Frau betrogen. Picasso hätte sich bunte Matrosenanzüge angezogen, deftig geflucht, während er durch meine nach Crêpes und Wein duftende Straße gegangen wäre. Ich hätte zart und frei sein können wie Hake Asaf, mein verletztes Herz verbergend. Aber ich bin hier, *während die Knochen meiner Ahnen in der Erde der Steppe dahinsiechen,* höre ich in mir ein Volkslied.

(Das ist ein Anachronismus … Der Schauspieler, der sich auf der Bühne bewusst wird, dass er sich inmitten einer Farce befindet, kann nicht weiterspielen. Ein guter Spieler weiß, dass er eine Farce spielt, allerdings vergisst er dieses Wissen, indem er gleichzeitig ein anderes Bewusstsein einschaltet. Dann schaut er zurück und sagt: Ich hatte eine Rolle in einer Farce. Das Spiel setzt sich in diesem doppelten Bewusstsein fort, aber das eine dominiert das andere. In Augenblicken, wenn beide gleichzeitig präsent sind, erlebt er entweder Wahn oder Kreativität. Du dagegen hast beides nicht erlebt. Du fügst deine späteren Gefühle den früheren nicht hinzu. In den Jahren damals warst du eine beschützte Hausfrau, in Nebenbeschäftigung Dozentin an der Uni. Zu jener Zeit träumtest du nicht von Wien und Paris. Bestenfalls trankst du eine Tasse Kaffee am Strand, der inmitten jener blutigen Groteske, die das Leben gerade spielte, nicht vom Tod heimgesucht war.)

»In Izmir gibt es Cafés an der Uferpromenade«, hörte ich plötzlich meine Stimme, »dort frühstückten wir in den Siebzigerjahren mit Freunden. Ob es sie noch gibt? Oder sind sie abgerissen?«

»Ich weiß es nicht«, sagte sie, zeigte aber Interesse. Ich vergaß, dass sie bescheidene Cafés meidet. Verzeihung. Reden Sie nur weiter.

»Entwicklung«, sagte sie. »Das Alte wird abgerissen, Neues wird errichtet.«

»Ihr Mann ist Bauunternehmer?« Die Frage war mir plötzlich herausgerutscht.

»Woher wissen Sie das?«

Sie staunte nicht schlecht. Ihre honigfarbenen Augen sahen mich aufrichtig an. Das Staunen machte sie fröhlich. Ich lachte.

»Ich weiß es nicht«, antwortete ich. »Ich habe es geahnt.«

»Was sagten Sie?«

»Eine Ahnung«, sagte ich. »Ich habe es angenommen.«

Sie dagegen konnte nicht ahnen, dass mein Mann und ich vor der Scheidung stehen, die Szene am Bahnhof war nur auf Diät gesetzte Beziehung, gegenseitige Quälerei, wie das purpurne Licht, das nach dem Sonnenuntergang unserer Gefühle den Horizont der Steppe umrahmt … Schade … Ich an ihrer Stelle hätte es erahnt.

Mit meinen rosafarben lackierten Fingernägeln kratze ich am Schein des Sichtbaren. Dann zerreißt der Vorhang vor dem Leben, das aus Szenen – ausschließlich daraus – zusammengestellt wurde. Der Vorhang der Naivität ist lediglich ein dünnes, durchlöchertes Phantombild. Den Lack und den Vorhang schützen Sie, und Sie stehen unter dem Schutz eines gespaltenen Bewusstseins, das die Sünden vergessen lässt und später auch das Vergessen vergessen lassen wird.

»Bauunternehmer brauchen Arbeiter. Warum sind Sie gegen die Menschen, die aus den Dörfern abwandern? Die meisten sind ungelernte Arbeiter, sie arbeiten auf Baustellen. Außerdem hat die Abwanderung aus den Dörfern in den Fünfzigerjahren angefangen!«

»Sie arbeiten auf den Baustellen? Dass ich nicht lache. Sie verkaufen Sesambrezeln, Wasser, sind fliegende Händler, Hausmeister, Gauner und Faulenzer. Niemand hat ihnen gesagt, dass sie ihre Dörfer verlassen sollen ...«

Ihre honigfarbenen Augen sahen mich naiv und erstaunt an.

»Und wer arbeitet auf den Baustellen?«, bohrte ich weiter.

»Meine Liebe, woher soll ich das wissen? Nicht alle aus den Dörfern können wohl Baumeister sein.«

Sie hatte Recht. Sagte sie »Baumeister«? Also sie kannte auch neue Wörter, oder hatte Sie etwa Ibsens Stück in der neuen Übersetzung gelesen? Es erschien in jener weiß kartonierten Klassikerreihe. Aber was rede ich da. Unsinn ist das.

»Aber zwischen dem Rückgang der Landwirtschaft und der Abwanderung aus den Dörfern besteht doch ein Zusammenhang«, sagte ich.

»Wirklich?«, fragte sie, »wer weiß ...«

Sie tat, als hätte sie eben erst etwas Neues und Wichtiges erfahren. Wenn es hart auf hart kommt, sagt sie einfach: »Woher soll ich das wissen?« ... Wusste sie es wirklich nicht? War sie wirklich so naiv?

Wo ich sie im Spektrum der Typologie der Frau unterbringen soll, weiß ich nicht. Wenn Sie mich fragen, war sie ein dummer Mensch. Oh, natürlich, ich hätte sie niemals aus dem typischen Frauendasein ausgeschlossen. Natürlich war sie von ihrem Mann abhängig, urteilte mit seinem Maßstab. Ihre Existenz hing von ihrer fortwährenden Naivität ab. Sonst wäre ihr Dasein, das auf winzige Aufregungen und Hautpflege aufgebaut war, zu Ende gewesen. Hätte sie unter anderen Bedingungen von Neuem existieren können? Natürlich war sie ein Opfer der Männerwelt. (Wieder ein Anachronismus: Im Frühjahr 1980 warst du noch keine Feministin. Du dachtest nicht einmal an eine solche Möglichkeit, die als Verrat am Sozialismus galt. Du stecktest bis zum Hals im »Frauenschicksal«, und du wolltest das nicht wahrhaben. Die Jungmädchenträume passten bestens zu den Gedanken deiner revolutionären Freunde und zu den unbeirrbaren, wegweisenden Erkenntnissen »unseres Volkes« ... Du solltest eine treue Partnerin und Mutter sein. Du hast deine Augen fest zugedrückt, um den Morast nicht zu sehen; du hattest eine Sterbensangst, deine Naivität zu verlieren. Die Frau im Zug fandest du nur komisch an diesem Tag. Eine armselige Kreatur, eine teure Pflanze, wie die Linde, deren Wasser sie in ihr Gesicht schmiert, an sich verschwendet ... Keine Ahnung von Wahrheit und Wirklichkeit, ein rosa Schatten, dessen Vergehen eine Frage des Augenblicks ist, in dem die ernsten Farben deines Daseins ihre Schatten auf diese andere Frau werfen.)

In meinem Bewusstsein tauchen sie auf wie die Schatten des Sonnenuntergangs: die entfernten Bilder, die so glänzen und doch so leicht wieder verschwinden. Ich liebe es, allein zu reisen; die Gedanken und Erinnerungen gleiten im Bewusstsein leise und weich dahin, ohne Grenzen, wie die Steppe, die in den letzten Strahlen der Sonne ihre Härte ablegt ... Ich fahre von Ankara nach Izmir, die Sonne geht unter, die Steppe ist rötlich-rosafarben ... Die Nervenzellen meines Gehirns, das ich unter Kontrolle zu halten verzichtet habe, das ich von der Spaltung des Bewusstseins befreit habe, liefern sich ein Spiel. Man nennt es Assoziation. Das durchsickernde Licht der orangeroten Abendsonne, die an die reifen, honigsüßen Pfirsiche des Spätsommers erinnert, assoziiere ich mit einer schönen Frau. Einer Frau in mittleren Jahren, arm und reich zugleich, vor zehn Jahren im gleichen Zug, im Restaurant mir gegenüber sitzend, begeistert von der Schönheit der Fünfzigerjahre, oder richtiger, in der Nostalgie ihrer eigenen Jugend schwelgend.

Ich erinnere mich auch an die Fünfziger. Wo ist unser Nachbar, Herr Abdülkadir, geblieben, der sich stets ordentlich angezogen hatte, um seine Rente von der Bank zu holen? Jene ernsten Bürokraten in den gebügelten Hemden ... All die wohlerzogenen Menschen ... Bereits in den Fünfzigerjahren begannen sie auszusterben. Woher kamen die Menschenmassen, die türkische Arabesk Musik hören, sich zügellos vermehren und sich ausbreiten wie eine ansteckende Krankheit?

In den Fünfzigerjahren rührte sich ein Volk, das bis dahin mutlos und niedergedrückt lebte, und legte seine Unwissenheit ab, es stürmte die Tore der Großstädte wie ein junger Riese, bar jeglicher Erinnerung.

Meine Gedanken springen von einem Punkt zum nächsten, wie ein Kind, das Tempelhüpfen spielt: von den gebärenden Massen zu den sterbenden Individuen, von den »Bauunternehmern« zu den »Pensionären«, von den »Gelehrten« zu den »Erleuchteten« ... Mein Bewusstsein ist gespalten; wie das eines Reisenden, der einen Reisenden beobachtet, sich an ihn erinnert, ihn erträumt, ihn verbildlicht und kritisiert. Nein, nein, das Wort »gespalten« vermittelt nicht, was ich sagen möchte. Mein Bewusstsein hat sich wie Quecksilber ausgebreitet, zwischen all diesen Gedanken, als ginge eine Anziehungskraft von ihnen aus, und fügt sich wieder zusammen zu einem Ganzen, das nicht fest ist, verteilt sich von Neuem und findet wieder zusammen.

Mittlerweile geht es mir gut ...

Ich schloss die Tür hinter mir und ging, wie Nora. Ich verliebte mich wie Anna Karenina; aber ich nahm mir nicht das Leben wie sie. Ich konnte mich wieder aufrichten, wie Ann Dubreuilh, als ich am Boden zerstört war. Ich ging auf Reisen, ich sah mir die Welt an; ich verlor meine Unwissenheit. Und erst dann konnte ich wirklich verstehen, was ich bis dahin gesehen und gelesen hatte. Dann erst konnte ich die klein gewordene Welt, die wohl oder übel über alles Bescheid weiß, die, wie ich, ihre Naivität eingebüßt hatte, wirklich begreifen. Niemand kann mehr behaupten, seine Fähigkeit zu sehen beim blendenden Licht einer Atombombe verloren zu haben. Die alten Wertmaßstäbe gibt es nicht mehr. Der »Eiserne Vorhang«, hinter dem Schutz suchend eine Pseudo-Naivität fabriziert werden konnte, ist gefallen. Zurückgeblieben sind Imperialismus und Hunger.

Als ich erlebt und begriffen habe, dass der Weg von der Kindheit zur Reife über die Stufen des Verlustes von Unwissenheit führt, begann ich erneut auf das Volkslied in meinem Inneren zu hören. Ich kehrte zurück in die Steppe der Halbhungrigen. Zusammen mit meiner Naivität legte ich die für meine Generation so typische lächerliche Eitelkeit ab. Ich lernte sowohl Respekt vor den Kemalisten und den »47ern« zu empfinden als auch über sie zu lachen. Um das graue Andenken an die Fünfzigerjahre band ich eine Schleife, in deren Rosa sich die Farben des Sonnenaufgangs mit denen des Untergangs mischten.

Jetzt bin ich zum ersten Mal frei.

# Nachwort

## Die türkische Literatur unserer Zeit

Der kürzeste Weg zwischen zwei Menschen sei die Poesie – so die Abwandlung des chinesischen Sprichworts durch die zeitgenössische Dichterin und Verlegerin Katalin Mezey. Warum nicht auch zwischen den Menschen zweier Länder?

Die Literatur eines Landes eröffnet dem Leser eines anderen Landes eine Lebenswelt, eine Gefühls- und Gedankenwelt, der eine andere kulturelle Identität zugrunde liegt als der eigenen.

Die literarischen Beziehungen der Türkei und Deutschlands standen in den letzten Jahren offenbar unter einem guten Stern: Zwei türkische Schriftsteller wurden innerhalb eines Jahrzehnts mit dem Friedenspreis des Deutschen Buchhandels geehrt: Yaşar Kemal und Orhan Pamuk. Letzterer erhielt ein Jahr später, 2006, sogar den Nobelpreis für Literatur. Seit Jahrzehnten bieten zahlreiche Übersetzungen aus dem Türkischen deutschen Leserinnen und Lesern mehr als nur einen kurzen Einblick in diese Welt der Poesie. Die deutschsprachige Literatur ihrerseits ist in der Türkei mit einer Palette wichtiger Namen vertreten.

Die Türkei hat eine literarische Landschaft mit unterschiedlichen Traditionen; die Autoren von heute schöpfen aus vielen Quellen. Eine reiche Auswahl mündlicher Überlieferungen bietet Texte, Bilder und Symbole sowohl aus dem einfachen Leben in den Steppen als auch aus Märchen, Sagen, Legenden und Fabeln, die zeitlich bis ins 6. Jahrhundert und räumlich bis nach Zentralasien zurückreichen. Eine weitere Schatztruhe literarischer Bilderwelten ist die religiöse und mystische Dichtung, die im 11. Jahrhundert aufblüht und den Wechsel der kulturellen Identität türkischer Stämme begleitet, die zu dieser Zeit verstärkt nach Anatolien einwandern und den Islam annehmen.

Dichterpersönlichkeiten wie Mewlana, Yunus Emre und Pir Sultan Abdal begründen im 11. und 12. Jahrhundert eine Tradition mystischer Dichtung, deren nach Höherem strebende, durch und durch humanistische, vorurteilsfreie Haltung in der Volkstradition sorgsam gepflegt wird und bis heute hoch angesehen ist.

Die höfische Dichtung des Osmanischen Reiches mutet dagegen beinahe wie ein anderes geistiges Universum an: Aus einer anfänglich glühenden, leidenschaftlichen Dichtkunst in einer Kunstsprache (arabische und persische Worte wurden ins Türkische übernommen, teilweise samt grammatischen Regeln), die auch mystische Elemente integriert, wurde im Laufe der Jahrhunderte eine lediglich die Formen wahrende Sammlung von vollendet klingenden Manierismen.

Als Mitte des 19. Jahrhunderts die Sehnsucht nach Europäisierung ihre Ausdrucksform sucht, wendet sich eine ganze Generation von Schriftstellern dem Roman zu, der formal und inhaltlich der Lebensempfindung der erstarkenden bürgerlichen Schichten ästhetisch Ausdruck verleiht. Auch Übersetzungen gewinnen verstärkt türkische Leser.

Ende des 19. Jahrhunderts finden sich in der türkischen

Literatur mehrere einflussreiche, aber in ihrer Vitalität unterschiedlich ausgeprägte literarische Bewegungen.

Mit der Gründung der Türkischen Republik 1923 ist die Orientierungsfrage entschieden, eine neue Ära beginnt und die Europäisierung bringt radikale Neuerungen: Eine neue Sprache – ohne arabische und persische Ausdrücke – und eine neue Schrift – statt des arabischen Alphabets wird 1928 die lateinische Schrift eingeführt. Das Türkische verändert sich rasant, bringt für eine neue Generation ein neues Selbstbewusstsein, wird einfacher, und die Literatursprache und die vom Volk gesprochene Sprache nähern sich an. Eine neue, gut lesbare Literatur entsteht, die auch dazu berufen ist, eine neue Identität zu stiften.

So begleitet die junge türkische Literatur auch programmatisch das Werden einer Nation. Bei aller Vielfalt ist die türkische Literatur bis 1980 vor allem politisch und gesellschaftlich engagiert, widmet sich überwiegend ideologischen Themen. Erst ab Mitte der Achtzigerjahre – im Windschatten des Militärputsches vom 11. September 1980 – halten neue Themen Einzug in die Literatur und das gesellschaftliche Engagement verliert an Bedeutung. Individuelle Probleme, konservative und religiöse Missionierung, mystische, aber auch fantastische Motive sind keine Tabus mehr, und Werke der Unterhaltungsliteratur erobern die erstmals aufkommenden Bestsellerlisten.

Die Tradition anspruchsvoller Literatur wird von der jüngeren Generation gleichwohl gepflegt. Es erscheinen viele literarische Zeitschriften in Eigenregie – inzwischen auch im Internet – und sind zum Teil überraschend langlebig. Auch die altehrwürdigen Literaturzeitschriften, wie etwa ›Varlık‹ (›Existenz‹), bieten jungen Autoren die Möglichkeit, ihre Texte zu publizieren. Ein Teil der zahlreichen neuen belletristischen Verlage, die in den letzten zwanzig Jahren entstanden sind, unterstützen Debütanten und junge Autoren, sodass das Angebot heute sehr breit gefächert ist. Die türkische Literatur erlebt einen regelrechten Boom.

Obwohl die Türkei immer noch in erster Linie ihre lyrische Tradition pflegt, wird die Kurzprosa von vielen Autoren leidenschaftlich kultiviert. Als Meister und Vorbild der Kurzgeschichte gilt immer noch Sait Faik Abasıyanık (1906–1954). Der von seiner Mutter gestiftete, einmal jährlich vergebene Preis für die besten Erzählungen des Vorjahres, der Sait Faik Erzählpreis, ist in der Türkei die wichtigste Auszeichnung für Kurzprosa.

Von der früheren orientalischen Beschaulichkeit im Alltag der meisten Türken ist heute kaum noch etwas zu spüren, das Leben in den Großstädten (und nicht nur dort) gleicht eher dem Leben in amerikanischen oder westeuropäischen Metropolen, ist nicht selten noch hektischer. Innerhalb von nur zwei Generationen hat eine Wandlung stattgefunden, die das Wort »rasant« kaum wiederzugeben vermag. Das Land, in dem vor vierzig Jahren Stromausfälle zum Alltag gehörten, wurde ins Informationszeitalter katapultiert, Laptops gehören zur Grundausstattung junger Türken – nicht nur in den Großstädten. Wolkenkratzer werden in neuen, ultramodern angelegten Stadtteilen erbaut und sind fast ausschließlich im Besitz international agierender Konzerne. Wer in Istanbul noch nach alten, malerischen Winkeln sucht, findet sie bestenfalls als touristische Kulisse – oder in der Literatur.

Gerade Kurzprosa ist dazu geeignet, dieses Mosaikartige der Moderne, diese neue Atomisierung und Polarisierung des Lebens in der Türkei zu spiegeln. Bedeutende Autorinnen und Autoren des Landes setzen sich mit den Auswirkungen dieser Veränderungen literarisch auseinander.

Die in diesem Band versammelten Erzählungen spiegeln die Suche der Autorinnen und Autoren nach Existenziellem wider – die Suche nach Halt, nach Sinn, nach Liebe, nach Orientierung. Was zugleich eine literarische Suche ist: nach neuen, eigenständigen Modellen, ästhetischen Kategorien, Ausdrucksformen und Bezügen, die die junge türkische Literatur unverwechselbar machen. Literarische Verwandtschaften, geistige Bindungen, ethische Verpflichtungen werden gepflegt und weitergeführt. Die großen Vorbilder – Bilge Karasu, Oğuz Atay und Tomris Uyar – leben weiter zwischen den Zeilen von Murat Gülsoy, Yekta Kopan, Sadık Yalsızuçanlar und Yiğit Değer Bengi – jüngeren Autoren, die zu den wichtigsten ihrer Generation zählen. Murat Gülsoy schreibt Erzählungen, die auf den ersten Blick realistisch und zugleich ironisch sind, dennoch hinterfragt er in allen seinen Werken den Schreibprozess an sich. Gezielt führt er damit die Tradition seines Vorbildes, Oğuz Atay, weiter. Yekta Kopan, der in seiner Jugend zusammen mit Murat Gülsoy eine Literaturzeitschrift herausgegeben hat (›Hayalet Gemi‹, ›Das Geisterschiff‹), erinnert an den großen Erzähler Sait Faik Abasıyanık. Leicht und locker erzählt er typische Szenen aus dem Alltag der Metropole Istanbul, dabei streift er wie nebenbei große Themen wie die Liebe oder das Scheitern. Sadık Yalsızuçanlar gilt als konservativ-religiöser Autor, er selbst bezeichnet sich als Derwisch. Dennoch sind seine Texte inhaltlich und stilistisch überaus modern, denn er führt die Tradition seines Vorbildes, Bilge Karasu, weiter, der als besonders experimentierfreudig galt. Bei Yiğit Değer Bengi finden sich viele literarische Spuren, netzwerkartig verwendet er literarische Zitate, womit er ein beachtenswertes literarisches Universum kreiert: Durch Anachronismen und ironische Verfremdungen sind seine Erzählungen vielschichtig interpretierbare Gebilde, die sowohl unterhaltsam sind als auch über eine kulturkritische, philosophische Tiefe verfügen. Mehmet Günsür, der recht spät zu schreiben begann – und leider früh verstarb –, war ein Kenner der Sagen- und Lebenswelt der Ägäis und des Mittelmeerraums und führte eine große Erzähltradition locker und mühelos weiter. Seine Erzählungen sind auf der einen Seite sonnig und heiter, sprechen aber immer auch psychologische oder philosophische Themen an, um dann wie nebenbei eine wichtige Erkenntnis zu formulieren.

Ayla Kutlu, Erendiz Atasü, Ayşe Kulin, Pınar Kür und Duygu Asena stellen die Frauen in den Mittelpunkt ihres Schreibens. Zusammen mit Nazlı Eray, die in ihren fantastischen Texten meistens die Konsumgesellschaft kritisiert, gehören sie zu den populärsten Autorinnen der Türkei, die einerseits neue Wege in der Literatur eingeschlagen haben, andererseits die Männergesellschaft an den Pranger stellen. Ayla Kutlu dokumentiert in ihren Werken systematisch die Geschichte Antiochiens (Antakya), wo seit Jahrhunderten Menschen unterschiedlicher ethnischer und religiöser Herkunft friedlich miteinander leben. Sie zeigt in ihren Werken auf, dass Ausgrenzung meistens die Folge von politischer Hetze oder Krieg ist. Erendiz Atasü, die große feministische Autorin, beschäftigt sich in ihren Werken mit gesellschaftlichen Zusammenhängen. Sie zögert nicht, die Verantwortung für gesellschaftliche Missstände der Oberschicht zuzuweisen. Pınar Kür, die als eine Revolutionärin der türkischen Literatur angesehen wird, thematisiert immer wieder das

Ausgeliefertsein der Frauen in einer Männergesellschaft. Viele ihrer Werke sind so kritisch, dass sie sich vor 1980 mehrmals vor Gericht verantworten musste. Ayşe Kulin, seit Jahren für die Frauen der Türkei engagiert, ist heute eine der bekanntesten Autorinnen ihres Landes. Die Wirklichkeit des Landes, die schnellen Veränderungen, mit denen die Menschen nicht immer Schritt halten können, aber auch große Gefühle und Tragödien sind ihre bevorzugten Themen. Duygu Asena war die erste feministische Autorin der Türkei, die in ihren dokumentarisch wirkenden Erzählungen und Romanen die Lage der Frauen besonders scharf kritisierte. Obwohl ihre konsequente Haltung sogar Skandale heraufbeschwor und sie zunächst viele Gegner hatte, setzte sie sich mit der Zeit durch und wurde zu einer Leitfigur der Emanzipation in der Türkei. Nazlı Eray, deren Werke auf den ersten Blick sehr unterhaltsam wirken, ist ebenfalls eine unermüdliche Kritikerin gesellschaftlicher Missstände. Fantasievoll zeigt sie die Unbedarftheit der Menschen medialen Manipulationen gegenüber und regt, mit einem versöhnlichen Augenzwinkern, zum Nachdenken an.

Mein Wunsch als Herausgeberin ist, dass die vierzehn Erzählungen aus einem Land, dessen Literatur in Deutschland und Europa immer mehr entdeckt wird, den Leserinnen und Lesern bei guter Unterhaltung Einblicke in eine nur wenig bekannte Welt bieten. Denn die Poesie ist, wie ich glaube, der kürzeste Weg zwischen zwei Menschen.

*Beatrix Caner*

*Frankfurt am Main,*
*im Februar 2008*

# Anhang

Duygu Asena wurde 1946 in Istanbul geboren. Mit dem Roman ›Kadının Adı Yok‹ (›Die Frau hat keinen Namen‹) wurde die studierte Pädagogin 1987 auf einen Schlag landesweit bekannt. Die feministische, gesellschaftskritische Haltung Duygu Asenas entzweite die Republik, vor Gericht wurde ihr Buch 1988 sogar für »obszön« befunden und verboten. Erst nach einem zweijährigen Prozess durfte der Roman wieder erscheinen. Dieser Skandal konnte die steile Karriere der aus der höheren Mittelschicht stammenden Autorin, die sich auch als Journalistin einen Namen machte, nicht aufhalten. Im Gegenteil: Ihr Roman wurde in viele Sprachen übersetzt und von Atif Yılmaz verfilmt. Es folgten weitere Romane und Erzählbände, während sie hauptberuflich zunächst die feministische Zeitschrift ›Kadınca‹ (›Auf weibliche Art‹) herausgab, später Chefredakteurin weiterer Zeitschriften wurde. Allmählich wurden Asenas Ansichten salonfähig, ihre Meinung auch von Männern geteilt und unterstützt. Die Autorin starb 2006 in Istanbul an einem Gehirntumor. Zu ihrem Andenken stifteten Freunde den ›Duygu Asena Romanpreis‹.

Erstabdruck der Erzählung ›Nil oder die Liebe‹:

Asena, Duygu: Nil Yada Aşk. In: Dies.: *Kahramanlar Hep Erkek*. Istanbul: Verlag Doğan Kitap, 1992, S. 9–17.

Erendiz Atasü wurde 1947 in Ankara geboren. Die Pharmakologin und Hochschulprofessorin debütierte 1981 mit einer Erzählung in der Zeitschrift ›Sanat ve Edebiyat‹ (›Kunst und Literatur‹). Die Rechte der Frauen sind bis heute ihr zentrales Thema. Zudem ist sie eine der wenigen türkischen Autor/innen, die die Probleme der Unterschicht, insbesondere der Frauen aus Slumgebieten in den Großstädten und in ländlichen Gegenden der Türkei, thematisieren und deren Welt mit höchster Sensibilität darstellen. Atasü ist außerdem eine bedeutende Kulturkritikerin, als Fernsehmoderatorin wirbt sie für moderne Literatur. Für ihre schriftstellerische Arbeit erhielt sie 1982 den ›Erzählpreis des Akademie Verlags‹, 1996 den ›Orhan Kemal Romanpreis‹, 1997 den ›Yunus Nadi Erzählpreis‹ und 1998 den ›Haldun Taner Erzählpreis‹. Erendiz Atasü lebt in Ankara.

Unveröffentlichter Text. © Erendiz Atasü, 1988

Oğuz Atay wurde 1934 in Inebolu geboren und starb 1977 in Istanbul. Er studierte in Ankara Architektur und war dort bis 1975 als Hochschuldozent tätig. Sein berühmtester Roman ›Tutunamayanlar‹ (›Die Haltlosen‹) ist ein Musterbeispiel moderner türkischer Prosa. 1970 erhielt der Autor den ›Romanpreis des Türkischen Fernsehens‹. Atays Figuren sind vorwiegend gescheiterte Intellektuelle, die in der modernen Welt keinen Halt finden. Nur wenige Literaten werden in der Türkei so verehrt wie Oğuz Atay. Es sind in erster Linie Schriftstellerkollegen, die ihn sich zum Vorbild nehmen und dafür sorgen, dass seine Werke immer wieder Thema literarischer Diskussionen sind.

Erstabdruck der Erzählung ›Die Bahnerzähler – ein Traum‹:

Atay, Oğuz: Demiryolu Hikâyecileri – Bir Rüya. In: Ders.: *Korkuyu Beklerken*. Istanbul: Verlag Iletişim, 1984, S. 185–196. © Iletişim Yayınları & Oğuz Atay, Korkuyu Beklerken, 1984

Yiğit Değer Bengi wurde 1977 in Ankara geboren und machte sich mit Übersetzungen von Jack London und Graham Greene in der Literaturszene der Türkei einen Namen. Der Computerfachmann debütierte mit dem Erzählband ›Çift Başlı Kartal‹ (›Der doppelköpfige Adler‹). Auf subtile Art schöpft der junge Autor aus den Mythologien aller Kulturkreise. Er schreibt fantastische Erzählungen, die in dieser Form völliges Neuland in der türkischen Literatur sind, und ist außerdem Herausgeber anspruchsvoller Werke über antike Kulturen. 2001 erhielt Bengi den Erzählpreis ›Xasiork‹. Er lebt in Istanbul.

Erstabdruck der Erzählung ›Nun, die Jägerin‹:

Bengi, Yiğit Değer: Avcı Nun. In: Ders.: *Çift Başlı Kartal*. Istanbul: Verlag Everest, 2006, S. 21–42. © 2006 Yiğit Değer Bengi

NAZLI ERAY wurde 1945 in Ankara geboren, wo sie auch heute lebt. In Istanbul besuchte sie das Amerikanische Mädchengymnasium, begann ein Studium in Jura und Philosophie, das sie abbrach, und wurde Übersetzerin. Zu schreiben begann sie bereits als Teenager. Mit etwa 30 Büchern ist Nazlı Eray eine der produktivsten Schriftstellerinnen der Türkei – und auch die im Ausland bekannteste. Ihre Erzählungen und Romane bewegen sich im Grotesk-Irrealen und spielen mit den Grenzen von Traum und Wirklichkeit. Die Autorin formuliert in ihren literarisch anspruchsvollen Texten gesellschafts- und systemkritische Positionen. 1988 wurde sie mit dem ›Haldun Taner Erzählpreis‹ geehrt. Ihre Werke wurden in viele Sprachen, unter anderem auch ins Deutsche, übersetzt. Sie ist Ehrenmitglied des PEN in den USA.

Erstabdruck der Erzählung ›Frauensamen‹:

Eray, Nazlı: Kadın Tohumu. In: 13 *Büyülü Öykü*. Hg. v. Ilknur Özdemir. Istanbul: Verlag Can, 2002, S. 155–168. © Nazlı Eray

MURAT GÜLSOY wurde 1967 in Istanbul geboren. Der Ingenieur und Psychologe war von 1992 bis 2000 zusammen mit Yekta Kopan Herausgeber der Literaturzeitschrift ›Hayalet Gemi‹ (›Geisterschiff‹), publiziert seit 1992 Erzählungen, experimentelle Texte und Romane, mitunter auch Webkunst aus Texten und Bildern. Ständig auf der Suche nach neuen literarisch-künstlerischen Ausdrucksmöglichkeiten thematisiert er als einer der wenigen türkischen Autoren das Schreiben selbst, stellt oft die Perspektive des Betrachters in den Mittelpunkt. Sein Erzählton ist ironisch und nicht selten parodiert er die Tücken der modernen Lebenswelt in den Großstädten. 2001 erhielt er den ›Sait Faik Erzählpreis‹, 2004 den ›Yunus Nadi Romanpreis‹. Murat Gülsoy lebt in Istanbul.

Erstabdruck der Erzählung ›Versteck mich‹:

Gülsoy, Murat: Sakla Beni. In: Ders.: *Bu Kitabı Çalın*. Istanbul: Verlag Can, 2001, S. 163–178. © Literaturca Verlag Frankfurt am Main 2007

MEHMET GÜNSÜR wurde 1955 in Istanbul geboren, wo er 2004 auch starb. Der Kunstmaler und Grafiker wurde zunächst als Mitglied der Türkischen Arbeiterpartei und Herausgeber von politischen Zeitschriften bekannt und war nach seinem Studium innerhalb kürzester Zeit ein sehr gefragter Grafiker und Texter. Sein einziger Erzählband ›Içeriye Bakan Kim?‹ (›Wer schaut hinein?‹) wurde 2003 mit Begeisterung aufgenommen und gleich mit dem ›Sait Faik Erzählpreis‹, dem begehrtesten Erzählpreis der Türkei, ausgezeichnet. Sein früher Tod regte zahlreiche Autoren zu Hommagen für den vielseitig begabten Künstler an.

Erstabdruck der Erzählung ›Caïque‹:

Günsür, Mehmet: Caïque. In: Ders.: *Caïque*. Istanbul: Verlag Oğlak Yayıncılık, 1995, S. 7–15. © Erbengemeinschaft von Mehmet Günsür

BILGE KARASU wurde 1930 in Istanbul geboren und starb 1995 in Ankara. Bilge Karasu bereitete sich auf eine Karriere als Konzertpianist vor, die er wegen eines Streits mit dem Vater kurz entschlossen aufgab. Er debütierte mit Gedichten, schrieb Erzählungen und übersetzte u. a. Shakespeare, Eliot, García Lorca, Robbe-Grillet, Ungaretti und Calvino ins Türkische. In seinem Roman ›Gece‹ (›Die Nacht‹) thematisiert er seine Reflexionen über bewusstseinsbildende Faktoren des Sprache. Er hielt die Sprache für das wichtigste Element der »Programmierung« menschlicher Gehirne. Seine literarischen Werke sind entsprechend avantgardistisch und experimentell. Augenfällig ist darin oft auch seine Nähe zu den Theorien der französischen Philosophen der Postmoderne, vor allem Derrida und Lyotard. Wegen seiner sensiblen Auseinandersetzung mit dem Thema Faschismus wurde er als »der türkische Kafka« bezeichnet. Die wohl wichtigste Anerkennung für Bilge Karasu war die Auszeichnung mit dem Pegasuspreis 1991. Dieser Preis wird nur alle zehn Jahre an den besten Literaten außerhalb der USA vergeben; Bilge Karasu erhielt diesen Preis für seinen Roman ›Gece‹. Er wurde außerdem 1963 mit dem ›Übersetzerpreis des Türkischen Sprachverbandes‹ geehrt, 1970 mit dem ›Sait Faik Erzählpreis‹ und 1994 mit dem ›Literaturpreis Sedat Simavi‹.

Erstabdruck der Erzählung ›Die erste Nacht ohne Lieder‹:

Karasu, Bilge: Şarkısız Gecelerin İlki. In: Ders.: *Troya'da Ölüm Vardı*. Istanbul: Verlag Forum Yayınları, 1963, S. 18–27. © Metis Yayınları 1991 Troyada Ôlüm Vardi

Yekta Kopan wurde 1968 in Ankara geboren. Landesweit bekannt ist er wegen seiner sonoren Stimme – seit seiner frühesten Jugend leiht er als Synchronsprecher seine Stimme ausländischen Serienhelden. Er arbeitet darüber hinaus als Nachrichtensprecher und als Fernsehmoderator. Prägend für seine literarische Tätigkeit war seine Mitarbeit bei der Zeitschrift ›Hayalet Gemi‹ (›Geisterschiff‹), die er gemeinsam mit Murat Gülsoy herausgab. Als Schriftsteller überrascht er mit nostalgischen, stets spannenden Sujets aus der Großstadt Istanbul. Das Thema der unglücklichen oder unerfüllten Liebe steht im Mittelpunkt seines Werkes. Yekta Kopan erhielt 2002 den ›Sait Faik Erzählpreis‹ und 2007 die Auszeichnung der Literaturzeitschrift ›Dünya‹ für den besten Roman des Jahres. Er lebt in Istanbul.

Erstabdruck der Erzählung ›Die Hexe im Apfelbaum‹:

Kopan, Yekta: Elma Ağacındaki Cadı. In: Ders.: *Aşk Mutfağından Yalnızlık Tarifeleri.* Istanbul: Verlag Can, 2000, S. 85–103. © Yekta Kopan

Pınar Kür wurde 1943 in Bursa geboren, ist in New York aufgewachsen und hat in Istanbul und an der Sorbonne in Paris studiert. Die promovierte Theater- und Literaturwissenschaftlerin ist heute als Dozentin an einer Privatuniversität in Istanbul tätig. Ihre Werke gelten als Meilensteine der zeitgenössischen Literatur ihrer Heimat. Die Grande Dame der türkischen Literatur – wie sie in der deutschen Presse genannt wurde – glänzt sowohl mit brisanten Themen als auch mit literarischer Experimentierfreudigkeit. Die Sprache der viel gelesenen Autorin ist kunstvoll-verschachtelt und anspruchsvoll, sie spielt in ihren Texten mit Elementen der türkischen wie der internationalen Literatur von höchstem Rang. 1984 erhielt sie den ›Sait Faik Erzählpreis‹, 2007 wurde sie von der Mewlana-Gesellschaft zur besten Romanautorin des Jahres gewählt. Ihre Werke wurden in viele Sprachen, u. a. ins Deutsche, übersetzt.

Erstabdruck der Erzählung ›Nächtlicher Besuch‹:

Kür, Pınar: Gece Görüşmesi. In: Dies.: *Hayalet Hikâyeleri.* Istanbul: Verlag Everest, 2004, S. 97–120. © Pınar Kür

Ayşe Kulin wurde 1941 in Istanbul geboren. Der erschütternde Schicksalsroman ›Aylin‹, der von einem an Leukämie erkrankten Mädchen handelt, machte Ayşe Kulin auf einen Schlag zu einer Bestsellerautorin in der Türkei. Die in Istanbul lebende Journalistin steht sowohl als Schriftstellerin wie auch als gesellschaftlich engagierte Person in der Öffentlichkeit. Ihr Einsatz für Ausbildungschancen und -möglichkeiten für Mädchen im Südosten der Türkei war überaus erfolgreich. Literarisch liegt ihr Schwerpunkt auf historischen Erzählungen und Romanen. Ihre Erzählung ›Gülizar‹ wurde 1986 vom türkischen Kultusministerium ausgezeichnet und von der Autorin selbst verfilmt, wofür sie im selben Jahr vom Verein der Theaterautoren als beste Regisseurin geehrt wurde. 1996 erhielt sie den ›Sait Faik Erzählpreis‹ und 1997 kürte die Fakultät für Kommunikationswissenschaften der Universität Istanbul sie zur Autorin des Jahres. 1999 zeichnete dieselbe Fakultät Kulins Roman ›Geniş Zamanlar‹ (›Endlose Zeiten‹), der ebenfalls verfilmt wurde, als besten Roman des Jahres aus. 2007 wurde Ayşe Kulin vom Verband der türkischen Schriftsteller zur besten Autorin des Jahres gewählt.

Erstabdruck der Erzählung ›Gülizar‹:

Kulin, Ayşe: Gülizar. In: Dies.: *Fotosabah Resimleri*, Istanbul: Verlag Everest, 1996, S. 99–109. 

Ayla Kutlu wurde 1938 in Antakya geboren. Mit der Sorgfalt einer Wissenschaftlerin widmet sie sich der Geschichte und der Kultur ihres Geburtsortes. Ihre Familie, die aus dem Kaukasus in die Türkei geflüchtet war, hatte sich dort niedergelassen. Ayla Kutlu wuchs in Iskenderun auf, studierte in Ankara Politikwissenschaften und begann erst mit 35 Jahren zu schreiben. In ihrem dokumentarisch-historischen Werk stehen die Menschen in Antiochien im Mittelpunkt. In einfacher, eindringlicher Sprache bringt sie den Lesern große Gefühle, Schicksalsschläge und menschliche Tragödien nahe. Viele ihrer Werke wurden verfilmt und mehrfach ausgezeichnet, u. a. 1985 mit dem ›Madaralı Romanpreis‹, 1990 mit dem ›Sait Faik Erzählpreis‹, 1995 mit dem ›Yunus Nadi Romanpreis‹. 1998 wurde die Verfilmung der Erzählung ›Sen de Gitme Triyandafilis‹, an deren Drehbuch die Autorin mitgewirkt hat, mit der ›Goldene Orange Antalya‹ ausgezeichnet.

Erstabdruck der Erzählung ›Alles Blaue, alles Grüne dieser Welt‹:

Kutlu, Ayla: Bütün Yeşiller, Bütün Maviler. In: Dies.: *Sen De Gitme Triyandafilis*. Ankara: Verlag Bilgi, 1990, S. 209–229. © Literaturca Verlag Frankfurt am Main 2007

Tomris Uyar wurde 1941 in Istanbul geboren, wo sie 2003 auch starb. Es gibt Menschen, die ein Gespür für die Substanz des Lebens haben: Tomris Uyar war so ein Mensch. Ihre Short Storys (sie bestand darauf, sie nicht Kurzgeschichten zu nennen) gehören zu den sensibelsten der türkischen Literatur. Sie wuchs in einem europäisch orientierten Elternhaus auf (ihre Familie stammte aus Thessaloniki), in dem die bedeutendsten Literaten jener Zeit ein und aus gingen. Nach ihrem Schulabschluss am Amerikanischen Mädchengymnasium ihrer Heimatstadt studierte sie Journalistik. Weil sie Schriftstellerin werden wollte, übersetzte sie viele Werke der Weltliteratur ins Türkische, bis sie 1979 mit einem eigenen Band debütierte: ›Herz in Fesseln‹, wofür sie gleich den ›Sait Faik Erzählpreis‹ erhielt. Uyar gehörte zu einer Dichtergruppe, die den Existenzialismus und Surrealismus in die Literatur der Türkei einbrachten. Innere Eindrücke, flüchtige Episoden, kleine Szenen und Nebensächlichkeiten fing sie in zart gewebten Bildern ein. Tomris Uyar schrieb neben Short Storys literarische Tagebücher und vor allem beachtenswerte literaturkritische Essays, war Mitherausgeberin literarischer Zeitschriften, preisgekrönte Übersetzerin und Mäzenin junger Literaten. Sie erhielt 1975 den Übersetzerpreis des türkischen Sprachverbandes, in der Spielzeit 1986/87 den Theaterpreis ›Avni Dilligil‹, nach der Ehrung 1980 auch 1987 den ›Sait Faik Erzählpreis‹ und 2002 den Preis der Literaturzeitschrift ›Dünya‹ für den besten Erzählband des Jahres.

Erstabdruck der Erzählung ›Blaublut‹:

Uyar, Tomris: Mavi Kan Kokusu. In: *Sekizinci Günah*. Istanbul: Verlag Can, 1990, S. 50–55 © Turgut Uyar

Sadık Yalsızuçanlar wurde 1962 in Malatya geboren. Aus ärmlichen Verhältnissen stammend, wuchs Yalsızuçanlar, dessen Name ein Pseudonym ist, in der anatolischen Provinz auf, studierte in Ankara Turkologie und wurde wiederum im Osten der Türkei

Lehrer. 1987 bestand er die Aufnahmeprüfung als Dokumentarfilmer beim staatlichen Fernsehen, seitdem ist er erfolgreicher Fernsehjournalist und Dokumentarfilmer und lebt in Ankara. Enis Batur, der wichtigste türkische Literaturkritiker, hat Yalsızuçanlars schriftstellerisches Talent zufällig entdeckt: Weil der junge Literat konservativ-religiöse Themen pflegte, war er von den tonangebenden literarischen Kreisen nicht wahrgenommen worden. Heute sind seine überbordende Poesie, sein extraordinäres literarisches Universum in der Türkei nicht nur anerkannt, sie gelten als einer der Gipfel der literarischen Landschaft. Seine Romanbiografie des islamischen Mystikers Ibn Arabi wurde in kürzester Zeit in mehrere europäische Sprachen übersetzt. Seine Erzählungen sind formal ungewöhnlich und äußerst poetisch. Seine literaturkritischen Essays bringen einen völlig neuen, versöhnlichen und dennoch präzise-analytischen Ton in die Debatten über türkische Literatur. Der Autor erhielt 1986 den Erzählpreis und 1992 den Essaypreis des Schriftstellerverbandes der Türkei sowie 1994 eine Auszeichnung als Programmmacher beim Fernsehen.

Erstabdruck der Erzählung ›Der Liebeshändler‹:

Yalsızuçanlar, Sadık: Muhabbet Tellalı. In: Ders.: *Hiç*. Istanbul: Verlag YKY, 2004, S. 336–342. 

# Glossar

| | |
|---|---|
| Aleyküm Selam | Gruß, so grüßt der Ankommende |
| Ayran | türkisches Joghurtgetrank |
| Bey | Herr, Anrede |
| Beyoğlu | Stadtteil im Zentrum des westlich geprägten Istanbul |
| büyük | groß, hier Beiname: der Geschätzte |
| Çatalhöyük | Siedlung aus der Jungsteinzeit, liegt ca. 40 km südöstlich der Stadt Konya |
| Efendi | Anrede: Herr, am Telefon: Bitte |
| Hanim | Dame, auch Anrede |
| Harbiye | Stadteil in Istanbul |
| Hatça'nim | Kombination des Frauennamens Hatice mit der Anrede Hanım |
| Kale | Burg |
| Kalamiş | Stadtteil auf der asiatischen Saite in Istanbul |
| Kanun | hier: orientalisches Saiten- und Schlaginstrument, der Zither ähnlich |
| Kordon | Hafenpromenade in Izmir, elegante Wohngegend |
| Kurusch | türkisches Kleingeld; wird heute nicht mehr verwendet |
| Lire | türkische Währung |
| Nişantaşi | schickes Einkaufs- und Galerienviertel in Istanbul |
| Raki | Anisschnaps |
| Rebetiko | griechische Großstadtmusik, auch in der Gegend von Izmir bei Türken sehr beliebt |
| Sedir | orientalische Sitzbank |

| | |
|---|---|
| Selam | Grußwort |
| Taksim | Viertel bzw. Straße in Istanbul, direkt bei Beyoğlu |
| Tarlabaşı | Stadteil von Istanbul, in dem vorwiegend Migranten leben |
| Transhumanzkultur | eine halb sesshafte Lebensform, die auch in Ostanatolien verbreitet ist |
| Sarikum | Name mehrerer Orte in der Türkei |
| Ud | Kurzhalslaute, orientalisches Saiteninstrument |
| Usta | Meister, auch Anrede für Männer |